INK INK INK INK INK INK
K INK INK INK INK INK IN
INK INK INK INK INK INK
K INK INK INK INK INK IN
INK INK INK INK INK INK
K INK INK INK INK INK IN
INK INK INK INK INK INK
K INK INK INK INK INK IN
INK INK INK INK INK INK
K INK INK INK INK INK IN
INK INK INK INK INK INK
K INK INK INK INK INK IN
INK INK INK INK INK INK
K INK INK INK INK INK IN
INK INK INK INK INK INK
K INK INK INK INK INK IN
INK INK INK INK INK INK
K INK INK INK INK INK IN
INK INK INK INK INK INK
K INK INK INK INK INK IN
INK INK INK INK INK INK
K INK INK INK INK INK IN
INK INK INK INK INK INK
K INK INK INK INK INK IN

K INK INK INK INK INK IN
INK INK INK INK INK INK
K INK INK INK INK INK IN
INK INK INK INK INK INK
K INK INK INK INK INK IN
INK INK INK INK INK INK
K INK INK INK INK INK IN
INK INK INK INK INK INK
K INK INK INK INK INK IN
INK INK INK INK INK INK
K INK INK INK INK INK IN
INK INK INK INK INK INK
K INK INK INK INK INK IN
INK INK INK INK INK INK
K INK INK INK INK INK IN
INK INK INK INK INK INK
K INK INK INK INK INK IN
INK INK INK INK INK INK
K INK INK INK INK INK IN
INK INK INK INK INK INK
K INK INK INK INK INK IN
INK INK INK INK INK INK
K INK INK INK INK INK IN
INK INK INK INK INK INK

INK INK INK INK INK INK
K INK INK INK INK INK IN
INK INK INK INK INK INK
K INK INK INK INK INK IN
INK INK INK INK INK INK
K INK INK INK INK INK IN
INK INK INK INK INK INK
K INK INK INK INK INK IN
INK INK INK INK INK INK
K INK INK INK INK INK IN
INK INK INK INK INK INK
K INK INK INK INK INK IN
INK INK INK INK INK INK
K INK INK INK INK INK IN
INK INK INK INK INK INK
K INK INK INK INK INK IN
INK INK INK INK INK INK
K INK INK INK INK INK IN
INK INK INK INK INK INK
K INK INK INK INK INK IN
INK INK INK INK INK INK
K INK INK INK INK INK IN
INK INK INK INK INK INK
K INK INK INK INK INK IN

生死恨

穆柯寨

女起解

嫦娥奔月

虹霓關

千金一笑

天女散花

木蘭從軍

遊園驚夢

西施

黛玉葬花

霸王別姬

太真外傳

打漁殺家

抗金兵

貴妃醉酒

INK

文學叢書

212

梅蘭芳與孟小冬

蔡登山◎著

目次

天南海北吐芳華（代序）

說不盡的梅蘭芳

女起解

戲劇家馬彥祥在〈悼念梅蘭芳先生〉文中說：「做爲一位戲曲表演藝術家，梅蘭芳先生對於京劇旦角的表演藝術的巨大貢獻，可以說是所有的前一代和同代的旦角所難以比擬的。他不僅是一位京劇旦角的傳統表演藝術的優越而忠實的承繼者，而且是一位天才的革新者、創造者。在他的五十四年的舞台實踐中，他不斷地爲京劇旦角的表演藝術開闢新的道路，使旦角藝術在三十餘年來的京劇舞台上，煥發著燦爛的光輝。」這段話簡明扼要地點出梅蘭芳在京劇藝術的成就與地位。

確實，自京劇誕生以來，長期是由老生行執牛耳的。從最早形成期的「老生三鼎甲」：程長庚、余三勝、張二奎，到成熟期的「新老生三鼎甲」：譚鑫培、孫菊仙、汪桂芬，都是以「老生」爲天下，它們代表了京劇表演藝術的水準，其他行當的表演儘管也都各有所長，但還是無法與之抗衡的。而一直要到梅蘭芳的出現，旦角在他不斷地改進、創新、豐富之下，才從「附庸」而蔚爲「大國」，終至獨領風騷，梅蘭芳誠功不可沒也。當年《戲劇月刊》就有論者張肖倫指出，在老生衰落、後繼無人的情況下，「畹華乘時崛起，稱雄菊部，乃執伶界之牛耳，國內觀者亦群焉，注目於梅伶一身。誠所謂時令造成梅蘭芳，亦梅蘭芳所以造成今日梨園之新局也。畹華十餘年，悉心努力製作新劇，率以旦角爲主，而廁生淨丑末於綠葉扶持之列。畹華旦角之聲價，更十倍於昔。」

時勢造英雄，梅蘭芳的出現，正趕上由老生行領銜向青衣行領銜的過渡。而梅蘭芳的腳步，與整個京劇藝術的發展節律正好同步。這不能不說是歷史的造就。就如同當時的劇評家蘇少卿所言，「『女主』臨朝，乾綱乃衰」，旦角在譚、王之後，終於脫穎而出。何以能如此呢？許姬傳在梅蘭芳

《舞台生活四十年》的按語中，提出他的看法：「民國以後，大批的女看客湧進了戲館，就引起了整個戲劇界急遽的變化。過去是老生武生佔著優勢，因爲男看客聽戲的經驗，已經有他的悠久的歷史，對於老生和武生的藝術，很普遍的能夠加以批判和欣賞。女看客是剛剛開始看戲，自然比較外行，無非來看個熱鬧，那就一定先要揀漂亮的看。像譚鑫培這樣一個乾癟老頭兒，要不懂得欣賞他的藝術，看了是不會對他發生興趣的。所以旦的一行，就成了她們愛看的對象。不到幾年工夫，青衣擁有了大量的觀眾，一躍而居於戲劇界裡差不離的領導的地位，後來參加的這一大批新觀眾也有一點促成的力量的。」其實在民國以降，社會風氣逐漸開放，女性受教育者愈來愈增加，她們從家庭邁入了公共場所，獲得了更多閱讀的能力和娛樂的餘暇。戲院裡的女性觀眾與傳統的推重老生的觀眾相比，更愛看

梅蘭芳（中）的開蒙老師吳菱仙，與同門的朱幼芬（左）

獨具陰柔之美的旦角。

學者賈佳更從媒體的角度觀察到一九二八到一九三七年間，北平雜誌如《劇學月刊》、《北洋畫報》等等的捧旦文化，也助長了這種風氣。在這之前報紙的劇評風氣還沒有展開，就如同梅蘭芳第一次到上海首演《穆柯寨》時，說：「這許多觀眾的口頭宣傳，是有他們的力量的。」當時還是靠著「口耳相傳」，但那力量畢竟還是有限的。隨著報刊的影響力不斷地擴大，變化悄然發生：旦角成爲

雜誌捧角的重點，劇評的風氣起來了，雜誌催生並承載了新的捧旦方式。於是旦角明星化了，而梅蘭芳適時成爲其中最爲耀眼的那顆明星。例如在一九二七年六月二十日，《順天時報》在第五版上刊登了一則「徵集五大名伶新劇奪魁投票」啓事，啓事說，爲鼓吹新劇，獎勵藝員，舉行徵集五大名伶新劇奪魁投票。在投票規定中，注明名伶爲梅蘭芳、尙小雲、荀慧生、程硯秋、徐碧雲五人，要求從這五人所演新劇目中選出最佳者各一齣。選舉結果，梅蘭芳當選劇目爲《太眞外傳》，尙小雲當選劇目爲《摩登迦女》，荀慧生爲《丹青引》，程硯秋爲《紅拂傳》，徐碧雲當選劇目爲《綠珠墜樓》。因爲五大名伶皆爲旦角演員，故而又稱「五大名旦」。後來因徐碧雲較早地離開了舞台，於是成爲「四大名旦」，而梅蘭芳居「四大名旦」之首。十年來，梅蘭芳一步一腳印地奮力向上攀登著，到了被媒體冠上「四大名旦」之首，可說是讓他登上藝術生涯的顚峰。他享譽大江南北，成爲梨園內外公認的伶界大王。

梅蘭芳之所以能夠在眾旦角中獨領風騷，很重要的一個因素是他創造了旦角角色的新生命。梅紹武曾這樣總結他父親梅蘭芳一生在京劇上的改革，說他把「青衣」、「花旦」、「閨門旦」、「刀馬旦」等演技融於一體，開創了戲路寬闊、剛柔並濟的「花衫」行當。其實應該說，旦角的創新始於更早的人稱「通天教主」的王瑤卿。王瑤卿——（一八八八—一九五四）本名瑞臻，字稚庭，號菊癡。原籍江蘇清江，生於北京。出身劇藝世家，父親王絢雲是同光年間的崑曲名旦，母親是老「三慶班」老旦郝蘭田之女。王瑤卿九歲由田寶林開蒙，學青衣，後在「三慶班」從崇富貴練武功。十二歲拜謝

齊如山（後立）與梅蘭芳（中）、程硯秋（左）、尚小雲（右）合影

雙壽爲師，又從張芷聖學青衣，從杜蝶雲學刀馬旦。十四歲入「福壽班」，開始登台演出。先後與譚鑫培、楊小樓等合作，與譚合演《南天門》、《汾河灣》、《珠簾寨》、《牧羊卷》、《金水橋》等戲，珠聯璧合，有「梨園湯武」之稱。當年王瑤卿以珠玉歌喉，名震一時，他擅長之戲尤多，尤其在青衣界獨創一格，打破「青衣」、「花旦」之界限，以「花旦」之做表身段，濟「青衣」之呆板，令觀者耳目一新。

學者劉彥君就指出：「王瑤卿是皮黃『後三鼎甲』活動的後期，一位青衣行當內承前啓後的關鍵人物。承前，是說他從著名前代青衣陳德霖那裡，繼承了崑曲經二百年的歷史而積累下的豐厚學養；啓後，則是說他開啓了後來的梅蘭芳變革青衣行當的歷史先河。在和當時的皮黃元老——大藝術家譚鑫培多年同台演出的過程中，王瑤卿將譚最重要的藝術品質之一——極強的創造性，潛移默化地學到了手。他立志改革青衣戲路，率先注意吸收了花旦行當裡的表情與動作，大大豐富了青衣的演技。他對皮黃青衣行當的最大貢獻，是改革了傳統青衣『抱著肚子傻唱』的沿襲模式，兼顧了表情身段，把

青衣、花旦和刀馬旦的表演，有機地統一爲一體，創造了『花衫』這一新的旦角行當，被戲曲理論家徐凌霄先生在〈京師老伶工近況〉中譽之爲『非青衣、非花旦、卓然自成一宗』。」

談到梅蘭芳與王瑤卿兩家原有通家之好，王瑤卿的父親王絢雲和梅蘭芳的祖父梅巧玲當年同在「四喜班」演戲，有著很深的交情；王瑤卿與譚鑫培合作演出時，琴師是梅蘭芳的伯父梅雨田，三人同台獻藝，人稱「三絕」；王瑤卿與梅蘭芳的父親梅竹芬也是莫逆之交。梅蘭芳回憶他同王瑤卿的師承關係說：「我的《虹霓關》、《樊江關》、《汾河灣》一路戲，都宗的王大爺一派，二本《虹霓關》不用說了，《汾河灣》是我老看他的表演，不知不覺地就學會了。有一天，我伯父帶我到王家，要我向他燒香磕頭，正式拜師。王大爺很乾脆地衝著我說：『論行輩，我們是平輩，咱們不必拘形跡，還是兄弟相稱，你叫我大哥，我叫你蘭弟。』我伯父跟他交往最密，知道他的個性爽朗，不喜客套，也就恭敬不如從命地依了他的話。所以，我們雖有師徒之份，始終是兄弟相稱的。」王瑤卿除在表演方面創新外，還創新式服飾，如蠻靴、長方靠旗等。他講究音韻，京白之美也爲北京第一人。梅蘭芳當年的京白，就是學王瑤卿的。後來梅蘭芳編排新劇，改良化妝獨樹一幟，均受到王瑤卿的影響。梅蘭芳自己也說：「青衣這樣的表演形式相當長久，首先突破這藩籬的是王瑤卿先生，他注意到表情與動作，演技方面才有了新的發展，可惜王大爺正當壯年，就『塌中』（演員在中老年時期，由於生理關係，發生失音現象，完全不能歌唱，叫做塌中。）了。我是向他請教過而按他的路子，來完成他的未竟之功的。」

梅蘭芳對於青衣行當的改革，是在繼承傳統手法的基礎上，通過漸變的方式，慢慢改變舞台上的表演程式與習慣動作。他在《梅蘭芳文集》中說，他「不喜歡把一個流傳很久而觀眾已經很熟悉的老戲，一下子就大刀闊斧地改得面目全非，讓觀眾看了不像那齣戲。這樣做，觀眾是不容易接受的。」即使是一個面部化妝的改革，也「首先必須考慮到戲曲傳統風格的問題。」因此他反對「矯枉過正」的做法，他在《舞台生活四十年》中，說：「演員在表演時都知道，要通過歌唱舞蹈來傳達角色的感情，至於如何做得恰到好處，那就不是一件容易的事情了，往往不是過頭，便是不足。這兩種毛病看著好像一樣，實際大有區別。拿我的經驗來說，情願由不足走上去，不願過了頭返回來。因爲把戲演過頭的危險性很大，久而久之，你就會被台下的掌聲所陶醉，只能向這條歪路挺進，那就愈走愈遠回不來了。」後來把他這貫徹一生的原則，準確清晰地概括爲：「移步不換形」。

民國初年的兩次上海演出，讓梅蘭芳感受到許多新的事物，他也看到上海流行的京劇時裝新戲，甚至話劇，於是更堅定他要改革京劇的信念。他尋思道：「如果直接採取現代的時事，編成新戲，看的人豈不更親切有味？收效或許比老戲更大。」他又說：「等第二次打上海回去，我就更深切地了解戲劇前途的趨勢是跟著觀眾的需要和時代而變化的。……我要走向新的道路上去尋求發展。」於是他創造出許多的「時裝的」、「古裝的」新戲，像當時在報刊雜誌曝光率最高的是他的時裝戲《一縷麻》林紓芬的造型。但儘管如此，時裝戲並沒有像他的古裝新戲那樣引起廣大的共鳴。這些穿著新創製的古裝、載歌載舞，已不同於傳統的劇目，它不僅要在「聽」戲，更要在「看」戲上，帶給觀眾滿足與享受。因此他從服裝、舞姿、表情、手勢，無一不向著美觀、準確、細膩、傳神的方面發展。在

後來的十年間，北平報刊雜誌曝光率最高的是梅蘭芳在古裝新戲中的造型，如《天女散花》的天女、《太眞外傳》中的楊玉環等等。

梅蘭芳的身邊聚集了大批文人，有留日學者馮耿光、吳震修，留德學者齊如山、許伯明、舒石父、李釋戡、李師曾，還有著名詩人、劇作家羅癭公，畫家王夢白等人。當時梅蘭芳的「綴玉軒」可說是眾多朋友談文論戲的地方。這些人不僅參與梅蘭芳新劇的創作，尤其是齊如山到後來更成爲梅蘭芳的「貼身編劇」；他們在當時的報刊雜誌上還都是戲劇理論重要的寫手，如羅癭公、齊如山等。尤其是齊如山在當時的《北洋畫報》就有如〈說古裝〉、〈古舞與戲劇之關係〉等開創性的文章；而寫有《菊部叢譚》的羅癭公，本身也是雜誌的劇評人，他們都掌握了相當大的話語權。這群人發揮了他們在媒體的力量，共同參與了這場「造星」運動，於是梅蘭芳成爲當時媒體爭相追逐報導的明星，以一九二八年的《北洋畫報》爲例，上面就刊載有「梅蘭芳的家庭」、「上影爲梅蘭芳在廣州高宅擊高夫球所攝」、「梅室福芝芳及其長子保琛」、「北戴河海濱之梅蘭芳」等之照片，這些其實都與戲曲無關，但媒體此時已把這些花邊題材，當成「名人效應」了。

學者劉彥君在〈梅蘭芳歷史地位的確立〉文中，更提到「梅蘭芳在與文化人結合中得到的另外一個巨大的好處，是世界眼光的打開和走向世界舞台。在這一問題上，對他幫助最大的還是齊如山，另外還有教授張彭春的貢獻。」一九一九年，梅蘭芳在齊如山的幫助和促成下，赴日本演出，以後，他又先後赴美國和蘇聯演出，其中齊如山在幕後策劃、宣傳殫盡心力；而張彭春更是在訪美、訪蘇中，

一九〇八年上海梅社編輯，中華書局出版《梅蘭芳》的封面

擔任隨團總導演，在演出劇目的編選及現場的交流中，扮演著極重要的角色。因爲幾次的出訪成功，梅蘭芳把中國戲曲推上西方舞台，並以此而贏得國際性的聲譽。

歷史學者唐德剛在〈梅蘭芳傳稿〉一文中，一開頭就說：「如果男性之間也有一個人可以被稱做『天生尤物』的話，這個人應該就是梅蘭芳！蘭芳的名字不用說將來是與中國的歷史同垂不朽了。但他之所以能垂名史冊，不是因爲他實爲今日的『人大代表』；也不是因爲他曾經立過什麼『功』、什麼『德』足以造福人羣，而是因爲他能以男人扮演女人的成功！」對於梅蘭芳的表演藝術，唐德剛說：「那坐在前排的英、美公使們，也不禁緊緊地拉住他們身邊『密賽絲』們的手，輕輕地叫一聲『汪達否』。在他們洋人面前唱京戲，本是對牛彈琴，但在這場合下，縱使是牛也要爲之情思蕩漾的！據說美國駐華公使芮恩施（Paul S. Reinsch）就是這樣而向徐世昌總統提議邀請蘭芳遊美的。那在台下看得出神的詩人易順鼎，這時也『煙絲披里純』一動，做出一首〈萬古愁曲〉來。他說：『此時觀者台下百千萬，我能知其心中十八九，男子皆欲娶蘭芳以爲妻，女子皆欲嫁蘭芳以爲歸，本來尤物能移人，何止寰中歎稀有；……吁嗟乎！謂天地而無情兮，何以使爾如此美且妍？謂天地而有情兮，何以使我如此老且

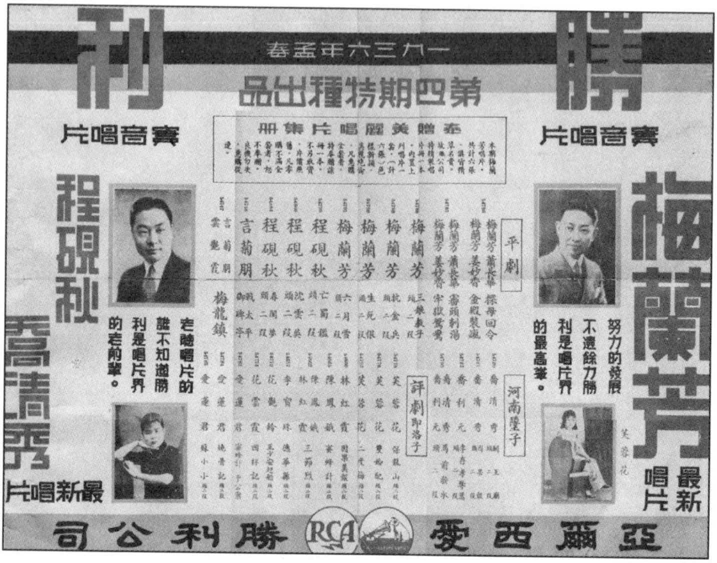

勝利公司於一九三六年為梅蘭芳灌製六張唱片的宣傳海報

醜？』吁嗟乎！看過蘭芳的戲，而自歎『老且醜』者，新夫婦尚且不免，況易老夫子乎！」

對於梅蘭芳的《霸王別姬》、《太眞外傳》等戲，唐德剛是讚不絕口的，他說：「在二十四小時之內，你可看到蘭芳由一個浪勁十足的楊玉環變成一個以身殉情的虞姬。這是人類性靈中相反的兩面，但兩個都達到了極端，沒有這種天賦的人，是模擬不出的，而蘭芳的秉賦中便蘊藏著人類性靈最高境界中的無數個極端。所以他無論模擬那一種女性美，都能絲絲入扣，達到最高峯。」

「天南海北吐芳華」，說不盡的《霸王別姬》、說不盡的《太眞外傳》，更是說不盡的梅蘭芳！

梅蘭芳爲一代京劇大師，極富盛名。本書無意爲梅大師做起居注，亦非坊間的《梅蘭芳傳》或《梅蘭芳全傳》等傳記作品。而是就梅蘭芳一生的某些片段及影響他至巨的友朋，做一探討。有爲他編劇謀劃演出的所謂「戲口袋」——齊如山、黃秋岳、李釋戡；有爲他籌錢出國、耗盡家財的「錢口袋」——馮耿光；有提攜他的忘年之交的實業家——張謇；有記錄他一生事蹟的貼身秘書——許姬傳；有成就他《霸王別姬》經典名作的武生泰斗——楊小樓；當然最精彩的是坊間的《梅蘭芳傳》或《梅蘭芳全傳》等傳記作品，所從未道即或一筆帶過的「梅、孟」之戀，甚至在梅蘭芳「金屋藏嬌」時，孟小冬的「粉絲」還因此釀成命案。筆者爬梳文獻，甚至查閱當年的報刊、戲曲雜誌，試圖還原當時的梨園情景，寫出不一樣的「伶人往事」！

難遣人間未了情

梅蘭芳與孟小冬的一段情

在二〇年代，菊壇的一件大事是一個「易弁而釵」的「伶界大王」——梅蘭芳和一個「女扮男裝」的「頭號坤伶」——孟小冬，因在舞台合作演出，而「戲假情真」地譜出了戀情，雖然最後證明那只是短暫的露水姻緣，但「梅、孟之戀」在一定程度上改變了梅蘭芳的人生走向；而對孟小冬而言，甚至可以說改變了她一生的命運。這場曾經是「眾所矚目」的婚戀所造成的傷害力，對於後者而言恐怕遠比前者要來得巨大些。

其實早在一九二六年的「梅孟之戀」之前，梅蘭芳已有了兩房妻室，她們分別是王明華和福芝芳。梅蘭芳（一八九四—一九六一），名瀾，字畹華，祖籍江蘇泰州，出生在北京的一個梨園世家，祖父梅巧玲是清末馳名的花旦，由於體胖面貌豐滿，綽號「胖巧玲」，父親梅竹芬也是旦行，二十幾歲就病死了，那時梅蘭芳年僅四歲，梅家家境清寒，母子二人跟著大伯父梅雨田生活。他九歲從吳菱仙啓蒙學青衣，十二歲起在喜（富）連成科班搭班習藝，同學有雷喜福、侯喜瑞、林樹森、周信芳（麒麟童）、貫大元等，後來都成名角兒。十五歲又遭逢母喪。梅蘭芳後來在《舞台生活四十年》一書中回憶這段貧賤坎坷的人生歷程時說：「從百順胡同第一次先搬到蘆草園，這大概在我住過的房子裡面算是最窄小簡陋的一所了，當時也是我的家庭經濟狀況最窘迫的時代。我雖說已經搭班，這種借台練習的性質，待遇比科班的學生好來有限。每天只能拿一點點心錢，在我已經是滿足的了。我記得第一次出台，拿到這很微薄的點心錢，回家來雙手捧給我的母親。我母親的意思，好像是說這個兒子已經能夠掙錢了。我那時才是十四歲的孩子，覺得不管賺得多少，我總能夠帶錢回來給她使用。在一個孩子的心理上，是夠多麼値得安慰的一件事！可憐的是轉過年的七月十八日，她就撇下我這個孤兒，病死在這所簡陋的房子裡了。」父母的過早去世，對他而言無疑地是心靈的一大創傷，還好當時還有慈祥的祖母、善良的伯母照顧他。而就在他服孝三年之後，也就是十八歲時，由祖母作主與王明華女士結了婚。

王明華（一八九三—一九二八）長梅蘭芳一歲，也是生長在京劇家庭，她是名旦王佩仙之女，武生王毓樓之妹，余派老生王少樓的姑母。對於王明華，梅蘭芳這麼回憶：「她是一位精明能幹的當家人。她剛嫁過來，我家的景況還不見好轉。就拿一件很小的事來說。我記得穿著過冬的一件藍緞子的老羊皮袍，皮板子破得是眞可以的。這一冬天她總要給我縫上好幾回，有時連我祖母也幫著替我來補。固然我們家裡，從我祖父起一向勤儉持家，可是一件禦寒用的皮袍，要這樣東補西補，補之不已，那也是夠說明了我那時的經濟力量，實在薄弱極了。等她生了永兒，我家又從鞭子巷頭條搬到三條以後，有一天我伯父叫我過去，跟我這樣講：『我看你漸漸能夠自立，姪媳婦操持家後，也很能幹。我打算把家裡的事兒，交給你們負責管理』……。」從此梅蘭芳總算「成家立業」了。

梅蘭芳的元配夫人
王明華女士

王明華和梅蘭芳婚後十分恩愛，並先後育有一子一女，兒子名「大永」、女兒叫「五十」，剛開始梅蘭芳每次演完戲回家後，都和妻子王明華談起演出的情況，並和兒女一起嬉戲，全家和樂融融。只是後來隨著梅蘭芳的漸漸成名，他的演出也應接不暇，應酬更是頻繁不斷，賢慧的王明華這時漸漸地也多了一分擔心。因爲她

曾耳聞目睹有不少前輩藝人成名後，生活不能自律，作風不能檢點，再加上交友的不善，以致沾染上吃、喝、嫖、賭的毛病，最後弄到嗓子也毀了，也無法登台了，有的甚至染上吸毒的惡習，好端端的一個人從此垮了。在「護夫心切」之下，她決定陪侍在丈夫的身旁，提醒他，照顧他。但這在當時封建意識濃厚的情況之下，又談何容易！彼時的婦道人家連到戲院看戲也算是傷風敗俗的舉動，就更甭提進入清規戒律十分嚴格的後台了。但王明華還是巧妙地女扮男裝進入戲館後台，不僅在生活上照顧丈夫，還以她女性特有的細膩眼光在梅蘭芳的化妝、髮型和服裝上，提出許多寶貴的改進意見。在她的精心幫助下，梅蘭芳的扮相更加俊美得體，表演愈發蒸蒸日上，聲名也爲之遠播。

不料就在此時，一場痲疹病奪去了王明華一雙兒女的性命，「大永」和「五十」在四歲和三歲，就先後夭折了。這個打擊猶如晴天霹靂，徹底地擊倒了王明華，而原本幸福美滿的家也陷入極大的悲痛之中。從此梅蘭芳每晚散戲回家，再也聽不見兩個孩子歡樂的笑聲，心中的傷痛是難以言喻的，但他看到妻子因思念兒女而形容憔悴、茶飯不思，整日臥床嘆息時，他又不得不強打精神，掩飾自己內心的痛楚，反過來安慰妻子。在很長的時光裡，他們夫妻倆就是這樣互相安慰著支撐著，度過了那些悲苦的日子。

做爲妻子，王明華不僅爲梅蘭芳分擔家庭瑣事，而且還協助梅蘭芳演出時的一些雜事。尤其是一九一九年四月二十一日，梅蘭芳應日本帝國劇場邀請，第一次赴日本演出，他偕夫人王明華同行，王明華並擔任了服裝管理的職務，她除了爲演員們縫補整理服裝，還要照料梅蘭芳的日常生活。此行同來的只有演員高慶奎、貫大元、姜妙香、芙蓉草等人加上場面人員，才僅二十餘人，在有限的人員中，每個人都要身兼數職，王明華亦不例外，她內外兼顧，處理得有條不紊。

梅蘭芳一子一女均殤，而王明華已做了節育的手術，況且又爲病魔所纏，「無後爲大」使得好友李釋戡常戲對梅蘭芳說：「你現在有了銀子，可沒兒子。」於是「梅黨」中人乃慫恿梅蘭芳再娶，加上梅蘭芳從小過繼給大伯梅雨田，因此兼祧兩房，是可以名正言順的再娶的。這時他看上了同拜吳菱仙爲師的福芝芳，竟然一見鍾情。福芝芳一九〇五年二月五日生於北京一個貧苦的滿族旗人家庭，幼年喪父，母親福蘇思以削賣牙籤等小手藝維持生活，與女兒相依爲命。福芝芳小時候就喜愛看京戲，每當跟母親看過一齣戲後，回到家就模仿戲中人物的動作、姿態，還不時哼唱幾句青衣唱腔，於是在福芝芳稍長幾歲時，母親便領她拜吳菱仙爲師，學唱青衣。在吳菱仙的耐心教導之下，福芝芳聰明伶俐、相貌俊美、嗓音圓潤、基本功紮實，在第一次登台演出時，就以優美的唱做博得觀衆的喜愛。在坤班「崇雅社」，福芝芳向吳菱仙學了很多青衣戲，其中她與李桂芬、王奎官合演的《二進宮》頗受歡迎；她同名旦梁秀娟之母梁花儂、名武生梁慧超之姊梁春樓合演的戲，也受到好評。

梅蘭芳的第二任妻子福芝芳女士

梅蘭芳和福芝芳從相識到成親的過程，福蘇思後來告訴外孫梅葆琛說：「到了一九二〇年，你父親前演《思凡》，後演大軸戲《武家坡》，你母親在此兩齣戲之間演的是《戰蒲關》。在以後的經常共事和演出中，你父親發覺福芝芳爲人質爽，待人接物有禮節，在舞台上兢兢業業，心裡就非常喜歡她，後來託媒前來求親。

當時我沒有同意，因你母親那時才十幾歲，年齡還小，而且剛演戲才不久，所以就拒絕了這門親事。另外還有一個原因是你父親的前妻王明華已得肺癆病，雖生命危在旦夕，但我不願意唯一的女兒嫁過去作偏房。經不住你父親隔三接五地派人來我家求婚，時間長了，我又怕影響他的演戲，看到他眞是一片眞心，最後我也無法再拒絕了，就同意了這門親事。你母親福芝芳就明媒正娶嫁了過去，不久王明華大媽病故。」梅葆琛將這段話寫在〈懷念父親梅蘭芳〉一文中。

而時人張次溪在《燕歸來簃隨筆》中，對於梅蘭芳的再娶則說：「梅蘭芳婚王姓女，十餘年無所出，梅黨憂之。有議娶歌女福芝芳者。惟蘭芳伉儷情篤，雖眾口不能強。羅癭公與蘭芳至友善，癭公有言，蘭芳必諾。梅黨知其然，轉請癭公說之，蘭芳乃允，遂聘芝芳。蘭芳貌如初日芙蕖，光艷奪目，固今世之美男。而芝芳昳麗絕倫，一時有『梅福神仙』之譽。」總之，梅蘭芳的繼娶，和「梅黨」有極大的關係，可見「梅黨」介入梅蘭芳生活之深。

王明華原本賢慧，在「無後爲大」的情況下，她毅然同意梅蘭芳的繼娶。儘管如此，心裡總難免不是滋味。王明華的哥哥王毓樓原是唱武生的，性情暴躁，他看到妹妹這般光景，認爲梅蘭芳無義，竟去找梅蘭芳算帳，據說一怒之下拿著茶壺就向梅蘭芳砸去，結果邊上的姚玉芙「救駕」，替梅蘭芳挨了一茶壺，還鮮血直流。

一九二一年十一月三日（農曆十月初四）梅、福兩人完婚。而在婚前的十天（十月二十五日）梅蘭芳搭「太平社」，在文明園演出大軸戲《祭塔》，同台演員中還有未來的夫人福芝芳，這也是

梅蘭芳與第二任妻子福芝芳合影

福芝芳的最後一次演出，也許是她意識到這是告別京劇舞台的演出，因此她演得十分賣力，在這場較爲吃重的唱工戲近四十分鐘的唱段中，她唱得悽楚委婉，眞切地表達白娘子的悲慘遭遇，博得全場觀眾多次的掌聲。原本不太願意離開舞台的福芝芳，在這戲演畢之後，她就專心做梅大奶奶了。當時梅蘭芳住在蘆草園，王明華住東院，稱東院大奶奶；福芝芳住西院，稱西院大奶奶，東西相映成趣，一時傳爲佳話。

而王明華後來到了天津養病，到了一九二八年已病入膏肓，當年秋天病逝於天津日本人開的井上醫院，終年三十五歲。據王一知先生文，梅氏承乃妻遺言，將王身前自己選鑒對定之棺木，運到天津，遂即大殮，在場照料者，有梅之摯友舒石父、徐昭候、朱伯敬、張聊止及姚玉芙等人，梅哭之甚哀，三日後，在天津特一區三義莊，行接三禮，梅自撰一聯輓之，聯曰：「三年病榻嘆支離，藥灶茶爐，悼我當時心早碎；一旦津門悲永訣，淒風苦雨，哭卿幾度淚全枯。」悲戚之情，溢於言表。

福芝芳婚後的生活，據李仲明和譚秀英合著的《梅蘭芳傳》說：「她與梅蘭芳相親相愛，共同生活了四十年，生九個子女，五個因病和當時醫療條件較差而夭折，長大成人的有老四梅葆琛、老五梅葆珍（後改名紹武）、老七梅葆玥、老九梅葆玖。福芝芳操持家務，生下兒女請母親福蘇思幫助餵養，自己專心照顧梅蘭芳的生活和演藝事業。在『綴玉軒』書房裡，福芝芳常常陪伴梅蘭芳看書、作畫、修改整理劇本。梅蘭芳去各地演出時，福芝芳不辭辛苦，跟在身旁；梅蘭芳每演一齣戲，福芝芳

都要到劇場後台，爲演員的扮相、妝點挑選頭飾、翠花、絹花等，以增進演出效果；在服裝且行設計、革新方面，福芝芳也付出很多心血，每排新戲須做新的行頭時，她都親自到前門瑞蚨祥綢緞店挑選適合劇中角色的各種彩色料子。梅蘭芳排演《洛神》時所披的粉紅色玻璃紗、排演《天女散花》的風帶及兩齣戲的服裝顏色，都是福芝芳設計、調配的。」

福芝芳幾十年來，專一照應著梅蘭芳。從平時演出到日常生活，巨細靡遺，處處操心。尤其是在抗日戰爭時期，梅蘭芳不願爲日僞漢奸演出，蓄鬚明志，沒有收入，生活窘迫。在此期間，福芝芳始終如一地支持梅蘭芳的正義行動，爲補貼日常生活費用，經常悄悄地將自己的首飾拿出去典當，勉強度日。雖然，有些人提出，只要梅蘭芳能上台，願意送上一百根金條，她也不爲所動，甘願清貧，決不向敵僞低頭。

一九六一年，梅蘭芳先生不幸病逝，福芝芳對梅之班底，有找不到職業者，都資助其生活。「文革」期間，梅宅也未能倖免，全家老小均被「掃地出門」。而福芝芳雖身處逆境，卻始終忍辱應變。在她精心保護下，梅蘭芳生前所遺留下來的部分有價值的劇本、曲譜、服飾、文稿等都得以保存，爲後人留下了珍貴的梨園史料。一九八〇年，福芝芳病逝於北京，享年七十五歲。

在兩位夫人之後，梅蘭芳還有一位夫人，只是後來中途離異了，她就是名伶孟小冬。孟小冬（一九〇七—一九七七），原名若蘭，字令輝。比梅蘭芳小十三歲，有關她的身世，一般的說法是出身梨園世家，祖父孟七是與譚鑫培同時代的著名文武老生兼武淨演員，他曾在太平天國英王陳玉成辦的「同春社」科班教戲，太平天國失敗後，來上海落戶，南方武戲的不少套子以及獨到的「絕活」都來自孟七。他晚年在舞台上，因飾《八蠟廟》的褚彪，走了個「硬搶背」，因而中風再也不能登台表演，從此家道中落。孟七生子六人，三子孟鴻榮，工武生，武功堅實，有名於時，後來改名為「小孟七」。六子孟鴻茂，先工文武花臉，後改丑角，也馳譽滬上。孟小冬的父親孟鴻群是孟七的四子，工文武老生兼武淨。孟小冬一九〇七年生於上海，受家庭薰陶，自幼喜歡唱戲。而身世的另一種說法是老作家沈寂在〈冬皇遺恨〉一文中說到，孟小冬後來居港其間，曾對他說：「我非孟氏所生……」，但當時只此一句，欲言又止。後來翁思再先生求證之余叔岩的女兒余慧清，她表示此說蠻可信的，並說孟小冬曾經到漢口找過生身父母，但未能如願。後來翁思再根據採訪所得得知：「孟小冬是漢口人，本姓董，名若蘭，祖居漢口董家巷，在礄口附近，後來遷到滿春茶園處。姊妹五人，父母為滿春茶園演員包伙食，維持一家的生計。民國元年孟鴻榮（藝名小孟七）與幾位兄弟孟鴻芳、孟鴻群、孟鴻壽、孟鴻茂到漢口進滿春茶園演出，伙食包給董家，演員分別借住附近民居。其中孟鴻群住董家，相處得很好，他尤其喜歡董家聰明俊俏的小女兒董若蘭，常帶她到後台看戲，這六歲的孩子居然能入迷。當時孟鴻群還沒結婚，演出之餘就帶著董若蘭到處玩，還教她唱幾口，聽她嗓音很正，大約兩三個月之後，孟家班離開漢口時，這爺兒倆有點難捨難分，董家父母就讓若蘭認孟鴻群為乾父，隨孟家班走江湖去了。本來孟家叫若蘭為『小董』習慣了，就一直未改口。回到上海後，孟鴻群請孟家的姑父仇月祥教老生戲。到了若蘭十五歲時，始冠孟姓，但大家仍稱孟若蘭為『小董』。由於『冬』與『董』同音，於是乾脆改名『孟小冬』了。」

孟小冬九歲時從姑父仇月祥學孫（菊仙）派老生。十二歲時，已學會三十多齣戲，並在無錫新世界登台演出了，舉止動靜，唱念做表，居然有大角風範。十四歲時，在上海大世界乾坤劇場演出，同台有老旦張少泉（李麗華之母），武旦粉菊花、姚玉蘭等。後又進法租界黃金榮開設的共舞台，同班有呂月樵、張文艷、林樹森、李桂芳、小金鈴、小寶義等名角，孟小冬掛牌排在第九，已嶄露頭角。這其間曾在上海、漢口、菲律賓等地巡迴演出，佳評如潮。

京劇演員儘管名氣再大，他們無不希望在北京菊壇能佔有一席之地，這就是史學家也是「戲迷」的顧頡剛在《檀痕日載》所說的：「情願在北占數十吊一天，不願滬上占數千元一月也。蓋上海人三百口同聲曰好，固不及北邊識者之一字也。」也因此一九二五年，十八歲的孟小冬隨仇月祥北上，先在天津演出，同年六月五日（農曆閏四月十五日）搭「永盛社」坤班在北京前門外大柵欄三慶園夜戲演出，與趙碧雲合演《探母回令》（四郎探母），開始嶄露頭角了。孟小冬爲都中名士們所賞識，她向名琴師陳彥衡學譚派唱腔，並拜余派名教師陳秀華爲師，又問藝於曾爲譚鑫培操琴、被譽爲「胡琴聖手」的孫佐臣（老元）。其中孫佐臣有一肚子的譚、余好腔，自然傾囊以授，孟小冬對余叔岩的唱法能夠得窺堂奧，大都得力於孫佐臣。不久孟小冬在京出台，孫佐臣毅然爲之操琴，於是孟小冬之身價，更爲之陡增。

孟小冬少女倩影

那時北京梨園界的規矩甚嚴，男女分演，坤伶只能在「城南遊藝園」演出。孟小冬首次出台後就是搭「崇雅社」坤班，在此演出的。孟小冬在城南遊藝園及新明大戲院、三慶園等各坤班演出聲名大噪。在當時名角如林的北平，孟小冬這個不到二十歲的女老生，在楊小樓、余叔岩、高慶奎、馬連良、言菊朋、王又宸、梅蘭芳、程硯秋、尚小雲、荀慧生、朱琴心、小翠花等大牌名伶的競爭下，居然能獨當一面，以唱大軸的頭排身分出現，可見其劇藝非凡。當時許多文人、記者、劇評家，爲她傾倒揄揚。天津《天風報》的沙大風，竟撰文發表，捧她爲老生行的「皇帝」，稱之爲「冬皇」。鋒頭之健，使當時一些著名乾角老生，爲之黯然失色。

一九二五年八月，北京第一舞台有一場盛大的義演，孟小冬破例做爲「坤伶老生」被邀演出。大軸是梅蘭芳、楊小樓的《霸王別姬》，壓軸是余叔岩、尚小雲的《打漁殺家》，倒三就是年僅十八的孟小冬和裘桂仙演的《上天台》，從演出的排序中就可看出她被重視的程度，甚至在許多名角之上。這次的演出，並開了女老生參加第一舞台義演的先例，使衆多前輩名角爲之側目，更爲梅蘭芳留下了深刻的印象。這場義演對孟小冬來說意義重大，因爲從此，孟小冬在京城聲名鵲起，以後的營業戲幾乎與梅蘭芳、楊小樓、余叔

花樣年華的孟小冬

岩不相上下。

而在緊接著的一次堂會戲上，她與梅蘭芳合演《四郎探母》，孟小冬飾演流落番邦的楊家將，梅蘭芳扮演溫柔明理的番邦公主，一個「陰陽顛倒」的搭配，卻讓台下的觀眾看得如癡如醉，大爲成功。以後梅蘭芳唱堂會，如有《四郎探母》，總邀孟小冬合演。孟小冬是位極有個性的奇女子，平時愛穿男裝，頭髮剪得很短，長了一張男人似的漂亮臉蛋，劇評家薛觀瀾曾將她與雪艷琴、陸素娟、露蘭春等以美貌著稱的坤伶相比，結論是「她們的姿色都比不過孟小冬」。而另一劇評人「燕京散人」（丁秉鐩）對孟小冬的唱腔更有著這樣的評論：「孟小冬得天獨厚的地方就是她有一副好嗓子。五音俱全，四聲俱備，膛音寬厚，最難得的沒有雌音，這是千千萬萬人裡難得一見的，在女鬚生地界，不敢說後無來者，至少可說前無古人。」因此她與梅蘭芳的合作，可說是一個比「男人更男人」的女人和一個「比女人更女人」的男人的精彩絕配，難怪會顛倒眾生，讓人雌雄莫辨了。於是好事者，就主張讓他們繼續合作演出，這種「釵弁互易」、眞眞假假的效果，肯定是票房的最大保證。

本來以孟小冬和梅蘭芳當時的年齡才貌、技藝造詣、劇壇成就；男女互相愛悅，乃自然之事，加上「梅黨」捧角家們，尤其是馮耿光的努力撮合，而梅蘭芳對馮耿光一向是言聽計從的；於是「冬皇」下嫁「伶王」，成爲當時人們所津津樂道的梨園韻事。據王一知先生的說法，「『梅黨』的中堅份子之一的齊如山，對福芝芳不滿，認爲王明華是被福芝芳氣死的，心懷忿忿，於是竭力在梅蘭芳面前宣揚孟小冬如何如何才貌出眾，色藝兼優，並多方爲之拉攏，梅孟之間竟然彼此心心相

梅蘭芳與孟小冬合影

印了。當時孟小冬是寫給仇月祥的徒弟，人身依附，失去自由，包銀也悉數爲仇月祥所得，對此梅蘭芳當然爲之不平，梅孟雙方既已相戀，於是梅之好友馮幼偉（耿光）同意花一筆錢，讓孟小冬從仇月祥身邊解脫出來，師生契約既毀，孟小冬從此下嫁梅蘭芳。一九二七年春節剛過的農曆正月二十四日，由馮幼偉證婚，兩人結爲伉儷，洞房設在東四九條馮幼偉公館裡，對外保密，金屋藏嬌。而初時齊如山和李釋戡向孟家提親時，孟家也以梅有兩房夫人，不願女兒作偏房相對。齊、李言王明華病體沉重在天津療養，家裡實只一房。婚後另屋分居且又以梅蘭芳『兼祧兩房』並非偏房，才獲得了孟家的同意。」

其實早在一九二六年八月二十八日天津的《北洋畫報》上就有署名「傲翁」的文章說：「小冬聽從記者意見，決定嫁人，新郎不是闊佬，也不是督軍省長之類，而是大名鼎鼎的梅蘭芳。」當天的《北洋畫報》上還刊發了梅、孟各一張照片，照片下的文字介紹分別是「將娶孟小冬之梅蘭芳」、「將嫁梅蘭芳之孟小冬」。這可能是媒體最早對梅、孟戀情的肯定報導。報導中還提到「這場親事的媒人，不是別人，偏偏是梅郎的夫人梅大奶奶。……梅大奶奶現在因爲自己肺病甚重，已入第三期，奄奄一息，恐無生存希望，但她素來是不喜歡福芝芳的，所以決然使其夫娶小冬爲繼室，一則可以完

成梅孟二人的夙願，一則可以阻止福芝芳，使她再無扶正的機會。」但此僅聊備一說，梅蘭芳的再娶孟小冬，就一如梅蘭芳的娶福芝芳，可說全是「梅黨」出的主意，梅大奶奶（王明華）或有此存心，但若說是此事件的媒人，則恐怕言重了。

梅蘭芳在外「金屋藏嬌」的「金屋」就設在東城內務部街巷內，梅蘭芳每日必到，孟小冬除有馮家小姨作伴外，梅蘭芳並延請鮑吉祥上門教身段、把子，專教孟小冬余派的表演藝術。孟小冬還習繪畫、書法和讀書。這一階段孟小冬息影舞台專做梅太太了，原先人們所津津樂道的「乾坤絕配」，卻成了「絕響」，並沒有繼續在舞台上演。試想孟小冬一旦成了伶界大王梅蘭芳的妻子，還需拋頭露面唱戲掙錢嗎？婚後的梅、孟應該是幸福甜蜜的，我們看到一張照片，家居的梅蘭芳用手在牆壁投影做動物造型，孟小冬在照片的右邊寫道：「你在那裡作什麼啊？」梅蘭芳在照片的左邊寫上：「我在這裡作鵝影呢。」一問一答，鶼鰈情深，躍然在這無聲的畫片中。

孟小冬的畫像

梅、孟之戀，在世人眼中特別般配，而更爲人所豔羨，當時就有山東濰縣人王賞生作詩二十首，歌詠此事。其中有詩云：「慣把夫妻假品嚐，今番眞個作鴛鴦。羨他梅福神仙侶，紙閣蘆簾對孟光。」「眞疑是戲戲疑眞，紅袖青衫倆俊人。難怪梅嶺開最好，孟冬恰屬小陽春。」眞是說不盡地濃情蜜意，道不完的美好光景。然而這如花美眷，卻終未能長久。婚後不到一年，兩人的關係即時疏時密，時好時壞了。一九二八年十一月下旬，梅蘭芳背著福芝芳帶孟小冬赴廣州、香港演出。一九二九年春，《北洋畫報》還有他倆相伴從上海回北平的消息，稱「孟小冬業已隨梅蘭芳倦遊返平，有公然呼爲梅孟夫人者，適梅之訊，從此證實」。梅、孟的婚姻關係，在當時雖有諸多傳言，但一直沒有正式對外公開，這是首次公開。之後，梅、孟又維持了一段貌合神離的關係，直到一九三一年正式分手。

梅、孟分手的原因眾說紛紜，然大都爲猜測，有些說法甚至跡近於小說家言。據學者鄧賓善在〈梅蘭芳和孟小冬的不了情〉一文，認爲導致梅、孟分手的原因，較爲可信的大致有三種說法：

一九二八年孟小冬的便裝照

一是梅蘭芳京城血案受驚。就在梅、孟結婚不久，發生了一樁震驚整個京城的「血案」，梅蘭芳差點爲此丟了性命。當時孟小冬在舞台上扮相俊美，台風瀟灑，不知傾倒了多少戲迷，紈絝子弟王惟琛（實際是李志剛，後人的報導都根據章君穀的說法，而張冠李戴了。）就是其中一個。王惟琛一直單戀孟小冬，聽孟小冬嫁給梅蘭芳，欲找梅蘭芳理論。一天中午，梅蘭芳正和「梅黨」馮耿光等幾個朋友在家吃午飯，王惟琛持槍闖入梅府，將代表梅蘭芳出來接待的北平《大陸晚報》經理張

漢舉打死，自己也被軍警擊斃，人頭被懸掛在大柵欄附近的一根電線木桿上。另一種說法卻是綁票案。說是一九二七年九月十四日下午兩點多，有位二十歲左右名叫李志剛的青年，在馮（耿光）宅綁架張漢舉向梅索借五萬元，後張漢舉被打死，李自己也被軍警打死。究竟是由「槍匪綁票」，還是因爲妒殺引起血案，當年就莫衷一是，今天舊事重談，其眞相更難究明瞭。但不管怎樣，這件事鬧得滿城風雨，梅夫人福芝芳終於有了理由：「大爺（指梅）的命要緊。」輿論很快也站到了她的一邊。梅蘭芳深受驚嚇，一度避居上海，梅、孟關係由此逐漸疏淡。

二是小冬吊孝受窘。據曾與梅蘭芳、周信芳等人交誼甚厚的吳性栽（筆名檻外人）說：「當時梅蘭芳跟孟小冬戀愛上了，許多人都認爲非常理想。但梅太太福芝芳不同意，跟梅共事的朋友們亦不同意。後來梅蘭芳的祖太太去世，孟小冬要回來戴孝，結果沒辦到，小冬覺得非常丟臉，從此不願再見梅。有一天夜裡，正下大雨，梅蘭芳趕到小冬家，小冬竟不肯開門，梅蘭芳在雨中站了一夜，最後悵然離去，所以梅、孟二人斷絕來往，主動在孟。」這是指一九三〇年八月四日梅蘭芳的祧母（即大伯母，梅蘭芳從小過繼給大伯父梅雨田。）過世的事，次日梅蘭芳剛訪美回到天津，聞知噩耗，馬上馬不停蹄趕回北京奔喪。做爲梅蘭芳的妻室，孟小冬理應披麻戴孝在孝堂接待四方弔唁賓客，豈知孟小冬奔到梅宅，卻被下人擋在門外，說是福芝芳夫人的主意不准她進門，孟小冬無奈之下，要梅蘭芳出來說話，重孝在身的梅蘭芳只得兩頭勸，但兩邊都沒有商量的餘地。懷孕在身的福夫人甚至揚言，若是讓孟小冬進門，她就拚上兩條人命。按照梅蘭芳的個性，此時只得轉而勸孟小冬，孟小冬萬般無奈，含著淚眼奔離梅宅，此時她才知道什麼「名定兼祧」、「兩頭大」，到頭來卻是鏡花水月一場空。是妻是妾，至今身分未明，卻在大庭廣眾之下，受盡奚落，這叫孟小冬情何以堪！

三是另有第三者介入。梅蘭芳在一九二九年末到一九三〇年訪美期間，聽說孟小冬身邊另有感情介入。傳言者還認爲，梅蘭芳對孟小冬並未明媒正娶，因此孟小冬對梅蘭芳不負有婚姻意義上的責任。但這種說法是有些捕風捉影，若孟小冬眞有第三者，梅、孟何以要拖到一年後才離婚，而且主動權不在梅蘭芳，卻在孟小冬，似無法自圓其說。

上述三種情況或皆有之，但究竟哪一種情況是造成梅、孟分手的直接原因，恐怕只有當事人自己心裡清楚了。余叔岩的女兒余慧清在〈憶父親余叔岩〉文中說：「孟小冬同梅蘭芳的婚姻是個悲劇。據我所知，在梅蘭芳身邊的『捧梅集團』中，又因梅的兩個妾關係而分成『捧福（芝芳）派』和『捧孟（小冬）派』。梅的原配王氏夫人在世時，孟小冬同她比較合得來；王氏夫人故世後，在『捧福派』和『捧孟派』的較量中，前者占了上風，孟小冬不甘繼續爲妾，遂離婚出走。當時的『捧福派』有馮耿光、齊如山等。由於父親當時尙未收孟爲徒，但她已私淑余派，其天賦很爲我父親所看重。因此在梅周圍的兩派爭鬥時，父親就偏向於『捧孟派』。這也是齊如山和我父親後來結怨的緣由之一。」余慧清又說，每當說起與梅蘭芳的分手，孟小冬總是用「離婚」這個詞，她對於名分很看重。

一九三一年夏秋之交，孟小冬在上海聘請了鄭毓秀律師當法律顧問，又由上海聞人杜月笙等出面調停，梅蘭芳付給孟小冬四萬元贍養費，雙方終告分離。兩人分離後，孟小冬曾看破紅塵，終日茹齋念佛。不久父親又病逝，對她又是一大打擊。友人不忍其消沉，要其面對流言蜚語，提出辯解。於是

在一九三三年九月五、六、七日天津《大公報》第一版上，孟小冬連登三天〈孟小冬緊要啓事〉：

啓者：冬自幼習藝，謹守家規，雖未讀書，略聞禮教。蕩檢之行，素所不齒。邇來蜚語流傳，誹謗橫生，甚至有爲冬所不堪忍受者。茲爲社會明瞭眞相起見，爰將冬之身世，略陳梗概，惟海內賢達鑒之。竊冬甫屆八齡，先嚴即抱重病，迫於環境，始學皮黃。粗窺皮毛，便出台演唱，藉維生計，歷走津滬漢粵、菲律賓各埠。忽忽十年，正事修養。旋經人介紹，與梅蘭芳結婚。冬當時年歲幼稚，世故不熟，一切皆聽介紹人主持。名定兼祧，盡人皆知。乃蘭芳含糊其事，於祧母去世之日，不能實踐前言，致名分頓失保障。雖經友人勸導，本人辯論，蘭芳概置不理，足見毫無情義可言。冬自歎身世苦惱，復遭打擊，遂毅然與蘭芳脫離家庭關係。是我負人？抑人負我？世間自有公論，不待冬之贅言。抑冬更有重要聲明者：數年前，九條胡同有李某，威迫蘭芳，致生劇變。有人以爲冬與李某頗有關係，當日舉動，疑係因冬而發。並有好事者，未經訪察，遽編說部，含沙射影，希圖敲詐，實屬侮辱太甚！冬與李某素未謀面，且與蘭芳未結婚前，從未與任何人交際往來。凡走一地，先嚴親自督率照料。冬秉承父訓，重視人格，耿耿此懷惟天可鑒。今忽以李事涉及冬身，實堪痛恨！自聲明後，如有故意毀壞本人名譽、妄造是非，淆惑視聽者，冬惟有訴之法律之一途。勿謂冬爲孤弱女子，遂自甘放棄人權也。特此聲明。

從此「啓事」中，我們可以明瞭當初孟小冬嫁梅蘭芳時，苦苦追求的是「名分」，而在祧母去世時，梅蘭芳不能實踐前言，以致「名分」頓失保障。原來被孟小冬看做是精神支柱的「名定兼祧」，已經不復存在了。到頭來孟小冬之適梅蘭芳實爲側室，既爲側室而又不爲梅蘭芳的家族所共認，於情於理自難求全。此恐是導致孟小冬毅然離去的主因。

雖然梅、孟分手後，彷彿緣分已盡，各不相關，實則無論梅蘭芳，還是孟小冬，對舊日戀情，無不中心藏之，何嘗半日相忘！學者鄧賓善認爲，從孟小冬來說，與梅蘭芳分開，原是一時負氣。在與梅蘭芳分手後的各個時期，她看似心如古鏡，波瀾不驚，但心中積鬱的依然是揮之不去的思梅情結。孟小冬晚年在港期間，有些港台朋友去看望她時，發現孟寓內供奉著兩台靈位。第一台供奉的是余叔岩，余叔岩是孟小冬的師父，故爲他設一靈台，此理易明。第二台靈位供奉的是梅蘭芳，則不難想見梅蘭芳在孟心中的地位。雖然她於一九五〇年與杜月笙拜堂成了夫妻，但仍不忘與梅蘭芳舊日的情分。此舉示人以她眞實的內心世界，世人將會作何感想，她也在所不計了。

據老作家沈寂說孟小冬後來在港期間，他有機會和她在杜府單獨會面，「在她身上已看不到英俊的扮相，只有憔悴的厭倦人生的愁容。她說得很少，知道我來自上海，便關心地詢問起留在京滬兩地的京劇名伶，有意無意地單單不提梅蘭芳。她不會忘記，也不是遺漏，而是不便啓齒。我理解她的苦衷和心情，便主動告訴她關於梅蘭芳的情況，闢清香港報刊編造的種種荒唐謠言。孟小冬默默傾聽，嘴角露出難以察覺的寬慰的笑窩。」

至於梅蘭芳，在與孟小冬了斷感情後，表面上看也是從此絕口不再提及孟小冬，但在他心中，卻

總有著深藏不露的心田，存放著孟小冬的倩影。就在一九四七年上海杜壽義演，梅蘭芳雖未去劇場看孟小冬演出，但在家連聽了兩天電台轉播孟小冬唱的《搜孤救孤》，在熟悉的聲音裡，梅蘭芳可曾內心澎湃、思潮起伏，可曾有過「此情可待成追憶，只是當時已惘然」！

據鄧賓善文中引用前人說上世紀五〇年代，梅蘭芳路過香港時，還祕密與孟小冬會了一面。這件事是許多敬梅的人多所諱言的，但從梅蘭芳的爲人來看，他勇敢地謀求在港島與孟小冬再晤一面，是完全可以理解的。香港一晤，爲「梅、孟之戀」畫上了一個淒美的句號。就讓它「此情成追憶」吧！天上人間不了情。

金屋藏嬌突驚變

一九二七年的情殺命案

孟小冬初到北國，頻繁演出於京、津兩地，參加永慶社、慶麟社、崇雅社等坤班演出。她正值豆蔻年華，明慧照人，台風演技竟能與當時的著名男角老生相頡頏，一時成爲風靡九城的紅角。雖然演戲要男女分班，但大宅門的堂會卻不受這個限制。那時，最紅的旦角是有「伶王」之稱的梅蘭芳，以男性扮女人；最紅的生角是孟小冬，以女性扮男人。乾旦坤生，顛倒陰陽。有好事者大力促成他們合作演出了《四郎探母》、《遊龍戲鳳》，男女角色顛鸞倒鳳，演來精彩而又富於羅曼蒂克。進而更撮合他們成了一對佳偶，成爲轟動菊壇的佳話。但命運之神似乎沒有永遠眷顧他們。孟小冬的天生麗質、精湛的演技，曾引來不少她的「劇迷」，甚或追求者，其中有一位單戀孟小冬而不得的狂徒，竟認爲是梅蘭芳搶走了他的「情人」，於是醋海生波，竟跑到馮公館要找梅蘭芳理論，卻陰錯陽差地製造了一起駭人聽聞的血案，引得社會輿論沸沸揚揚，對孟、梅兩人都造成了極大的困擾，兩人終告仳離。

孟小冬的時裝造型

這事件的男主角叫李志剛（後來的傳記及報導文章皆因根據章君穀的《杜月笙傳》，而誤爲王惟琛，讀者可參看同濟大學許錦文先生著《梨園冬皇孟小冬傳》第一百四十二頁之「李匪格斃梟首之告示」及「事後軍警聯合辦事處之佈告」兩照片資料和相關內容，即可辨正。）根據包平和先生的資料說李志剛原籍東北，父親早喪，既無兄弟，亦無姊妹，隨同母親卜居北京，中、小學畢業之後，考入東城某大學校，就讀法律系。彼時的大學生用功於課業固然很多，但生性遊蕩的自然也有，李志剛就屬於後者，他經常到城南遊藝園去聽戲捧角。城南遊藝園是一九一九年廣東商人彭秀康在香廠南角買了幾十畝荒地，開闢了一所與上海「大世界」風格截然不同的遊樂場。在那裡百戲雜陳，應有盡有，最大的劇場演京劇，有樓廳也有包廂，日夜兩場完全由坤班演出，是「崇雅社」的班底。從上海來到北京的坤角，大都先在城南遊藝園招徠顧客，它爲坤班演出建立了固定演出地點，也幫助了無數有才華的女演員成名。最早京劇科班是不收女生的，直到辛亥革命後，北京有了崇德社、維德社等坤班，女演員演唱京劇雖然盛行了起來，但在很長一段時間裡，她們還是進不了前門外的大戲園子，更甭說參加盛大的義務戲演出了。即使名聞全國的鬚生孟小冬，最早也只能在遊樂場演出。

按照當時遊藝園的規定，坤班後台一向是「閒人免進」的，但由於這些捧角者已是熟客，只要肯厚著臉皮大模大樣走進後台，誰也不好意思攔阻，李志剛就循此途徑經常流連於後台。李志剛在遊藝園捧角的目的，原先是要獵取琴雪芳（本名馬金鳳）的。據陳定山《春申舊聞》中的〈馬金鳳與琴雪芳〉一文說，琴雪芳天生貞靜，長得極美，用《紅樓夢》人物來比方，實和林黛玉是一個模子裡塑出來的，當年跟阮玲玉一樣大受男女學生崇拜。最早演於上海大世界乾坤大劇場，色藝兼優。一度遠走南洋到菲律賓小呂宋去演出，頗獲好評，京中盛傳琴雪芳到過外國，這下子可替她做了大宣傳。一九二四年她接碧雲霞之後於「遊藝園」演出，以演古裝戲爲主，

年輕時的梅蘭芳

如《麻姑獻壽》、《寶蟾送酒》、《千金一笑》等劇，當時都中只有梅蘭芳演出這路戲，如今來了個坤角俱然能之，首先驚動了「梅黨」馮耿光、吳震修等人，他們都成了座上客。很快這個琴雪芳的名字，傳到大總統黎元洪的耳朵裡，黎元洪召她到公府演堂會，備加賞許，琴雪芳成了進大總統府演戲的第一位坤伶，從此身價備增。

但當年她在上海是以馬金鳳之名演出，名士劉史超十六歲的兒子劉野驢天天去捧場，愈捧愈迷，後來兩人產生了感情。沒多久，馬金鳳的母親查出他們暗地幽會，狠狠打得金鳳通身青紫，決定把她送到北京從師學藝。金鳳到了京城改名琴雪芳，不久大紅了。李志剛鎖定琴雪芳爲獵艷的對象，無奈她早在上海時，即心有所屬。後來琴雪芳又與遊藝園解約離去，這時李志剛的獵艷對象才換上了孟小冬。那李志剛又一本初衷的向孟小冬進攻，也偶借散戲後送她回家的機會，常到她家中坐坐。孟小冬母女因爲自己的行當是跑碼頭，吃開口飯的，對於

梅蘭芳飾演的《鄧霞姑》

任何一位主顧也不敢得罪。因此每逢李志剛來到家中，或在後台相遇，總是客客氣氣的應酬幾句，沒想到這一稍假辭色，卻讓李志剛想入非非、一廂情願。後來孟小冬在城南遊藝園的契約期滿，另搭慶麟社坤班，改在香廠華嚴路新明大戲院登台，李志剛也跟著轉移陣地，仍舊捧場如儀。

孟小冬的男裝打扮

不料突然有一天，孟小冬臨時輟演，李志剛等了幾日但始終不見孟小冬的人影，跑到孟家也沒有見到本人，更問不出所以然來，正在愁悶徬徨之際，才聽人說孟小冬早已嫁給梅蘭芳了，當然不會再出來演戲了。而且主婚者是馮耿光，人稱馮六爺的，這是千眞萬確的事。李志剛這一驚非同小可，他自忖論財力勢力都無法與馮、梅相比，不過心有未甘，總想乘機見到這兩人，打他們一頓出出這口惡氣，於是他花了九牛二虎之力，費時好幾個月，才將馮、梅二人的住址打聽清楚，並曾到過兩家門前附近窺伺過。案發是在一九二七年九月十四日下午兩點多，據當時的報人管翼賢的《北京報紙小史》文中，有這樣一段記載，說張漢舉（外號「夜壺張三」）「素與梅蘭芳最契。時有某大吏之子，與名坤某交往甚密，花費金錢甚多，而某坤伶又欲委身梅郎。大吏子不能忍，擬以手槍對付情敵，數至梅郎私寓尋仇未果。某日。梅郎應東四九條銀行家馮耿光之召，大吏子跟蹤而至。適野狐（張三）亦在馮處，張氏素好事，當時聲言，願作調人，即與大吏子同車尋

某坤伶，未見，復回馮宅。馮宅驟以電話告知憲兵司令部，謂有強盜持槍索款。兵至，即向屋內開槍。恰值張氏與大吏子談話，二人同死於槍彈之下。事畢，將大吏之子首懸於正陽門外示眾，指爲強盜云。梅蘭芳厚贈張氏遺族。張氏之死固屬其冤，但報人不自檢點，常與下等人爲伍。張氏之死，誠不足惜。」管翼賢的報導中稱「大吏之子」，還是指向王惟琛，其實是錯的。

案發當天傍晚，梅蘭芳去老朋友馮耿光家赴宴。張漢舉（張三）也恭陪末座，盛筵正開之際，一名男子來到馮宅門口逡巡不去。馮家的僕役上前客氣地問道：「先生貴姓，到這裡來有什麼事嗎？」青年操著山東口音從容地說：「我叫李志剛，在黎明中學教書，因爲急事，想見梅老板（舊時對名演員的尊稱），煩你通報一聲。」僕役遂至上房客廳向梅蘭芳通報。這時馮耿光問：「他有什麼事？」僕役說：「看樣子像是告幫（即借錢）的。」馮說：「你們眞不會辦事，那就給他幾個錢打發走就是了，還回稟什麼。」僕役說：「我們已經給他添到二十塊錢了，他還不走，非面見梅老板不可。」這時候張三在旁自告奮勇說：「我去看看……」，李志剛見到張三，忙跪倒在地，泣訴道：「先生，我不認識梅老板，只是我父與梅老板有交情，現我父已死三天，停屍在床，無錢入殮，想向梅老板告幫。」張三將李志剛扶起，令其在門房中稍待，自己入內將此事告訴了梅蘭芳與在座諸賓客。梅蘭芳當時就將隨身所帶的三十元拿出，其他客人也紛紛解囊，共湊了二百多元，讓張三轉交給李志剛。張三又來到門房，說：「梅老板和一些朋友們都願幫你，不知你府上哪？」李志剛答：「家住東斜街。」張三說：「那很方便，我住西斜街，我有汽車，一同送你回家。」這時，有一汪姓客人出來，欲搭張三的汽車回家，於是三人坐上汽車，往西城開去。

開車後不久，李志剛突然從腰裡掏出手槍對準張、汪二人，滿臉猙獰：「把車開回去找梅老板！」張、汪大驚，張三忙說：「朋友，有話好講，不必這樣。大家都是好意幫你，你何必這樣？」李志剛冷笑一聲說：「少囉嗦，我剛才說的都是假話，我今天要向梅老板借十萬元，不然就借你二位的腦袋！」汽車重開到東四九條胡同馮宅門口。

據包平和的記載說，下了車，李志剛叫張三高舉雙手在前面走，他用手槍抵住張的後心，魚貫而入；門道站的當差全嚇傻了。見兩人由前院進了垂花門，直入中層大廳，進去便命張三把廳內電燈全部熄滅，又將廳門大隔扇也關緊，叫張三趴在窗口向外喊話，讓馮、梅速籌十萬元現鈔，都要十元一張的，趕快送來給張三贖命。這時已是晚間八點，前院倒座客廳裡酒席未散，門房廳差的和汽車司機進來報告經過，大家一聽全愣住了。馮、梅兩家不用說立刻拿不出十萬元現鈔來，就是兩三萬也籌措不及，只好一面向警察廳報案，一面由馮耿光親自給中國銀行值夜的打電話，叫他們趕快把管庫的找來，現開庫要湊出十萬塊的十元現鈔送到總裁家裡來。這一折騰不久之間，內左一區的武裝警察，戶部街的保安隊、偵緝隊，步軍統領衙門的巡防隊，大隊人馬從四面八方急馳而至，整條煤渣胡同的門裡門外都佈滿了軍警，連馮宅三層院落以及左右鄰居的房上也站滿了人，眼見李志剛挾持著張三就在中廳，只是沒法兒下手，那年月軍警手裡既沒有瓦斯槍，也沒有催淚彈，想要拿活的、救活的，勢比登天還難。

這時候中國銀行已然把十萬現鈔送來，放在前院客廳裡，一共是十大綑。同時偵緝隊的人都換了

便衣，扮做廳差模樣來到中廳，綁匪要他們一綑一綑地將現鈔往裡遞送，而他們則在伺機奪槍抓人。但綁匪也很機伶，那支手槍一直抵在張三的後心上，一刻也不放鬆。綁匪要張三從窗戶眼兒將現鈔接進來，並查點數目，偵緝隊雖然精明能幹，但此時對之亦莫可奈何，因爲馮六爺有令，就是十萬元全給綁匪拿去都沒關係，但要保住張三的活命要緊，因此大家無不小心翼翼，不敢貿然行動。直到十萬現鈔都拿到並點收完畢，綁匪要張三傳話，把一輛汽車開到大門口，預先開好車門，等候啓行，馮宅遵命照辦。這時綁匪叫張三打開大隔扇，雙手捧著鈔票在前面走，他仍用手槍押著，在後緊緊跟隨，由中院走至前院，直到出了大街門，兩旁的僞裝的僕役因投鼠忌器，誰也沒敢動，到了汽車車門前，他叫張三抱著鈔票先進去，張三低頭彎腰往汽車裡一鑽，手槍槍口剛好離開他後心，僞裝的僕役一看機不可失，忙步向車門，綁匪見狀便說：「好啊，你們有埋伏！」馬上對準張三「砰砰砰」連開了三槍，這時隱蔽的軍警一聞槍聲，知道事情已決裂，鳴槍示警。李志剛伏在窗下，掏出手槍向外射擊，軍警也開槍還擊，李志剛身中八彈而亡，軍警中也有二人受傷。

當天，官廳就對李志剛以「搶匪綁票」定案，他被梟首示眾，首級懸在東四九條胡同口電線桿上。還貼有佈告「軍警聯合辦事處佈告：爲佈告事，本月十四日夜十二時，據報東四牌樓九條胡同住戶馮耿光家，有盜匪闖入綁人勒贖情事，當即調派軍警前往圍捕，乃該匪先將被綁人張漢舉用槍擊傷，對於軍警開槍拒捕，又擊傷偵緝探兵一名。因將該匪當場格殺，梟首示眾，由其身邊搜出信件，始悉該犯名李志剛，合亟佈告軍民人等，一體周知。此布。中華民國十六年九月十五日。司令王琦，旅長孫旭昌，總監陳興亞。」

在這場意外中，張漢舉不幸喪命。事後梅蘭芳深感歉疚，他包攬了後事，並贈予張家位於麻草園的房屋一幢和現金兩千元。此事當時轟動了北京。最後雖然有驚無險，但是小報上的流言蜚語卻一時之間鋪天蓋地而來，有的說孟小冬原是那個青年的未婚妻，某某伶人是奪人所愛云云。梅蘭芳的名字和命案緋聞糾纏在一起，是相當難堪的。而梅蘭芳在受此驚嚇之餘，只得深居簡出，暫時不登台表演。而「梅、孟之戀」更因此蒙上陰影，不久之後，兩人終告仳離。

廣陵絕響埋玉魂

孟小冬成爲杜月笙的五姨太

嫦娥奔月

孟小冬從小在京劇家庭長大，耳濡目染之下，她別無選擇地走上了京劇的道路。她九歲開蒙，向姑父仇月祥學唱老生，十二歲在無錫首次登台，十四歲就在上海乾坤大劇場和共舞台先後與張少泉（電影明星李麗華之母）、粉菊花、露蘭春、姚玉蘭同台演出，居然大角風範，取得了不俗的成績。當時的評論界讚她「扮相俊秀，嗓音寬亮，不帶雌音，在坤生中已有首屈一指之勢」。當時北京是京劇演員心目中憧憬的「聖地」，爲了謀求開拓一片新天地，一九二五年，十八歲的孟小冬毅然離開上海，北上拜師深造。誰也不曾料到命運之神既眷顧她又捉弄她，她在人生旅途上邁出的這一步，竟使她創造出以後事業的輝煌，同時也經歷了一段傳奇的愛情——和梅蘭芳的婚戀，但又飽嘗婚變的創傷。

「梅、孟之戀」好景不常，很快的兩人分手了，從此勞燕分飛，各奔東西。上世紀三〇年代初，梅蘭芳舉家南遷，這一方面固然是出於「八．一三」事變後，北平形勢吃緊；但一方面卻因粉絲李志剛的追求孟小冬不得，最終導致凶案發生，此事和梅、孟兩人情感最終破裂，也不無關係。

孟小冬與梅蘭芳分手後，一度息影舞台，寓居天津朋友家，茹齋念佛，並在某寺院受戒，出入於居士林，大有看破紅塵之勢。直到一九三三年她才再度復出，自己組班在京、津兩地演出，此時她已向余叔岩的輔弼鮑吉祥學余派戲，以《捉放曹》、《烏盆記》等轟動津門。到北京後，她多在東安市場吉祥戲院演出，班底陣容爲：青衣李慧琴（影星盧燕的舅母）、武生周瑞安、花臉李春恆、小生姜妙香、丑角慈瑞泉、裡子老生鮑吉祥、老旦李多奎、二旦小桂花等。孟小冬演的戲目有《四郎探母》、《失空斬》、《捉放曹》、《奇冤報》、《擊鼓罵曹》、《珠簾寨》、《御碑亭》、《盜宗卷》、《黃金台》、《武家坡》等。

當年孟小冬到北方的最大目的是要求得藝術上的發展，除了演出以外，她先後向陳秀華、陳彥衡、孫佐臣、王君直、蘇少卿等人請益，鑽研譚派藝術。孟小冬見識愈廣，理解愈深。在鑒別比較中，她做出了理智的抉擇，最終她把目標鎖定了余（叔岩）派（新譚派）。她認爲余派藝術不僅在唱念做表細膩深刻，絕非其他派別所能望其項背；而在唱腔方面的三音聯用（高音立、中音堂、低音蒼），能藏險妙於平淡，更爲她所愛。因此在北京期間當余叔岩有演出時，她必前往觀摩，細心觀察身段、地方（位置）；一方面又從陳秀華、孫佐臣學習字眼、唱腔。對余派票友如灌過《沙橋餞別》唱片的李適可（又名止菴），孟小冬也從他盤桓請教。後來她由余叔岩的好友楊梧山介紹認識了余叔岩，後又拜言菊朋爲師。言菊朋經常在給孟小冬說戲之餘，志獎余叔岩，鼓勵孟小冬向余叔岩問藝。

《狸貓換太子》中孟小冬的扮相

對余叔岩心儀已久的孟小冬，最後當然是下定決心，要立雪余門，親炙教導的。

其實，余叔岩對孟小冬的藝術才華，也頗爲欣賞。一九三五年曾有人介紹上海一票友拜余叔岩爲師，被余叔岩一口回絕。介紹人走後，余叔岩對身旁的朋友孫養農說：「有些人教也是白教，徒費心力。」孫問：「當今之世，誰比較好呢？」余叔岩回答說：「目前內外行中，接

近我的戲路，且堪造就的，只有孟小冬一人！」而在余門弟子中，到最後也確實只有孟小冬一人成就最高，堪稱是余叔岩的衣缽傳人。余叔岩的女兒余慧清在〈憶父親余叔岩〉文中這麼分析道：「父親一生正式收的徒弟，我記得是楊寶忠、譚富英、孟小冬和李少春。陳少霖因是親戚關係，教過他《一捧雪》、《洪羊洞》、《寧武關》等戲。後因我母親去世，繼母不讓陳家的人進門，陳少霖也就不再來學了。譚富英由於在舞台上已有名，不想再深究而作罷。王少樓因是世交，故有所指點。李少春當時演猴戲很走紅，他在學習上不如孟小冬那樣認眞專一，在字音呑吐行腔方面，使人有似是而非的感覺。」在在都證明唯有天分加上努力，才能攀登藝術的頂峰，孟小冬的成功絕非倖致的。

孟小冬想拜余叔岩爲師，在長達六、七年的過程中，但卻一直不能如願。其間她曾多次託人說項，無奈余叔岩這個人，因爲劇藝得來不易，不肯輕易傳人；同時又因其個性孤介保守，連男徒弟都不肯收，更遑論女弟子。但是機會終於來臨，一九三八年，著名京劇演員李桂春（小達子）攜子李少春北上，託竇公穎、張璧、桂月汀等朋友說情，懇請余叔岩收李少春爲徒。余叔岩礙於好友的情面總算勉強應允，十月十九日，借座泰豐樓舉行拜師儀式。在宴席上許多賀客都爲孟小冬抱不平，七嘴八舌抱怨余叔岩說，孟小冬對你畢恭畢敬，亦步亦趨，嗓音條件又比李少春好，爲什麼李少春一說你就收了，而孟小冬卻久久不能如願，莫非你重男輕女？余叔岩回答，小冬曾是梅蘭芳之妻，後又離異，在這種複雜的關係面前，我收小冬爲徒，或有介入矛盾之嫌。因爲梅、余曾是好友，並多次同台演出，但由於旁人的挑撥，已多年不再交談了。因此，余叔岩有此顧慮，也不無道理。但這時馬上有人說：「那好辦，請梅蘭芳出來說句話，保證不吃醋、不干涉，行嗎？」此刻滿座哄笑，余叔岩連連擺手，說道：「慢來慢來，男教師收女徒，教學練功時難免攙手扶肩，諸多不便，人言可畏啊！」這時楊梧山插話說：「原來你不是重男輕女，而是生怕男女授受不親啊！那好辦，你的二位女公子不是都喜歡戲嗎？小冬學戲時，請慧文、慧清（余叔岩女兒）陪學，如此這般，外人能說什麼呢？」大家都說：是個好主意。余叔岩一時語塞。於是，第二天也是請竇公穎等人介紹，余叔岩正式收孟小冬爲徒。精誠所至，金石爲開。經過漫長的等待，幾經周折，孟小冬終於夙願得償，成爲余叔岩的關門弟子，也是唯一的女弟子。

家居的余叔岩

此時的余叔岩體弱多病，早已息影舞台多年。據說余叔岩給人說戲沒有課表可循，要他有時間，情緒好，興致高，在深宵半夜，大煙抽足以後，才加以指點。學者許錦文在《孟小冬傳》中就說，每天下午三時，「琴師王瑞芝騎著黑色彎把自行車，鼻樑上架著一副墨鏡，胡琴別在腰裡，來到東四三條孟府，爲孟小冬吊嗓，總共三個小時左右。傍晚六時，琴師就在孟府晚飯。晚飯後，稍事休息，大約八點孟小冬和琴師一起出門。孟小冬坐自己的包月洋車，王瑞芝仍騎自己的自行車，一路同行，約莫半個小時，即到宣武門外椿樹頭條余府，就像今

天上夜班的職工，準時到崗。」而每天晚飯後，余叔岩要臨帖寫字，抄寫劇本，自己吊嗓、接待客人。等這些客人都散盡了，差不多就快到子夜時分了，這時余叔岩才開始給孟小冬說戲。有時學戲學得實在晚了，余叔岩就用自己的私車把兩人分別送回去。

同時，余叔岩所教的，你沒完全學會以前，他是不繼續往下教的。所以跟他學戲的人，一定要有功夫和耐性，才能學到東西。孟小冬殷勤奉侍，照顧周到；請問藝事，敬業執著，余叔岩自然也傾囊相授，除了《洪羊洞》、《搜孤救孤》以外，余叔岩對《失空斬》、《捉放曹》、《奇冤報》、《擊鼓罵曹》這些孟小冬常唱的戲，都加以修正，使其更臻完善。孟小冬曾對人說：「我拜余老師後，余老師就主張從根柢研究。首先，在字音準確上下功夫，所以偏重念白，兼及做派。《一捧雪》一劇，余老師曾教授三個月，口講指畫，不厭其煩，要求在唱念中要傳神。所有唱工戲，無論整齣還是一段數段，無一不由字眼說起，從發音以至行腔，凡是平上去入、陰陽尖團，以及抑揚高下、波折婉轉，均反覆體察，廣加考究，必令字正腔圓而後已。」據陳維麟的〈余叔岩生平回憶片斷〉文中說：「某次，孟小冬演《失街亭》，余在後台爲之把場，演畢卸妝時，其友人對孟說，孟演到『斬謖』時，怒目瞪眼，白眼珠露出太多，不好看。孟立即問余如何克服，余隨口指點說：『記住，瞪眼別忘擰眉，你試試！』孟對鏡屢試，果然，既好看，也不再露白眼珠了。事雖微小，亦足證余在藝術上的深邃造詣。據余對人述及他對孟的評價，認爲孟的唱工可到七分，做工最多五分。孟之技藝，當時內外行無不稱道，聲譽極高，而叔岩只給予如是評價，說明余對徒弟要求甚嚴。」

《捉放宿店》中孟小冬飾演陳宮，深得余派真傳

尤其是余叔岩當時罹患膀胱癌，自知不久於人世，他唯恐余派藝術從此失傳，便強忍劇痛，從病榻上撐起，做身段給孟小冬看，一招一式，分毫不差。力乏時搖搖欲倒，但仍不罷休，要孟小冬扶著他，又唱又做。余叔岩滿頭冷汗，孟小冬滿眼淚水。這感人肺腑的師徒之情，這動人心弦的教學之景，恐無前例，應永志史冊！孟小冬的藝術在拜余之後，升堂入室，盡得精髓，成爲余派嫡傳第一人，五年之內，余叔岩爲她說了近十齣的全劇，分別爲《洪羊洞》、《捉放曹》、《失空斬》、《二進宮》、《烏盆記》、《御碑亭》、《武家坡》、《珠簾寨》、《搜孤救孤》等，還有一些戲的片段或選段，總共她涉獵三十齣戲左右。

一九四三年，余叔岩因患膀胱癌不治逝世，孟小冬痛輓恩師，她的輓聯寫道：「清方承世業，上苑知名，自從藝術寖衰，耳食孰能傳曲韻；弱質感飄零，程門執轡，獨惜薪傳未了，心喪無以報恩師。」其哀痛溢於言表。「獨惜薪傳未了，心喪無以報恩師。」是孟小冬的自謙之詞，學者孟瑤在《中國戲曲史》就評價說：「（孟小冬）自拜叔岩，則每日必至余家用功，寒暑無間。前後五年，學了數十齣戲，是余派唯一得到衣缽眞傳的人。……假若余派的東西是眞正研究院的玩藝，孟小冬倒眞是一位唯一夠資格的研究生。名貴則名貴極矣，然大好藝術不能廣傳，總是一件令人扼腕的事。」

「弱質感飄零」的孟小冬最後卻情歸杜月笙，余慧清說：「孟小冬同梅蘭芳離婚後，曾對我們姊妹說，她以後再也不嫁人，又說不嫁則已，要嫁就要嫁一位跺腳亂顫（即有權有勢）的人。」這話裡頭隱含著不少的委屈。杜月笙當年在上海灘是叱吒風雲的人物，是否正暗合了孟小冬的預言。說到孟小冬與杜月笙的關係，淵源流長。杜月笙是二十世紀二、三〇年代上海黑社會的巨頭之一，與黃金榮、張嘯林並列齊名，而且後來居上。他生於一八八八年農曆七月十五，因這一天皓月當空而得名月生，後改爲月笙。杜月笙喜好京劇，有「天下頭號戲迷」之稱，他曾兼任多家票房的理事。他自己開設的恆社，專門設有平（京）劇組，名伶馬連良、高慶奎、譚富英、葉盛蘭，名票趙培鑫、趙榮琛、楊畹農等人，都是該社門徒。杜月笙戲癮很大，不光愛聽愛看，他還請專人教授，教他唱戲的老師先後共有兩位，早期是金少山的哥哥金仲林，後期是有「戲簍子」之稱的苗二爺——苗勝春。他一旦學會後就到票房裡走票。杜月笙唱戲工老生、武生，他最喜歡演趙子龍、黃天霸這一類人物。他第一次登台是一九二二年，在無錫榮宗敬（榮毅仁的伯父）五十壽辰的堂會上，此後便經常粉墨登台。人們記憶最深的幾次大型演出，如一九二四年爲齊（燮元）盧（永祥）戰爭的難民組織募捐義演，杜月笙和張嘯林合演過《連環套》。一九三〇年杭州西湖博覽會開幕時舉辦的義務戲專場，他和張嘯林合演過《打嚴嵩》。一九三一年上海中華販濟會救濟長江水災募捐義演，他和張嘯林合演過《駱馬湖》。上海證券交易所理事長張慰如主演《玉堂春》，他和張嘯林分別扮演藍袍和紅袍。

作家魏紹昌在〈藝苑拾憶〉裡說：「杜月笙唱戲改不了他那浦東方言，尤其他善演的《打嚴嵩》，那段〔西皮流水〕，咬字發聲最爲濃重，被獨腳戲名演員王無能編到滑稽段子《杜月笙打嚴嵩》裡，到處表演，在市民中廣爲傳笑。此事傳到杜月笙的耳朵裡，在一次杜公館舉行堂會時，杜月笙差人送柬，請王無能來演這個節目。王無能心驚膽顫，又不敢不到，無奈之下，硬著頭皮表演了一回。唱完，他加了一句話『我唱的是杜派，杜先生已經自成一派了。』杜月笙看得很開心，聽得也舒服。不但未加怪罪，而且連說蠻像、蠻像，出手賞給王無能現大洋二百塊。」

一九二九年，杜月笙四十一歲，娶坤角老生姚玉蘭（姚谷香）爲妻，那是杜月笙的第四任妻子。杜月笙的元配是沈月英，也就是後來長子杜維藩的母親。那是在一九一五年，當時杜月笙剛剛出道，爲他主持婚禮的是黃金榮和被杜月笙尊爲「老闆娘」的桂生姊。到了一九一八年，因沈月英身體孱弱，中饋無人，於是在那年娶了兩位夫人，上半年娶的是陳氏夫人，先後生子維垣、維翰、維寧。下半年又娶了孫氏夫人，生維屏、維新兩個兒子。兩位太太最早都住在民國路民國里，後來杜月笙搬到華格臬路，這位孫氏夫人便住進了三樓，人稱「三樓太太」。姚玉蘭與孟小冬是師姊妹，私交甚篤，亦是梨園世家。姚玉蘭的母親筱蘭英（一八七八—一九五四）祖籍河北香河，生於天津。六歲入天津寧家班（坤班）學藝。按坤班慣例，不分行當，生、旦、淨、丑各行角色，都由女演員扮演。所以筱蘭英開蒙雖爲正工老生，可是除了旦角及紅生戲外，無論老生、小生、武生甚至花臉，無不兼長。更爲難能可貴的是她唱老生沒有「雌音」，唱花臉能有「炸音」。拿手的老生戲有《四進士》、

孟小冬的閨中好友姚玉蘭

《九更天》、《南天門》、《寄子》等。她曾與楊小樓合演過《連環套》，她扮演的竇爾墩，氣魄雄偉，工架老練，口齒剛勁。她唱紅以後，挾技遠遊，走遍江南、東北、西北，甚至遠至新加坡、南洋群島各地。她的丈夫是梆子青衣姚長海（藝名一斗金），生有二女，長女姚玉蘭，工青衣、花衫及老生；次女姚玉英工花臉、丑，後來登台未久，即以肺病早逝。姚玉蘭九歲在漢口坐科學藝，十二歲就正式上台演出。十四歲到山東煙台演出，其時妹妹玉英也學成出師，兩人同時演出《虹霓關》，一唱王伯當，一唱東方氏；到二本又互換角色，分別飾演丫鬟和東方氏。姚玉蘭還能演關公，當時坤伶能演紅生戲的極少，她則每唱必紅，她曾和母親、妹妹合演《群英會》帶《華容道》，筱蘭英前魯肅後曹操，姚玉英前周瑜後周倉，姚玉蘭演關公，一時傳爲佳話。當時筱蘭英帶著大小女兒在上海大舞台演出，經黃金榮的兒媳李志清從中說和，將姚玉蘭許給杜月笙爲側室，生有二子維善、維嵩，二女美如、美霞。她和孟小冬是孩提時的玩伴，長大後的閨中密友，關係非比一般，正因如此，才有了孟小冬下嫁杜月笙的一段情事。

其實早在一九二五年杜月笙曾在北京拜會過孟小冬，留下極佳的印象，過後不久，就聽說她嫁給了梅蘭芳，杜月笙當時心裡還蠻不是滋味的。後來梅、孟仳離，孟小冬原擬提告，一九三一年夏秋之交，孟小冬到上海聘請了鄭毓秀律師當法律顧問，後因姚玉蘭的勸說，就由杜月笙出面調停，梅蘭芳同意付給孟小冬四萬元贍養費，雙方終告分離。

一九三六年十一月，孟小冬與章遏雲同赴上海作短期演出，當時就住在姚玉蘭在辣斐坊（今復興東路復興坊）的住處。據梅蘭芳的秘書許姬傳的〈憶孟小冬女士〉文中說：「我還記得一九三六年孟小冬女士在上海演出時，我與姚玉芙兄看了她的《空城計》、《捉放曹》、《珠簾寨》、《盜宗卷》、《南陽關》、《烏盆記》……我們認爲是後起之秀的難得人才。演到二十天，小冬突然因病輟演，我到辣斐坊姚玉蘭女士家中探病，我詢問了病情，並囑她安心養病。臨走時，小冬對我說：『許姬老，我是從小學藝唱戲的，但到了北方後，才眞正懂得唱戲的樂趣，並且有了戲癮。這次原定唱四十天，現在突然病倒了，我覺得此後已不能長期演出，我的雄心壯志也完了。』我從她沮喪的面容、微弱的聲音中，覺得一個演員正當壯年奮發有爲時，預感到舞台生活的遠景不祥是淒涼而痛苦的。」

《四郎探母》中孟小冬的扮相

一九三七年四月，年方三十的孟小冬爲提攜比她小十三歲、剛入劇壇不久的張君秋，在天津中國大戲院合演《武家坡》、《法門寺》、《四郎探母》等劇，孟小冬並單演《失空斬》、《奇冤報》、《盜宗卷》。

《天津商報畫刊》四月十七日曾有文章評論孟小冬首晚的《失空斬》說：「孟之孔明臉部不塗胭粉，台步大方，扮相雍容，不知者幾難辨其爲女子，唱、念、做均較前臻火候，純無劍拔弩張之勢。」緊接著，四月二十三日天津《大風報》發表當時著名劇評家哈殺黃的〈喜孟小冬出台〉文章，讚美孟小冬的唱工酷似余叔岩。

一九三七年下半年，日寇侵佔上海後，杜月笙偕姚玉蘭逃往香港，孟小冬則返回北平。一九三八年，孟小冬到滬演出後，轉去香港探望過杜月笙、姚玉蘭，在港住了一個月左右。回到日寇鐵蹄蹂躪下的北平，孟小冬拜師學藝，憑著堅韌的意志、非凡的才氣和對藝術執著的追求，終於執余派之牛耳。杜月笙對其欽佩愛慕之餘，尤憐惜其個中的甘苦。翁思再先生在〈余慧清談孟小冬〉文中說：「這個時期她根據師傅規定，不再搭班演出，只是偶爾把學完的戲登台實踐一下。如此基本不演出，她的日常生活來源會是個問題；孟小冬對余慧清說，不要緊，我有『貴人』相助。起先不知所指，後來才知道是杜月笙在資助她。」

一九四六年，已返回滬上的杜月笙，又讓總賬房黃國棟寫信給孟小冬，催其南下。孟小冬由於想念膩友，也就不再推託。姚玉蘭的噓寒問暖，杜月笙不露聲色的敬重體恤，使她感到數年來未曾有的溫暖，她那孤苦無依的心靈又找到了依托。孟小冬兩次來上海，均與姚玉蘭住在邁爾西愛路（今茂名南路）十八層樓的高級公寓中。其中有一次，孟小冬還和姚玉蘭一起去南京西路、成都路口的「高士滿」，聽了小彩舞的京韻大鼓。

許姬傳回憶說：「在一九四四至一九四七年間，孟小冬常來上海，我們在吳普心家相聚，因爲普心的夫人是吳俊陞的女兒，有老生嗓音，喜歡唱京劇，有時王瑞芝爲我們操琴吊嗓，小冬常唱《御碑亭》、《烏盆記》、《沙橋餞別》等，我吊《賣馬》、《碰碑》、《桑園寄子》等。她學余，我學譚，她唱正工調，我唱六半調，她的嗓音高亮，立音強，出字收音、行腔用氣均有法度，聽出是經過名師指點，在女老生中是鶴立雞群的。」

一九四七年八月，爲祝賀杜月笙六十壽辰，孟小冬接到杜月笙的親信、祝壽義演的「戲提調」金廷蓀帶來的姚玉蘭的親筆手箋，邀她參加義演。感於杜月笙對她的多次關照，她便先於其他被邀名伶來到上海。對孟小冬的到來，杜月笙十分高興。堂會原計畫在上海中國大戲院演出五天，自九月三日起到七日止。戲碼分別是：九月三日夜戲：（一）《蟠桃會》：閻世善。（二）《拾玉鐲》：筱翠花、姜妙香、馬富祿。（三）《法門寺》：張君秋、楊寶森、裘盛戎、馬崇仁、馬富祿、芙蓉草、劉斌崑。（四）《龍鳳呈祥》：梅蘭芳、馬連良、葉盛蘭、譚富英、李少春、麒麟童、袁世海、李多奎。九月四日夜戲：（一）《搖錢樹》：閻世善。（二）《翠屏山》帶〈時遷偷雞〉：筱翠花、葉盛長、葉盛蘭、李少春、馬富祿、葉盛章。（三）《武家坡》：譚富英、張君秋。（四）《打漁殺家》：梅蘭芳、馬連良。九月五日夜戲：（一）《群英會》：馬連良、麒麟童、林樹森、葉盛蘭、馬富祿、袁世海、裘盛戎。（二）《樊江關》：梅蘭芳、筱翠花。九月六日夜戲：（一）《三叉口》：李少春、葉盛章。（二）《探母回令》：梅蘭芳、楊寶森、麒麟童、譚富英、馬連良、李多奎、姜妙香。九月七日夜戲：（一）《打瓜園》：閻世善、葉盛章、裘盛戎。（二）《得意緣》：章遏雲、葉

盛蘭、芙蓉草、蓋三省、汪志奎、馬富祿。(三)《搜孤救孤》：孟小冬、趙培鑫。

五天演出，盛況空前，欲罷不能；由於各界的盛情，又照原戲碼，自八日起加演五天。連演十天，又是京劇名角畢至，包括梅蘭芳，可謂盛況空前。但梅蘭芳、孟小冬兩位昔日同巢的愛侶，卻刻意不同台了，五天堂會中，梅蘭芳有四天唱大軸，第五天梅蘭芳歇工，孟小冬就在這一天唱大軸。孟小冬演了《搜孤救孤》，因爲太精彩了，又演了一遍。在此前十多年，孟小冬只在抗戰勝利後歡迎蔣介石抵達北平時登過一次台，再就是這次爲杜月笙祝壽又演了一次，此後再不登台表演。所以這次她登台獻藝，成爲京劇舞台的廣陵絕響。許姬傳說：「這次的印象，小冬吃調高而立音特強，吐字清晰，腔簡韻厚，噴口有力，身段簡練而能傳達劇中人的思想感情，已得到余派眞傳而成熟了。」老作家沈寂回憶他當年看戲的情景說：「我被她那余派嫡傳的蓋世絕唱和精湛藝技所陶醉入迷。她每唱一句，全場轟動，我每聽一段，擊掌叫好。我彷彿看到了余叔岩復活而驚服，也慶幸余派有後而激動。當時情景，歷歷在目；當時心境，記憶猶新。」「此曲只應天上有，人間能得幾回聞？」後來聽梅蘭芳的管事姚玉芙說，孟小冬演了兩場《搜孤救孤》，雖然梅蘭芳沒有到場，但梅蘭芳在家聽了兩次電台的轉播。

杜月笙對孟小冬心儀已久，祝壽義演一別，杜月笙更是萬分難捨，縈念伊人。一九四九年初，平津戰役爆發，解放軍勢如破竹地向平津推進。杜月笙擔憂孟小冬在北平的安危，他要姚玉蘭以姊妹之情馬上去信，勸孟小冬迅即來上海。那時，北平幾成圍城，人心惶惶，謠言紛傳，孟小冬孑然一身，六神無主。接信後，孟小冬感激之情油然而生，便匆匆打點行李離開北平，因當時交通已阻隔，杜月笙特派專機去接。杜月笙要她安心留在上海，把杜公館當作自己的家，不必拘謹，等有合適的機會，一定讓她再度登台，這使孟小冬感受到了有生以來少有的溫暖和恩情。姚玉蘭也勸說道：「小冬，你留下來吧，這麼大年紀，還隻身漂流，要到什麼時候爲止呢？」孟小冬自揣時局慌亂，尚無枝可依；同時仰慕杜月笙的俠義風範與照顧之恩，還有姚玉蘭和她姊妹般的情誼，於是她就以杜門爲其安身立命之所了。

一九四九年五月初，杜月笙全家匆匆離滬去香港，住堅尼地台十八號，公館內外事務由姚玉蘭主持，此時的杜月笙已非盛年，而是年逾花甲一病翁，孟小冬自入杜門後，就自然地挑起了侍奉杜月笙的擔子。她一直沉默寡言，對一切看不慣、聽不得、受不了的事情，都漠然置之。一九五○年間，杜月笙一家有過移居法國的打算，那天，杜月笙當著家人的面，掐指計算遷法需要多少張護照。

孟小冬最後情歸杜月笙

一向傲岸的孟小冬在此時卻迫不得已，淡淡地說了句至關重要的話：「我跟著去，算是個丫頭呢，還算女朋友呀？」想當初，爲了名分，她毅然離開了梅蘭芳；此時此刻，要隨人遠走他鄉，不能又是沒名沒分的。孟小冬一語甫出，滿屋肅然。杜月笙一愣，當即宣佈盡快與孟小冬成婚。那一晚，杜月笙下了他那幾乎離不開的病榻，由人攙扶著，充當新郎；孟小冬的臉上也現出了笑容。六十四歲的新郎和四十三的新

娘，在香港杜公館補行了婚禮，孟小冬成了杜月笙的第五位太太。杜月笙給了孟小冬一個名分。一生傲岸的孟小冬，最終也只能屈從於命運的擺佈了。這時杜月笙早已是疾病纏身，一年後的八月十六日，杜月笙病逝香江。

當初姚玉蘭拉攏孟小冬，原是要抵制「三樓太太」的，但等到「三樓太太」攜子遠走美國之後，姚、孟之間，又不甚相得了，杜月笙曾在病榻前要求她們握手言歡，表面上雖然和好了，但骨子裡依舊芥蒂未釋，一直到杜月笙病逝，兩人都未能和好如初（直到姚玉蘭到台灣的多年之後，兩人才誤會冰釋。）不久，姚玉蘭到了台灣，孟小冬則留在香港，深居簡出，專心教授弟子。

孟小冬並不隨便挑選弟子。只有具有天賦、意志堅強又迷戀藝術的人，纔能有資格做她的學生。她的三位弟子趙培鑫、錢培榮、吳必璋正是如此。她教授弟子極爲認眞、嚴格，規定未經她的允可，不能在外面隨意吊嗓，更不准在外面唱尚未純熟的戲。據劉嘉猷說，她曾有一位准弟子，略窺余派劇藝門徑，唱做俱達到一定水平。曾經一度彩排，口碑甚佳。不久學習《捉放宿店》，念唱的同時兼排身段，等他自認爲排得夠熟練了之後，便屢請在台北公演。但是孟小冬認爲他在做表與感染的神氣上，未盡善盡美，因此始終未予答應。

人到中年的孟小冬

孟小冬在港期間還協助孫養農寫書，據孫的弟弟孫曜東

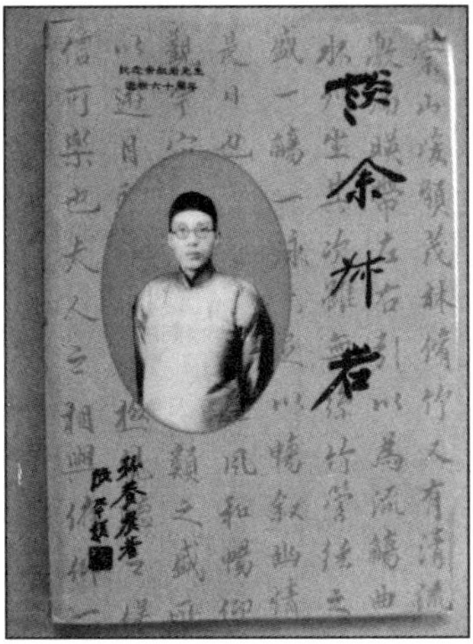

孟小冬協助孫養農著《談余叔岩》一書的封面

回憶說：「孟小冬這時對孫養農建議：『咱們寫本書吧，寫寫跟余先生學戲的事。』此舉果眞有號召力，書名定爲《談余叔岩》，由趙叔雍（尊岳）執筆，出版後（一九五三年出版）成了香港的暢銷書，一版再版，孫養農稿費賺了幾十萬港幣，而孟小冬一個錢也不要，全給了孫養農，因孫養農已家道中落，要養家餬口。那時我已被送往白茅嶺農場改造，也靠孫養農按月接濟，而孟小冬就這麼不動聲色地幫助了我們全家，這是我們永遠不會忘記的！」

在中共建國初期，流落在香港的京劇演員馬連良、張君秋、楊寶森等，在周恩來的統戰政策下，返回內地。當時孟小冬也是統戰政策爭取的對象之一，周恩來總理曾委派章士釗多次赴港，做孟小冬的工作，說服她回歸。章士釗是民初北洋政府的教育總長，北伐統一後居住上海，常受杜月笙接濟，也因此與杜府有舊，而且此時孟母張雲鶴女士尚住在北京，他認爲這事自然是水到渠成，孟小冬一定會回歸的，不意卻遭了婉拒。章士釗每年去一次香港，就是爲了此事。一九五七（丁酉）年章士釗去香港，爲孟小冬寫了個條幅曰：「當時海上敞歌筵，贈句曾教萬口傳。今日樊川歎牢落，杜秋詩好也徒然。絕響譚余跡已賖，宗工今日屬誰家。合當重啓珠簾寨，靜聽營門鼓幾撾。（丁酉春在香港右詩奉詒　令輝仁嫂夫人用資笑粲）」詩句表現了章士釗說服不成的無奈與喟歎。雖然沒能成功，章士釗

對孟小冬卻一直念念不忘。楊繼楨在〈章含之的四合院情結〉文中說，幾十年後，我們看到四合院正房東牆掛著一幅立軸，寫著：「津橋昔日聽鵑聲，司馬梨園各暗驚。人面十年重映好，梁州復按陸生情。」落款是：「小冬女士清鑒　章士釗」。聽說有一次朋友來訪指著立軸對章士釗的女兒章含之說，你父親大概是單相思吧？不然送給孟小冬的字怎麼會在自己手裡？章含之笑著點頭。

章氏返回大陸以後，本應劃下休止符。不意在「文革」以後，有人策動「貶余」，把余叔岩與麒麟童（周信芳）並列為兩大「戲霸」。從此，余叔岩的十八張半唱片，不再在坊間露面。要想聽點余味的京戲，祇有找楊寶森的錄音帶。倒楣的是余家慧清小姐，她嫁給同學李永年，在上海鹽業銀行做事，生了三個女兒。因為亡父是戲霸，大小姐去新疆，二小姐去東北插隊，三小姐初中畢業就不准升學，家中的古董書畫，也被劫燒一空。

晚年的孟小冬與張大千

一九六七年，孟小冬由香港轉赴台灣定居，她在台十年，絕少應酬，深居簡出；不接受電視、廣播訪問，不錄音、也未演出，雖然也有少數票友登門請益，在她家內清唱；她偶爾也加以指點，但談不上授徒。她由絢爛歸於平淡，終其餘年。一九七七年五月二十六日深夜，一代名伶以肺氣腫及併發症，與世長辭。斯人已去，許多人，尤其嗜好余派的戲迷，非常惋惜；甚至有人以爲余派從此「絕響」了。孟小冬生前能將其藝術成就之一大部分，由其生徒以唱段或說戲錄音，完整保存與流傳。死後又由其弟子成立「孟小冬國劇獎學金委員會」，繼續弘揚余孟藝術，對其一生從事之劇藝工作，可謂已劃下一完美的句點。

孟小冬逝世後，大公子杜大律師維藩以「繼妣」訃聞。總統以下各院院長暨很多立法委員多有輓聯致祭。名流雅士學生民眾數千人，前往靈前追悼行禮。古今藝人，受此榮寵者，恐僅一人而已。她遺骨埋葬於她生前自己挑選的山佳佛教公墓，墓碑上書：

杜母孟太夫人墓　張大千敬題

一個色藝雙絕的舊時代坤伶，一個倔強而又聰穎的女子，最終逃不過薄命的定數，兩度爲妾，委屈半生，在寂寥中，度過最後的黃昏。許姬傳曾有詩悼之曰：

丁沽初睹玉精神，羽扇綸巾意態醇。
殫志尋師求絕藝，余門立雪得傳薪。
滄桑幾度魚書隔，瀛海驚聞墓草醇。
回首春申歌舞地，繞樑遺韻落芳塵。

這該是孟小冬一生的最佳寫照。而張伯駒曾以為孟小冬歸杜後，隨杜去港，後聽傳言她病死香港，因此賦詩曰：「梨園應是女中賢，余派聲腔亦可傳，地獄天堂都一夢，煙霞窟裡送芳年。」詩中也不無惋惜之意。

從來劇藝有淵源

譚鑫培・余叔岩・孟小冬

京劇老生行當，流派紛呈。最早的「老三派」，創始人是程長庚、余三勝、張二奎。程長庚（一八一一—一八八〇）是安徽省安慶府潛山縣人，他的聲腔以徽調爲基礎，時人稱他爲徽派老生，以《文昭關》、《單刀會》等名重一時；余三勝（一八〇二—一八六六）是湖北省羅田縣人，他的聲腔以漢調爲基礎，時人稱他爲漢派老生，其傑作如《四郎探母》、《打棍出箱》等；張二奎（一八一四—一八六四）河北衡水人，創立了奎派，以京音爲主，嗓音高亢激越，樸實無華，大開大合，大氣磅礡，如《打金枝》、《上天台》，都爲時人所推崇。第二代老生三大流派創始人是譚鑫培、汪桂芬和孫菊仙。譚鑫培出色地繼承了程長庚、余三勝等徽派、漢派的藝術精華，他文武兼擅、崑亂不擋，唱、念、做、打全方位發展，因此流傳最廣，對後世影響也最大。今天的言（菊朋）派、余（叔岩）派、高（慶奎）派，追根溯源都是在老譚派的基礎上發展起來的，而馬（連良）派、奚（嘯伯）派則又各自來源於余派、言派，其根也在譚派。「無腔不學譚」，在京劇老生中眞正獨領風騷的，應該是人稱「伶界大王」的譚鑫培。

譚鑫培（一八四七—一九一七）湖北江夏（今武昌）人。原名金福，以字行。幼年隨父學藝，父親譚志道演老旦兼老生，人稱「叫天子」，所以，譚鑫培藝名一度爲「小叫天」。一八五八年到北京金奎科班學崑亂老生，受七年嚴格訓練。十八歲出科後，到天津演出，旋又在北京入永勝奎班唱裡子老生（二流角色）。後來因倒倉（嗓音變啞）改演武生兼武丑。曾一度脫離舞台，轉入江湖「粥班」（意指在這種戲班唱戲，收入微薄，僅夠喝粥而已。）在鄉下演草台戲，生活極其艱苦，甚至

譚鑫培的便裝照

一度以替人家護院保鏢爲生。但他從沒有停止練功，在武戲方面下了很大功夫，打下了極爲紮實的功底。後到上海，重返舞台，不久，回北京入三慶班，拜著名「京劇開創基業的大師」程長庚爲師。譚鑫培的口形太大，扮相不佳，因此程長庚對譚鑫培說：「汝之口頗大，不適宜演武生，宜掛鬚而唱老生。」愛才、識才的程長庚對他十分器重，給予了精心的栽培，使譚鑫培的藝術日益精進，遂一舉成名。一八七二年他在老生的基礎上，創「文武老生」的新行當，改演長靠戲。又拜「老生三傑」之一的余三勝爲師，努力學習余三勝創造的老生新腔。他汲取程、余所代表的徽、漢兩大流派的精華，另外對前輩老生如王九齡、張二奎、盧勝奎的長處亦無不吸收。於是，他成爲老生藝術的一位集大成者。

一八八〇年他和孫菊仙（孫派老生創始人）合搭四喜班。一八八七年又組同春班。一八九〇年奉詔入清宮，爲慈禧太后演出，得其歡心，任爲內庭供奉，賞四品服。在日後將近二十年的時間裡，他有機會與許多鑒賞水平很高的官員、太監們一起切磋技藝，有時還同台演出，清朝宮廷所提供的優越物質條件，以及在文化上的幫助，使譚鑫培等一批京劇藝人將自己的藝術普遍地進行了精工雕琢。一八九九年，他應聘來漢口滿春茶園演出，轟動一時。當時由於戲迷們紛紛湧往滿春茶園觀譚鑫培演出，另兩家未演京劇的茶園（天一、賢樂）只好關門大吉。一九〇〇年以後，譚鑫培回到北京，潛心研究藝術，對唱腔、做功、劇本進行改革，創立了唱腔平穩婉轉、做功生動活潑的譚派藝術，形成獨特風格，在京劇藝術上實現了徽漢結合、文武結合、唱做結合，令人耳目一新，風靡一時。以致詩人

狄平子（楚青）的〈庚子即事〉詩云：「太平歌舞壽常事，到處風點五色旗；家國興亡誰管得，滿城爭說叫天兒。」而梁啓超在題他的《漁翁繡像圖詩》亦云：「四海一人譚鑫培，聲名廿紀轟如雷。如今老矣偶玩世，尚有俊響吹塵埃。菰雨蘆風晚來急，五湖深處家煙笠。何限人間賣絲人，枉向場中費歌泣。」時賢推崇之高，可以想見。一九〇五年譚鑫培受北京琉璃廠豐泰照相館任景豐聘請，拍攝了《定軍山》影片，開創了京劇上銀幕之先河。辛亥革命後，譚鑫培雖然紅遍京華，但卻常受軍閥欺凌。一九一七年，被迫帶病在黎元洪總統府中演《洪羊洞》，後憂憤而死，享年七十歲。

譚鑫培是武生出身，武工根柢極好，撇開他在扮相上比較不適宜的王帽戲，他專在褶子、箭衣的老生戲顯示他的武工特長，最拿手的戲，如《賣馬》、《打棍出箱》、《南天門》、《斷臂說書》、《烏盆記》、《連營寨》等及靠把老生戲，如《雄州關》、《定軍山》、《戰太平》、《寧武關》等，有則表現鐧、大刀舞法之玄妙，有則見其吊毛、搶背翻轉之漂亮，如甩髮、靠旗以及腰腿等，從頭上到腳下，一切武的技術，無不竭其所能發揮所長。而在唱念上能以中州韻接合湖廣音，別創一種風格，對於韻白，更能字斟句酌，清晰流暢。譚鑫培爲程長庚的弟子，又係余三勝同鄉，其行腔吐字，學余三勝的居多。他的劇藝，可說博採眾長。據陳彥衡的《舊劇叢談》所載，譚鑫培的：《碰碑》、《定軍山》、《桑園寄子》是學的余三勝；《狀元譜》、《鎮潭州》是學的程長庚；《空城計》是學的盧勝奎；《烏盆記》是學的王九齡；《天雷報》是學的周長山。而據寒山樓主（鄒葦澄）認爲還有：《探母》、《打金枝》是學的張二奎；《南天門》是學的崇天雲；《捉放》、《瓊林宴》、《賣馬》、《樊城》、《南陽關》等也是學的余三勝；《武家坡》、《汾河灣》等也是學的王九齡；《戰長沙》、《天水關》等都是學的程長庚。但譚鑫培從不死學別人的一舉一動或一腔一調，而是在自己已有的基礎上，採取別人所長，甚至一齣戲裡融會幾家的長處，再加以自己的洗鍊功夫，終至別開生面，蔚爲可觀。

深諳京劇格調韻律的竹於園在《花壚劇譚》中說：「鑫培於陰陽四聲，深有研究，其發音行腔，皆從此出。（陰平音清越，陽平聲沉著，上聲高亢，去聲低委。鑫培悉依韻律，如合符節。）譚氏腔調，出神入化，不競不絿，不剛不柔，初聆之似甚平易，細究之則甚繁複。其妙處不全恃嗓音，以氣行之。音向外發，氣尚內斂，有時意到而腔不到，有時腔到而意不盡，如神龍行空，見首不見尾。」又說：「鑫培改編之戲，世人所知者爲《珠簾寨》，其他改調之戲，如《捉放曹》、《洪羊洞》，汪派亦有些戲，行腔絕不相同。《罵曹》腔調頗新穎。此外《定軍山》、《戰太平》二戲，當時或不甚重唱功，經他一改而爲唱做兼重，遂成最難演唱之戲。」倦遊逸叟（吳燾）在《梨園舊話》就稱讚譚鑫培道：「而其鬚生之劇，則獨闢蹊徑，

《四郎探母》中譚鑫培飾演楊延輝

別有會心，與程（長庚）毫不相似。殆如蜂之釀蜜，見蜜不見花，非依傍他人門戶，僅學其皮毛，毫無心得者可比。譬諸名手作文，雖根柢於大家而自具錘鑪，不爲虎賁貌似，故能自立宗派，名噪一時。」

戲曲家吳小如在《京劇老生流派綜說》書中就說：「我們一談到譚派唱腔，首先就感到譚腔比他以前和同時的諸家的唱法複雜多變化，這是久有定評的。但其所以複雜還不僅在於他博採眾長，而在於他在博採眾長的基礎上做到膽大心細，敢於突破框框，標新立異。比如在譚腔中已開始融入青衣腔、花臉腔，甚至於京韻大鼓和單弦牌子曲的唱法了。然而人們在聽譚腔時，感到新則新矣，而且化腐臭爲神奇矣，卻絕對無怪異離奇非驢非馬之感。」因此有人認爲「集眾家之特長，成一人之絕藝，自有皮黃以來，譚氏一人而已。」

余叔岩（一八九〇—一九四三），名第棋，湖北羅田人。出身於梨園世家，祖父余三勝，與張二奎、程長庚齊名，是京劇界老生的開山祖師之一；父親余紫雲，是旦行中的翹楚。余叔岩少年時即以「小小余三勝」藝名在天津演出《捉放曹》等戲，初露頭角。後因病和倒倉回京，得其岳父陳德霖之助，向錢金福、王長林等學把子和武功，由姚增祿授其崑曲戲《石秀探莊》等。同時向陳彥衡、愛新覺羅・溥侗（紅豆館主）、王君直等人學譚派唱腔。之後，他加入「春陽友會」，與樊棣生、世哲生、鐵林甫等切磋技藝。後拜譚鑫培爲師，譚鑫培授其《太平橋》中史敬思、《失街亭》中王平的演技。雖只這一二齣，但吳小如認爲「《太平橋》本是開場戲，向不爲人注意，然而主角史敬思身段繁多，要求用基本功的地方俯拾即是，而且難度極大，沒有堅實的幼功和精湛的演技是無法勝任的。至於王平一角，雖爲配角，除唱工不多外，念、做、打三者樣樣都要過硬。譚鑫培把這兩齣戲授給了余叔岩，眞稱得起是因材施教。」他認眞鑽研京劇老生藝術，多方虛心求教。李順亭、田桐秋、鮑吉祥等人，都是他請益的良師。王榮山、貫大元等人，都是他交流藝術的益友。後來他開始自己挑班，演出《打棍出箱》、《戰太平》、《空城計》、《烏盆記》、《桑園寄子》、《擊鼓罵曹》等戲，貫通譚派精髓和神韻，並且在全面繼承譚派藝術的基礎上，以豐富的演唱技巧進行了較大的發展與創造，成爲「新譚派」的代表人物，世稱「余派」。

《戰太平》中余叔岩飾演花雲

陳維麟在〈余叔岩生平回憶片斷〉文中說余叔岩研究譚派，「極其認眞，雖一腔之微，也悉心揣摩。他曾與陳彥衡一起去聽譚戲，由陳記錄胡琴的工尺（彼時譚的琴師是梅雨田），余詳細記錄詞句與腔調。」而天津名票也是余叔岩的老學友的王庾生也說過對譚鑫培的戲，余叔岩總是一場不漏。「那時我也在北京，和余叔岩、言菊朋三個人，結成一個『觀摩小組』，每逢譚有演出時，我們必去觀摩。那時演出『堂會』很多，『堂會』並不公開對外，我們常常不知道準確的地點、時間。即使聽見了消息，有些權貴顯要的『大宅門』，我們也進不去。所以我們就像著了魔一樣，鑽頭覓縫地到處去打聽演出的消息。打聽到消息，如果是門禁森嚴，不容易混進去的地方，再挖空心思，想辦法鑽到

裡面去看戲。總之，只要達到看戲的目的，我們什麼方法都想得出來。前面所說的，有一次冒充『大人物』，坐馬車硬闖『堂會』，就是我跟余叔岩的故事。其實我們看戲並不輕鬆，反而緊張得要命。因爲我們不僅用眼睛『看』，用耳『聽』，還要用筆『記』——而『記』是更主要的任務。又是唱，又是表演，一個人肯定顧不過來，所以每次看戲時，我們三個人就事先研究好，分工合作，在劇場裡分頭記唱腔、表演、身段、地位，以及特殊的細節，回來以後再湊在一起，彼此交流，研究。由於譚鑫培的唱腔、表演、身段，時常在豐富、發展、變化，使我們很傷腦筋。必須勤問勤記，再通過不斷的揣摩、實踐，才能掌握住他的精神特點。」也因此識者都說余叔岩學譚的戲大部分是「偷」學來的，就是說並非都是譚鑫培正式傳授，而是余叔岩聽戲時私下學會和背地向譚鑫培有關的人請教然後學會的。

梅蘭芳在《舞台生活四十年》中記載一位滿族議員恆詩峰對他說起余叔岩研究譚腔故事，他說：「民國四年夏天，老譚在天樂貼演《轅門斬子》，這本是劉鴻聲的拿手戲之一，譚久未演此戲，大家知道此老好勝，必有可觀。許多研究譚派的人如紅豆館主（溥侗）、陳彥衡、言菊朋……都到場觀摩。叔岩約了恆詩峰同看。那天，譚的唱腔、做功異常精彩，與劉鴻聲迴不相同，見宗保、見八賢王、見佘太君、見穆桂英，神情變化，層次分明，並且處處顧到楊延昭的元帥身分，大家覺得耳目一新，不暇應接。叔岩看完戲就約恆詩峰到正陽樓小吃。在吃飯時，恆詩峰看他心不在焉地嘴裡哼腔，就問他琢磨什麼？他說：『剛才《斬子》裡那句：『叫焦贊和孟良急忙招架。』我覺得『和孟良』

年輕時的余叔岩

的腔很耳熟，彷彿在哪兒碰到過，但一時想不起來。』飯畢，同到余家聊天，叔岩躺在炕上，還是翻來覆去研究這句腔。第二天，恆詩峰又到余家去串門，叔岩從客堂裡迎出來，帶笑拍著手對他說：『昨兒那個腔，我找著準家啦，敢情就是《珠簾寨》裡，李克用唱的『千里迢迢路遠來』的腔移過來的。』接著就把『和孟良』，『路遠來』兩個腔對照著念給恆詩峰聽。叔岩還說：『譚老板的腔所以難學，就是拆用巧妙，他把七字句的末三字，挪到十字句的當中，所以不好找了。』」雖一腔之微，余叔岩也悉心揣摩，終能有所成。

余叔岩曾私淑譚鑫培久矣，可是譚鑫培是藝不傳人，因此始終不得其門而入。據說譚鑫培總想把一生藝術心得傳給兒子譚小培，但費盡心機，兒子仍然學不像、學不好。老譚掃興之下，不願把自己藝術傳給別人，就賭氣不收徒弟，就連他最疼愛視若掌上明珠的愛女再三要求他教授其婿王又宸幾齣戲，老譚也不肯。因此當年希望學譚拜師而碰壁者，不知凡幾。據陳維麟說，余叔岩因曾任袁世凱總統府內尉官，與庶務司長王錦章有舊。那時譚鑫培被邀演戲，總統府裡並沒有給譚鑫培休息的地方，就在庶務司辦公室裡暫時休息一下。余叔岩當時就求王某代向譚鑫培關說，要求收其爲徒弟。譚鑫培在當時環境條件，不敢得罪王某，才答應收余叔岩爲徒，但並無眞正授徒之心，只教了余叔岩兩齣

戲：《太平橋》及《失街亭》。後來余叔岩爲了把譚鑫培的藝術學到手，他到處尋師訪友，不恥下問，凡是和譚鑫培合作過的、熟諳譚派藝術的人，幾乎都成了他的老師。《空城計》的諸葛亮，他就是從和譚鑫培配戲的李順亭那裡學來的。他的武功把子和那些靠把戲得自錢金福，還有王長林、鮑吉祥，以及他的岳父陳德霖；爲譚鑫培打過鼓的耿一，操過琴的孫佐臣，甚至與譚鑫培同過場的零碎龍套，他都向他們請益；即使是票友如紅豆館主（溥侗）、陳彥衡等，他也登門求教，還從遜清翰林魏鐵珊研究音韻。他積累了譚派藝術的精髓，繼承了譚派藝術的特點而又有所變化和發展，形成自己的藝術風格。

余叔岩曾對陳維麟說：「俗說，師傅領進門，修行在個人。我們學戲也是一樣。我跟老師（譚鑫培）學戲時，老師在床上躺著抽煙（鴉片）；抽高興了，坐起來給講些個。至於講完以後，怎樣理解，怎樣學會，那是自己的事。我雖是老師的徒弟，但上戲園子看老師演戲，我自己花錢買票聽。並不是不能聽蹭兒（即不花錢白聽戲），因爲我爲的是學戲，我要指定坐在哪個座位，從理想的角度看老師演戲。這次從這個角度學，老師再演時，我又坐另一個位置，所以自己花錢買票。我坐在座位上學老師演戲，全神貫注地看老師的身段做派時，就幾乎像耳聾了一樣；有時細心鑽研老師的唱腔道白，就只注重聽，而不去注意身段，甚至有時閉目或低下頭細聽老師的唱白韻味，回來自己鑽研摹仿。人們說我是老師的得意門徒，可是我覺得我到如今還趕不上老師一個腳趾頭。」

梅蘭芳在《舞台生活四十年》書中，也轉述了余叔岩的一段話說：「我拜師後，還是得到不少好東西。譚老師的脾氣，有些高傲，那是無可諱言的，但他也因人而施，起初是試探我是否眞心學藝，後來知道我的確愛他的玩意兒，才把許多道理教給我。譬如有一次，我當了許多客人面前問他：『《天雷報》末場，張元秀什麼時候扔掉竹棍子？我在台下沒看清楚，請您說一說。』老師對我笑了笑，接著就和別人談話，始終沒有答覆我。於是在座的都覺得老師故意攏徒弟，給我下不了台。我卻耐心等候著。兩小時候，客人都散了，他見我還沒有走，就說：『你剛才不是問扔棍子的身段嗎？《天雷報》裡要緊的東西多著呢。好吧，過兩天，我在台上唱一齣給你看。』幾天後，老師果然貼出《天雷報》，唱得十分精彩。第二天，我到譚家，他問我：『看清楚了沒有？張元秀手裡的棍子，不是故意扔出去的，因爲他下亭子，看到老旦死在亭下，一驚，不由自主地撒手，棍子就掉在地下了。這和《打侄上墳》裡，陳伯禹看見陳大官那種狼狽落魄的樣子，一生氣，手裡的書掉在地下是一樣的道理。不過張老頭是打草鞋的手藝人，和有錢的陳員外是不同的，必須有點武工底子，儘管張元秀出場引子就念「年紀邁，血氣衰……」，但腰腿時時要露出倔強不服老的神氣才合適。我緊跟著追問老師：『扔棍子是看清楚了，但張元秀臨死時應該摘了帽子，還是戴著帽子？』譚老師對我笑了笑說：『你如眞打算死，戴著帽子也死得了；如不打算死，摘了帽子也是裝死。』」余叔岩從與老師的這些閒談中，悟出許多道理。譚鑫培也知道余叔岩已有相當程度，因此不再細說一招一式、一腔一調，而針對戲的「節骨眼、緊要關子」點撥。

陳維麟又說：「某次，余（叔岩）演《天雷報》，事先多日私下學譚，得其神隨，當貼出海報時，譚知道後，深感驚異，親自往看，觀後對人稱許。」而余叔岩爲了學到更多的好戲，他知道乃師

有好貨之癖，當譚鑫培對他說：你家有一家傳的鼻煙壺。余叔岩翌日就由家裡取來獻給譚鑫培，譚在高興之餘，就給余叔岩講了《打棍出箱》。余叔岩得此訣竅，就不時拿家中古玩獻給譚鑫培。類此種種，余叔岩爲學戲確曾煞費苦心。陳維麟還說：「余醉心譚派，傾心相學，朝夕不輟。余曾在家練習《桑園寄子》，唱至『走青山，望白雲……』時，撞毀几案什物。親友傳聞，咸謂其學戲專誠。壽州孫姓在演樂胡同做壽，邀譚往演《四郎探母》，當日余及陸衡甫任提調（相當於今日的舞台監督）。譚演完《探母》，座客不去，群相要求續演《回令》。余、陸到後台說項，到了後台，譚正在卸妝，靴已脫下，經余、陸再三懇求，譚方應允。當時余侍譚前後，恭逾子侄。事後就有了余給譚穿靴的傳說，又有謂要求續演《回令》，根本是余有意促成，目的是想藉機學藝。」

余叔岩精研音律，對於「三級韻」的規律運用純熟。他的演唱講究字音聲韻，潤腔多用「擻音」，嗓音略帶沙音，行腔剛柔相濟，韻味醇厚，意境深遠。《搜孤救孤》、《戰樊城》、《魚腸劍》、《洪羊洞》、《珠簾寨》、《打侄上墳》、《沙橋餞別》、《戰太平》、《空城計》等戲中的唱段，被視爲經典流傳久遠。他的念白五音四聲準確得當，注意語氣和節奏；善用虛詞，傳神而有個性，於端重大方中顯出瀟脫優美。其做工、身段洗練精美，著重於表現人物的內心活動，《問樵鬧府・打棍出箱》、《盜宗卷》等劇中的表演均不遜於譚鑫培。他的劇目，唱、做、念、打甚至扮相都完全繼承譚鑫培，但處處又都有新意，有自己的特色，並不靠另

中年時的余叔岩

起爐灶重新設計表演，創造新腔。然而確實又較譚派有很大的變化，這反而有更大的難度，三〇年代繼譚派之後，余派在京劇史上有著深遠的影響。爲什麼余叔岩在藝術上有如此驚人的成就呢？這除了他得過不少名師傳授外，和他的虛心學習、刻苦鑽研是密切相關的。

戲曲家吳小如在《京劇老生流派綜說》書中，對余叔岩的「青出於藍」有極精闢的分析，他說：「余叔岩的嗓子，從天賦條件看，無論是寬、高、厚、亮，都不及譚鑫培；而且還有中氣弱、音量小等明顯缺點。但是余氏終於後來居上，則全靠刻苦功夫。他在二十年代嗓子有了高音、亮音，全是苦練出來的。寬不夠，則以峭拔取勝；厚不夠，則以頓挫彌縫。這在內行，稱爲『功夫嗓』，即用盡一切人爲手段來克服、補救先天稟賦所帶來的種種缺陷。……而余叔岩則不僅取譚之長補己之短，而且能避譚之短以充分體現己之所長。比如譚的唱法有虛有實，即有空靈處，也有樸拙處；有精深細膩處，也有粗豪古簡處。余則只取其空靈，堅棄其古拙；專門刻意求精，決不率爾務實。進一步余氏更把粗豪處細膩化，把樸質處典麗化，寧失之書卷氣過多，也不讓唱腔中有一點塵滓。這就是說，余氏發揮並發展了譚氏的優點，而揚棄了譚腔中不適應於自己由於天賦不足而無法體現的東西。眞所謂『知己知彼，百戰不殆』。這不僅要有絕頂聰明，而且還要有驚人毅力。生行的余叔岩，旦行的程硯秋，都在這方面獲得極大成功，從而成爲一代典範。」梅蘭芳也說：「叔岩天資聰敏，加上眠裡夢裡的揣摩，所以能夠吸收運用，自成一派。有一次，我到他家裡對戲，叔岩正開著留聲機聽譚老的《洪羊洞》、《賣馬》唱片。他從唱機取下唱片對我說：『這是我的法帖，必須『學而時習之』，但到台上，我卻不能完全照他這樣唱，因爲我的嗓子和老師不一樣，得自己找俏頭。』」

余叔岩在舞台演出的時間前後尚不足二十年，而全盛時期則僅有六、七年而已。一九二九年四月後，他就息影家園，不再演出了。儘管如此，自譚鑫培之後，余氏始終執老生壇坫之牛耳，堪稱盛譽空前。京劇演員中過去號稱「余派鬚生」的頗不乏人，但很多是私淑的，實際並未拜師。據戲曲家吳小如說余叔岩的傳人共有「三小四少」七人，「三小」分別是孟小冬、楊寶忠（小小朵）和譚富英（小譚）；而「四少」因吳少霞後來改學荀派，其實也只剩三人，是李少春、王少樓、陳少霖。而譚富英，一則未能接受余氏的嚴格要求，二是捨祖傳而習余亦有所局，遂致疏而散，散而輟；李少春拜余時，業已組班獨挑，未能長久執弟子禮，演來總讓人懷疑不是余派。得其眞傳者，僅孟小冬一人。

孟氏冰雪聰明，資質絕倫。其立雪余門之際，正值余藝爐火純青之時；而其師徒之誼，情逾父女，故能傾囊相授、薪火相傳。余叔岩以親身經歷，深感學藝之艱苦，加之自知病入膏肓，因此對孟小冬說戲更加耐心，希望薪傳於小冬。孟小冬曾對人說：「我拜余老師後，余老師就主張從根柢研究。首先，在字音準確上下功夫，所以偏重念白，兼及做派。《一捧雪》一劇，余老師曾教授三個月，口講指畫，不厭其煩，要求在唱念中要傳神。所有唱工戲，無論整齣還是一段數段，無一不由字眼說起，從發音以至行腔，凡是平上去入、陰陽尖團，以及

出道不久的孟小冬

抑揚高下、波折婉轉，均反覆體察，廣加考究，必令字正腔圓而後已。」吳小如曾談到孟小冬早年不但連《逍遙津》、《十八扯》都唱，就是彩頭班的連台戲或上海灘上的「文明」新戲，也都來者不拒。到了三十年代中期，已是取法乎上，「結束鉛華歸少作，摒除『魔道』入中年」了。而等到拜余之後，可說是從野狐禪皈依了大乘佛教，從賣一條「坤伶」的高嗓門兒轉入了清醇雅淡，走上京劇的正宗。

一九三八年十二月二十四日孟小冬在西長安街新新戲院（後叫首都電影院），白天唱《洪羊洞》，這是她舞台生活中最璀璨的一頁，因爲有恩師余叔岩親自「把場」，據說出場前余叔岩說了句「楊六郎快死啦」，推了孟小冬一把，正好讓她踩著鑼鼓點出場。當時一些報刊，每在孟小冬演一劇後發表劇評時，對孟小冬的唱白，甚至一舉手一投足都推崇備至，尤其是余叔岩早已息影多年，孟小冬儼然成爲觀眾腦海中的余叔岩替身，透過孟小冬傳神的演出，再次觸摸到余派的脈搏，見到余派的身影。

余叔岩授徒時曾說：京劇表演是七分念白三分唱，唱腔要注意抑揚頓挫，身段要注意陰陽向背，做派要講究疊折，要注意劇中人身分。例如：扮文人須有書卷氣，必須蜂腰駝背，不能挺胸凸肚，兩臂要圓，用以支撐行動；扮大將要有大將氣派；扮丞相要有丞相風度，表演時一舉一動、一唱一白都要適合劇中人的身分。他舉例說：《戰太平》一劇，二兵監斬花雲出場時，花雲戴著手銬，二兵一聲吶喊，此刻花雲頭部不能動，只能昂首闊步，斜著二目看二兵，做鄙視的表情；反之，如扭回頭看二兵，就失去了花雲的大將身分。又如《空城計》中諸葛亮升帳兩旁喊堂時，諸葛亮也只能用眼角

斜視兩旁，頭不能動。演至探子「三報」，第一報，看到王平地圖，要從眼中表露出由於馬謖在山頂紮營，已知街亭必失無疑，因而看了地圖後收下，立刻差人到列柳城調趙雲率軍前來；第二報，街亭失守，這是諸葛亮早已料到的，所以表情並不驚奇；第三報，司馬懿大兵離西城四十里，這時場面起「亂錘」，按照慣例，在其他戲中「亂錘」一起，場上演員一定要做驚恐表情，但此次卻不同，只能驚而不恐，因爲諸葛亮這時驚是驚在本來應該趙雲先到，但爲什麼司馬懿大軍卻這樣快就到了。這是驚但不是恐，因爲如果一恐，就失去諸葛亮的身分了。這項表情很難，一般表演時，對驚和恐從臉上的上半部眉眼看，往往分不清楚，這是不善於區別驚與恐表情之故。余叔岩說，這一點，關鍵主要在嘴上，在髯口裡面，即：張口爲驚，閉口爲恐。只有通過反覆琢磨和練習，才能演得恰到好處。

張伯駒是余叔岩的好友，他三十一歲從余叔岩學戲，每日晚飯後去其家，余叔岩飯後吸菸過癮，賓客滿座，午夜十二時後開始說戲，常至深夜三時始歸家。如此者十年，因此余叔岩戲文武崑亂傳給他最多。他在談到余叔岩教戲時，什麼人可以學什麼戲，其實他是非常清楚的，他常因人施教。張伯駒在《紅毹紀夢詩注》中說，他曾請余叔岩教他《坐樓殺惜》，余叔岩說：「每一個演員不能每一齣戲都能演好，因爲其人身分與劇中人之身分大有不同。其內心即表演不出，做工神情即差。宋江是一個壞人，是縣衙門書吏身分，《坐樓》全是耍骨頭，《殺惜》突然變臉，凶惡情狀畢露。你是一個好人，是儒雅瀟灑書生身分，如你演《空城計》、《問樵鬧府》、《盜宗卷》、《御碑亭》、《遊龍戲鳳》、《斷臂說書》、《審頭》等戲一定好，因爲你本身就是戲。飾宋江不會耍骨頭，沒有其凶惡本質，表演不出其內心，演得不會出色，所以不主張演此。」張伯駒認為余叔岩說得至為有理，因此有詩曰：「演來須重內心戲，身分由來有定評。能耍骨頭能變臉，書生難比宋公明。」

余叔岩的教戲，是因材施教的。你如果領悟力強，肯用功，他會毫不保留地傾囊以授，而且極為認眞。劇評家丁秉鐩就認為孟小冬因為一來私淑余叔岩多年，過去從陳秀華、孫老元那裡，已經學到相當基礎，又加天資聰穎，一點就透。二來她生活簡單，只一個人，薄有私蓄，不愁生活，不需要靠唱戲吃飯，可以慢慢學，不急著唱。三來，也是最重要的原因，她渴望拜余多年，一旦實現，自然全心全力、全副精神都放在學戲上。她在余家，除了學戲以外，在余叔岩夫婦面前，承歡膝下，有如侍奉雙親；與兩位師妹（余的兩個女兒）處得情同骨肉。她又通曉世故，練達人情，對老媽、下人、門房都時有賞賜，所以孟「大小姐」在余家的人緣極好，自然因勢利便，盡得薪傳了。

丁秉鐩在〈孟小冬劇藝管窺〉文中說，「一位演員給觀眾的第一印象，便是扮相。孟小冬生得明眸隆準，扮鬚生雖然掛上髯口（鬍子），讓人看來劍眉星目，端莊儒雅，先予人以好感。」「所謂台風，就是這位演員在台上，是否能攏住觀眾的神，使觀眾對他注意，也就是一般人所謂的儀態。……孟小冬的台風，『溫文儒雅，俊逸瀟灑』八個字可以包括，使人有『與君子交，怡怡如也』的感覺。」「孟小冬得天獨厚的地方就是她有一副好嗓子。五音俱全，四聲俱備，膛音寬厚，最難得的沒有雌音，這是千千萬萬人裡難得一見的，在女鬚生地界，不敢說後無來者，至少可說前無古人了。拜余之後，又練出沙音來，更臻完善。……孟小冬的唱工，除了因有嗓子，可以任意發揮，無往不利以外；最寶貴的，是她唱得考究，不論上板的，散的，大段兒的，或只有兩句，她都搏獅搏兔，俱用

全力。對於唱工持這種鄭重而認眞態度的人，梨園界中只有兩位，一位是余叔岩，一位就是孟小冬了。……環顧過去諸大名伶，對於搖板、散板，注意唱的，也就是梅蘭芳、程硯秋、馬連良、郝壽臣諸人而已，但是都不到百分之百的考究。唯有余叔岩、孟小冬二人，對唱工是一句不苟、一字不苟的。因此，他們師徒二位，唱戲也就特別費神費力，唱一齣戲的精力，夠別人唱三齣戲的。（別人不肯這麼傻幹。）而也就因此，他們二位不耐久演常唱，時演時輟，休息多於登台者，也就是這個原因。」「梨園界有句話：『千斤話白四兩唱』，也就是說，念白比唱重要多了。念白的要求，需字眼發音正確，咬字清楚，大段兒要抑揚頓挫，疾徐有致，短句也要有氣氛，含感情。對於這些條件，孟小冬都能做到。」

另外針對「做表」（做派、表情），丁秉鐩也根據他多年來看過孟小冬的十多齣戲，舉例說明之，他說他看孟小冬《空城計》時，她還不到三十歲，但是她火候的精湛，已臻上乘了。頭一場「坐帳」那段「羽扇綸巾……」的大引子，念得字音正確，陰陽分明，有韻味、有氣氛，而且還有丞相的風度。對馬謖叮嚀的一段原板，余派唱法，在「……領兵……」處有一個巧腔，大凡唱老生的都會，但眞正能唱得「夠俏皮而自然」的，卻沒有幾位，孟小冬是其中一位。「聞報」一場，孟小冬就展露出她在唱、念、神情，做派上的功力了。旗牌送來地圖，念「展開」以後，開始看圖，先上下左右粗看一下，表示先要了解地理位置。然後仔細觀看，一見營盤紮在山上，立刻臉上表情驟變，先驚愕，再詫異，再轉變爲惋惜、失望，不但有層次，有交代，而且轉變得快。馬上抬起頭來，用眼神表

《空城計》中孟小冬扮演孔明

示出急智和決斷，吩咐旗牌：「快快去到列柳城，調回趙老將軍，快去！快去！」邊念邊做手勢，最後念到「快去！」時，用手一揮，表示出緊急命令的重要來，念、做、表情俱到。遣走旗牌以後，念：「好大膽的馬謖哇……只恐街亭難保！」此時認爲街亭必失，已有心理準備了。所以探子頭報：「馬謖失守街亭。」念「再——探。」緩慢而平靜，接念：「如何，果然把街亭失守了。」把預料必發生的事證實了。探子二報：「司馬懿領兵往西城而來。」孟小冬第二個「再探」，念得短促而鎮定。然後念：「嗚呼呀……悔之晚矣。」神情上就表示出事態嚴重，追悔莫及了。探子三報：「司馬懿大兵離西城不遠。」孟小冬第三個「再探」的念法是：「再，再探」。臉上稍露出頗出意外之色。別的演員有連念好幾個「再」，而臉上倉皇失措的，那就有失孔明身分了。

「城樓」一場，最精彩的唱是「我正在城樓觀山景」那段二六，有如行雲流水，自然對話；同時板槽工穩，雋永有味。這幾樣並存，是非常難能做到的。「斬謖」一場，入帳把扇子交左手，以右手指王平；等到帶馬謖，又把扇子交還右手，以扇子指馬謖，這種小動作都是譚、余眞傳。與王平對唱快板，尺寸極快，而字字清楚入耳。對馬謖的兩次叫頭，幾乎聲淚俱下，聽得令人酸鼻。

《搜孤救孤》是余叔岩親授孟小冬的戲，也是孟小冬的拿手好戲。一九三九年曾在北平演出，

一九四七年在上海杜壽義演時，連唱兩天，以後就成爲廣陵絕響了。丁秉鐩猶記當年在北平觀劇的情景：第二場程嬰（孟小冬飾）勸妻（魏蓮芳飾）捨子，妻子堅決不肯，只好一人在客座上生悶氣，公孫杵臼（鮑吉祥飾）來了，抬頭稍打招呼，並未起來。稍過一會兒，才想起人家是客人，趕快起來，把公孫讓到客座，自己坐到主位。把程嬰氣急敗壞的心情，形容得入木三分。公孫問他程妻可曾應允捨子之事。孟小冬念：「她……不肯哪！」那個「她」字念得重，且念且用右手指向程妻房中。面上則帶惶急、慚愧、冤枉的綜合表情，意思是表明：「不是我說她賢德的話黃牛了，而是她太頑固了，我沒有故意騙你。」最後法場祭奠已畢，屠岸賈（裘盛戎飾）欲看賞，程說不欲受賞，家有一子，與孤兒同庚，怕被人暗算，屠說「抱來我看」。孟小冬當唱「背轉身來笑吟吟，奸賊中了我的巧計行。」邊唱，邊做，邊走，面上露出得意之色，那種唱做合一的以身入戲，眞是妙到毫顚。等到最後，屠岸賈把孤兒認爲義子，並且安排程嬰吃一碗安樂茶飯了。孟小冬站在那裡的表情，完全是「大事已畢，如喪考妣。」那種嗒然若喪、萬念俱灰的神態，眞令人覺得細膩萬分，拍案叫絕了。

譚鑫培是清末民初京劇演員中劃時代的人物，而余叔岩的藝術在高度成熟時，以其演唱技巧的高妙、唱腔設計之精微、表現人物的深邃而冠絕一時。余叔岩的藝術氣勢和韻味兼備，力量與技巧並重，渾厚、雄健及靈巧、飄逸同在。他把譚鑫培的藝術向前推進了，在京劇發展史中，譚鑫培的貢獻大於余叔岩，因爲譚鑫培開闢了全新的意境，而余叔岩將譚鑫培的藝術更推向「高雅」化了。當年學譚的每譏學余的走火入魔，學余的則諷學譚的抱殘守缺，譚、余之爭，如火如荼。陳定山對此好有一比，他說如果譚鑫培是孔子，則余叔岩是孟子。「叔岩從譚出，譚的底子是漢調，發音多湖廣音；叔岩興，始歸入中州音，雅然正始，而啓示提命皆出於陳十二彥衡。叔岩以前，伶人只知分尖團，叔岩以後，始分四聲，分陰陽。今之號爲譚派者，莫不私淑叔岩。」

對譚、余之爭，孟小冬則說：「譚派劇藝博大精深，自成一家，本人原也是學譚的，後隨先師學藝，始知譚、余原屬一脈流傳，譚大王雖僅給先師說了一齣《太平橋》，但在平劇的原理與原則上，他們師徒倆確曾下過一番切磋的功夫。加之先師每逢譚劇上演，必親臨諦觀。尤以先師天資聰穎，無須刻意摹擬，即能舉一反三，擇其精粹，另闢蹊徑，創作新聲，琢磨劇情，美化身段，深入戲中，發揮感染的力量，乃能自成面目，先師是戲劇界一位苦行者，具有無上的智慧與勇氣，才能達成梨園生行的新境界。大家只要平心靜氣的，仔細的諦聽譚大王所遺留下來的唱片，與先師所留的十八張半唱片，兩相比對，自能心領神會，即有客觀而公正的眞實評價，若以詩聖杜工部比譚大王，則先師應爲李商隱或黃山谷，劇藝之成就，面目雖異，而造詣之深則相同，明乎此，那麼譚、余之爭，似乎是多餘的了。」曾經先學譚而後宗余的孟小冬以過來人的身分，道出此精闢之論，更看出藝術的薪火相傳，生生不已。

曾是瑜亮終揚鑣

梅蘭芳與余叔岩

余叔岩出身梨園世家，少年時就頭角崢嶸，以「小小余三勝」紅遍天津。可是因爲過度勞累，導致過早倒嗓，只好回到北京休養，被迫暫離舞台。民國初年，雖以半客串性質改演武生戲，但由於嗓音未復，始終難申大志。在此期間，他謀得了一個總統府侍衛官的閒差，並加入了「春陽友會」這個票友組織，跟隨樊棣生等著名票友一起切磋技藝，潛心研究京劇藝術。一九一八年，余叔岩安全地度過了「倉口」，嗓音逐漸恢復，又在總統府堂會露演《珠簾寨》（由岳父陳德霖配演大皇娘，梅蘭芳演二皇娘），戲中表現極佳，名聲再度鵲起。這時，楊小樓的桐翊莊、孫菊仙的翊文社以及朱幼芬的翊群社等，都紛紛邀他來搭班唱戲，但都被他婉言謝絕了。他整天在家裡吊嗓、練把子、整理戲詞、研究《佩文韻府》，他孜孜不倦，刻苦鑽研，他在蓄積實力等待著一鳴驚人的最佳表現。回首前塵往事，在前後十年光景之中，從高峰到谷底，他嘗盡人間的酸甜苦辣。在這期間，他也很幸運地受到了譚鑫培、吳連奎、姚增祿等老師的親切教誨；更有楊小樓、陳德霖、錢金福、王長林幾位先生的提攜和幫助，使他在藝術道路上打下深厚牢固的基礎。此時他心想：絕不能辜負師長和親友們的殷切期望。因此他唯有在技藝上精益求精，等待著東山再起。

然而，余叔岩環顧左右，要是沒有強力的支持者，實在很難一飛沖天的。而梅蘭芳自從追隨王鳳卿到上海演出後，一下子大紅大紫，連王鳳卿都要屈居梅下爲梅跨刀。於是余叔岩反覆思量，便託「春陽友會」的會長李經畬爲其設法。李經畬於是找到「梅黨」中一言九鼎的人物——馮耿光，他向馮耿光表示余叔岩此次重返舞台，「只願與蘭弟挎刀，其他別無所求！」並請馮耿光大力幫忙。李經畲爲李鴻章的侄子，馮耿光不能不給面子，於是他向梅蘭芳進言了。其實梅蘭芳早就在堂會中看過余叔岩的戲，印象極佳，很願意同他合作。那時梅蘭芳的內兄王毓樓正與姚佩蘭組織「喜群社」，約梅蘭芳在新明大戲院做開幕演出。梅蘭芳就提出加入余叔岩，但其他人卻有意見，他們認爲社內早有頭牌老生王鳳卿，另加一鬚生戲碼不好派，何況增加戲份開支更是沒有必要，於是都持反對態度。梅蘭芳卻說：「我已經答應了叔岩，你們務必把這件事給辦圓了！」大家看梅蘭芳主意已定，只好照辦。最後商量決定：戲碼排在倒三，戲份是王鳳卿的半數。當時梅蘭芳的戲份是每場八十元，王鳳卿四十元，梅蘭芳覺得二十元對於余叔岩而言似乎少了些。但王毓樓和姚佩蘭卻認爲，余叔岩還要帶他的搭檔淨角錢金福、丑角王長林，戲份都要另開，負擔已經不輕了。梅蘭芳無奈只得就託馮耿光轉達這兩個條件。大家以爲余叔岩未必肯屈就，哪知他一口答應，余叔岩心想此時欲效攀龍附鳳之策，只能「只求榮譽，不計待遇」。於是開啓了兩人的合作關係。

《洗浮山》中余叔岩飾演賀天保

在研究戲碼時，梅蘭芳與王鳳卿合演的戲，就先不考慮。因爲一方面梅、王兩人合作多年，已有默契不能換人。二方面余叔岩以爲嗓音並未完全恢復，如演成本大套的唱工戲，則相形見絀，反而不美。

所以，余叔岩提出演《遊龍戲鳳》（《梅龍鎭》），梅蘭芳立刻表示同意。於是余叔岩便把他父親余紫雲的演出本拿來，再有梅蘭芳祖父梅巧玲的本子，又加上梆子腔的本子，以及《戲考》上的本子，足有四、五種之多。再請齊如山先生把這些資料合在一起，該用的用，該刪的刪，另成了一個新本子。余叔岩、梅蘭芳看後都很滿意。接著就該排戲了，他們請來當年看過譚鑫培、余紫雲演出的老先生陳子芳、陳彥衡、羅癭公、李釋勘等人來看排戲，爲他們「摘毛」、「挑刺」。經過了一個多月的緊張排練，一九一八年十月十九日，余叔岩、梅蘭芳合演的《遊龍戲鳳》終於在吉祥戲院上演了，梨園行及票界的諸多人士紛紛前往觀摩，眞可謂盛況空前，也獲得相當多的讚美。當時的姚玉芙就說：「梅、余二位在蘆草園排《梅龍鎭》時，我每次都到場，當初看過譚鑫培、余紫雲的人，也都來參加意見。但我斷定叔岩演的並不是譚老的原樣；畹華的表演，和紫雲先生的關係也不太大。主要是他們二位認眞排對了幾十天，同時，旁邊有幾個朋友看著出主意，才把這齣戲演成這樣的，也可以說是梅、余二位的創造。」因此曾有人評論說：「余、梅的這齣《戲鳳》比譚鑫培和余紫雲的此劇，可說是『青出於藍』」。可見當時演出是相當成功的。

對於此劇之所以如此成功，劇評家齊崧認爲是他們忠於藝術、精益求精得來的，他說：「余的正德，其唱做念仍本諸乃師譚英秀（即譚鑫培）的傳統，由陳十二爺彥衡爲之說腔，由名票王四爺君直及名淨錢金福爲之說身上。梅之鳳姐除承乃師路三寶之衣缽外，並由余紫雲之得意弟子陳子芳爲之說身上。此外還有名劇評家齊如山、李釋戡、王君直、馮幼偉、黃秋岳多位先生提供意見，和衷共濟，集體創作而成。其勤懇艱辛已如彼，而謹慎小心又復如此。眞是鐵杵成針，水滴石穿，其成功又豈是在談笑自若中得來。演出之夕爲民國七年十月在北平吉祥園。據稱當時以余老板久不登台，確乎有些緊張。上裝時雙手冰冷，呼吸都有些急促。出台後念引子唱四平調，嗓子還有些失常。一直到與鳳姐調笑踩長巾時，情緒才開始穩定下來。以余氏之修養，尚且如此，台上之甘苦又豈足爲外人道哉！」

對於當天的演出，梅蘭芳在他的回憶錄《舞台生活四十年》中有這樣一段記錄：「那天，我到後台看叔岩，他似乎有點緊張，手很涼。我說：『三哥！沉住了氣，這齣戲，咱們下的功夫不少，大家都爛熟了，您可別嘀咕嗓子，幾段〔四平調〕，怎麼都能對付過去了！』他說：『聽您的！』就沒有再說別的話。我就回屋扮戲去了。叔岩出場後，有碰頭兒好，我在門簾邊聽他唱〔四平調〕，覺得嗓音悶一點，似乎緊張的勁兒還沒有完全鬆下來。等我出場，我們兩人對做了一段默劇以後，他的緊張才過去。後面，他的嗓子也逐漸唱開了。台下的情緒也愈加熱烈，圓滿終場。卸裝後，我們互道辛苦，叔岩頭上頂著一塊熱氣騰騰的毛巾，面帶笑容地對我說：『今天的戲唱得痛快極了！跟您唱戲，不費勁，身段、蓋口尺寸留得都合適，所以不覺著累！』」通過這段文字我們不難看出，余、梅雙方對這次演出的效果也是極爲滿意的。後來，他們在堂會上又多次露演此劇，則更精彩。

齊崧也看過後來余、梅在堂會上的這齣《戲鳳》，他說：「《遊龍戲鳳》原是一齣小戲，是一生一旦的『對兒戲』。劇幅不大，份量似乎也無足重輕。但經梅、余二位老板一唱，竟將一個無足重輕的小戲，變成了大戲，居然在北平第一舞台年終窩窩頭大義務戲時，用來作壓台戲。在雞鳴唱曉時此劇才上場，兩千來位觀眾之中，在臘月天寒地凍之夜（當時並無暖氣設備，只靠重裘取暖。）竟無人

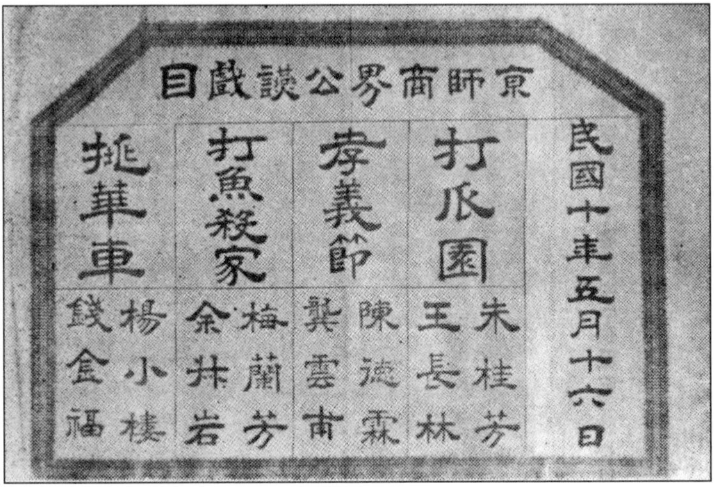
京師商界公讌戲目

民國十年五月十六日

打瓜園	孝義節	打魚殺家	挑華車
朱桂芳 王長林	陳德霖 龔雲甫	梅蘭芳 余叔岩	楊小樓 錢金福

梅蘭芳與余叔岩合演《打漁殺家》的戲單

中途離席，其吸引力之強，魔力之大，不問可知。……這一龍一鳳，確是天上難找地下難尋的一對兒瑰寶。把國劇的藝術，發揮到了毫端。一個是瀟灑風流，卓爾不群；一個是活潑可愛，嬌艷清新。二人無論做表、念白和唱腔韻味，都已到了化境。舉手投足，一顰一笑全都是戲。旗鼓相當，各不相讓。做工之細膩，蓋口之嚴緊，觀之者，如沐春風，如對曉月，這分兒享受，實非筆墨所能形容。」

《遊龍戲鳳》讓余叔岩東山再起，如果沒有此次的合作，可能以後就沒有余叔岩這個響亮的名字。梅蘭芳當時的名聲已經蒸蒸日上，連大牌如王鳳卿都要屈居梅下爲其跨刀。齊崧認爲余叔岩的「攀龍附鳳」之策，是選對了對象。「忍一時之屈，伸平生之志。所謂大丈夫者，其叔岩乎！未幾《戲鳳》一劇推出，九城轟動，讚譽交口。從此青雲直上，與梅並駕齊驅之勢已成。誰還再想到當時僅拿梅氏四分之一戲份兒的事呢！」

《遊龍戲鳳》大獲成功後，使余、梅覺得這種邊排邊演的方法很好，彼此都有興趣，於是又用這種方法排演了《打漁殺家》（又名《慶頂珠》）。該戲原是譚鑫培、王瑤卿二位前輩的拿手好戲。全劇的高潮在蕭恩父女商量報仇、連夜渡江的這場戲，給梅蘭芳留下極爲深刻的印象。梅蘭芳說：「當蕭恩要撥轉船頭送女兒回去，桂英馬上用淒厲的聲音念：『孩兒捨不得爹爹。』這裡充分表達了她既想順從父意，又怕此去凶多吉少的矛盾心理。下面緊接著蕭恩唱哭頭：『啊啊啊，桂英啊，我的兒呀。』譚老演的蕭恩，前面是忍耐，公堂被打後是憤怒，可是在這句哭頭裡，卻止不住心酸落淚，描摹他雖是久闖江湖的老英雄，也免不了兒女情長。這兩位藝術大師猶如身臨其境地交流傳達了父女天性的眞摯感情。」

梅蘭芳早在搭「玉成班」時就曾與老生孟小如合演過此戲，此次由余叔岩演蕭恩，梅蘭芳演蕭桂英。梅蘭芳與余叔岩根據譚、王的路數排戲時，又據戲的情理，作新的體會和創造，以求演出神采，唱出意境。因此做了一些愼重而必要的修改。如蕭恩在江上有節奏地搖槳，只把髯口在胸前輕擺，表示微風吹拂、風平浪靜的意思，並不誇張地甩髯口；又如把停船撒網改爲停船後先落帆，父女配合著做出解繩接帆的身段動作，更具眞實感。再如，李俊、倪榮告別後，桂英問是何人，原本兩人用手一磕，「拉山膀」、換位。余叔岩、梅蘭芳把它改爲，蕭恩一邊答話，一邊「起『雲手』，往右甩髯口，轉身朝上場門躬腿指。桂英隨著蕭恩所指的方向，扶鬢、斜身、遠望，很自然地形成一條斜線的高矮相。蕭恩緊接著往左邊甩髯口轉回身來，同時念『兒呀』，右手使『通袖』歸到大邊，桂英也起『反雲手』歸到小邊。這樣就很經濟地換過位來了。」

《打漁殺家》於一九一九年新春時節，在新落成的新明戲院首演。演出後，再獲好評。儘管如此，在多次演出後，余、梅兩人仍不斷地對劇中父女的身段、台詞反覆地推敲。梅蘭芳在《舞台生活四十年》的回憶錄中就說：「爲什麼蕭恩不要桂英漁家打扮，而桂英偏要漁家打扮？從戲裡找線索，頭場李俊、倪榮勸蕭恩不做河下生理。三人飲酒時，丁府的葛師爺偷覷桂英，緊接著狗腿子來催討漁稅，這裡包含著陰謀算計桂英的意味。當年，地主、惡霸看中佃戶的妻女，就慣用金錢來壓迫他們獻出妻女。蕭恩是經過風浪的老江湖，覺得此地不可久留。想起女兒早已許配花逢春，就打算趕快把她嫁出去，了卻一樁心事，所以叫桂英改穿閨中裝束，這可能是蕭恩的難言之隱。但桂英卻不能理解爲什麼非改不可的原因。劇本在這裡含蓄地描寫了父女二人的心理，是很緊要的地方。經過這番研究，就恢復『不聽父言，就爲不孝』的原詞，叔岩並且重念這兩句，顯出蕭恩堅決這樣辦，而我念：『兒改過就是。』也用柔順著的聲音來表示她願意遵從父意。」後來余叔岩的弟子李少春談到這齣戲時，說：「叔岩師給我說《打漁殺家》時，對這一段表演做了心理分析，基本觀點與梅先生相同。但他說：『梅先生念「兒改過就是」，聲音柔和，令人感動。』蕭恩接著念：『這便才是』，也要用溫和語氣，同時臉上表現出慈祥的樣子，因爲蕭恩覺得剛才那兩句話，聲色過於嚴厲，所以這裡帶有安慰女兒的意思。我和梅先生演過這齣戲，親自體會到梅、余二位藝術大師所塑造的人物性格鮮明、典型，給人的印象是深刻難忘的。」《打漁殺家》原是老生戲，蕭恩是主角，蕭桂英只是配角。從王瑤卿與譚鑫培、梅蘭芳與余叔岩演出此戲，提高了蕭桂英在戲中的地位，對這一角色做出卓越的創造，使這齣戲成了著名的生、旦「對兒戲」。

劇評家齊崧說：「梅老板和余老板的合作戲似乎只有《遊龍戲鳳》、《打漁殺家》、《探母回令》和《摘纓會》四齣名劇。但《探母》和《摘纓會》，應算是群戲。嚴格的說他們二位眞正的合作戲只有《戲鳳》和《殺家》兩齣。而這兩齣，可稱是天下第一份兒，最佳的搭配。凡看過的人，都心裡有數，認爲是人生第一樂事。」又說：「筆者記憶中的《戲鳳》一劇，是最後一次聽余、梅合演的。那時約在民國十六、七年的樣子。余氏因患便血，已經輟演。那一次是在暑假之中，在第一舞台爲某一事件演義務戲。爲增強賣座，於是紳商特煩余氏登台與梅老板連演兩天。第一晚爲《遊龍戲鳳》，第二晚爲《打漁殺家》。因余久不登台，且此次是與梅氏合演兩齣膾炙人口的絕活兒，所以觀眾購票踴躍，向隅者多。園內滿坑滿谷，園外一字長龍，有由滬漢專爲看戲而來者，於是各大旅館，房間預訂一空。聲勢之大，得未曾有。余氏因久不演，且體弱多病，故嗓音沙啞，不能拔高。但以技巧嫻熟，嘴上有工夫。嗓雖沙啞，但韻味十足，仍能引人入勝。梅老板全遷就余的調門。再唱四平時，還不太覺得，但到西皮對口時，梅等於在唱調底了。然而仍是掌

梅蘭芳的《打漁殺家》扮相

聲如雷，一句一好。因他們尺寸嚴謹，蓋口自然，動作大方，做表傳神，焉能不落好。故在台上，亦如畫在紙上，神韻第一，其他猶其餘事也。」

其實比起楊小樓，梅蘭芳與余叔岩合作演出的時間是短暫的。此外，梅蘭芳還主動爲余叔岩配演了《珠簾寨》中的二皇娘，他們又同王鳳卿合演了《戰蒲關》（余叔岩飾演劉忠，梅蘭芳飾演徐豔貞，王鳳卿飾演王霸），在梨園界傳爲佳話。一年後，余叔岩認爲總是寄人籬下，也不是長久之策，便脫離了「喜群社」，帶著錢金福、王長林等人南下自組班社去了，自此結束了與梅蘭芳的合作。雖然他們的合作不足兩年，但卻是他們在藝術的鼎盛時期。後來，余、梅又在義務戲中合演過《摘纓會》（余叔岩飾演楚莊主，梅蘭芳飾演許姬，楊小樓飾演唐蛟）。

儘管如此，余叔岩對表演藝術的精益求精，對塑造人物刻畫入微的鑽研精神，使得梅蘭芳深受啓發。梅蘭芳說：「我常這樣來測驗我的表演，一句腔、一個身段，凡是我感到彆扭地方，和一些懂戲的觀眾談起來，他們往往也覺得不舒服。這裡就有了問題，需要細加琢磨修改，在下一次演出時，再做體驗。古人曾說：『校書如掃落葉。』那意思說，一遍一遍的校對，好像秋天樹木落下的葉子，一邊掃一邊落是掃不淨的。演員要想把一齣戲演好，必須有掃落葉的精神，同時也要懂得辨別精粗美惡，不要想入非非地胡琢磨，那樣會鑽進牛犄角裡去，或者把好東西順手掃了出去。我和叔岩合演的《梅龍鎮》、《打漁殺家》是當時義務、堂會戲中常見的劇目，由於不斷演出，不斷修改，就漸漸達到成熟階段。」這都是這兩位名家的肺腑之言。

故人逝去情依舊

許姬傳眼中的梅蘭芳

一別音容廿五年，幾經風雨幾雲煙。
蓄鬚明志抗頑敵，畫筆爲生不昔賢。
京劇派流傳遐邇，大師典範見遺編。
梅開遍地群情仰，後起欣然藝永綿。

這是一九八六年十月二十三日許姬傳在參觀梅蘭芳紀念館開館時，有感而發所寫的一首詩。此時梅大師已經故去二十五年了，但做爲大師的秘書、摯友，許姬傳此情依舊。「幾經風雨幾雲煙」，如今「大師典範」能「流傳遐邇」，完全是靠著「遺編」，而這「遺編」卻是許姬傳付出畢生的心血，讓梅大師的舞台藝術，化爲文字，綿遠長留。然而世上只知有梅蘭芳，而不知有許姬傳。正如學者鄧寶善所言：「令人難以相信的是，雖說許姬傳追隨梅蘭芳先生的歷史長達三十年，但無論許姬傳本人還是別的什麼人，竟然都沒有專門寫過這方面的文章。因此，我多方鉤沉寫成〈梅蘭芳和許姬傳〉一文，刊發於《人物》二〇〇〇年第八期上，也算塡補了這方面的空白。」根據鄧寶善的勾勒，再加上許氏的諸多回憶文章，讓我們看到他們亦師亦友的合作無間和山高水長的情誼，燭照人間！

許姬傳（一九〇〇—一九九〇）小名彭，號思潛，別署燕賞齋主。浙江海寧人，一九〇〇年四月十二日生於江蘇蘇州。其曾祖父許璉（珊林）、祖父許湛祥（子頌，晚號狷叟）、外祖父徐子靜（致靖）、父許省詩（冠英）皆諳崑曲。許姬傳自幼隨祖父許湛祥居杭州，在杭從外祖父徐子靜讀書、

在《佳期・拷紅》，梅蘭芳飾紅娘（右），左為崔鶯鶯（姚玉芙），左二為張君瑞（姜妙香）

習崑曲，初唱老生外，又唱官生，唱法宗葉懷庭一派，講求四聲和用氣，得授《彈詞》、《酒樓》、《別母亂箭》等幾十齣戲，尤以《彈詞》唱口得徐子靜之精髓，兼擅吹曲笛。十六歲那年冬（一九一六年十一月下旬），堂兄許伯明專程護送梅蘭芳來杭州演出，在杭州初次接觸和認識了年僅二十二歲、出道不久的梅蘭芳，並仔細觀摩了他的演出。那一晚梅蘭芳演的是崑曲《佳期・拷紅》。戲畢，許伯明帶他們同到後台見梅蘭芳，向梅蘭芳介紹說：「這是我的堂弟——姬傳、伯遒、源來，他們都得到徐子靜先生傳授，會唱崑曲，能吹笛子。」梅蘭芳和他們一一握手，含笑說：「崑曲出在南方，你們聽哪句腔唱得不準、哪個字念得不合適，請你們告訴我。」三人期期艾艾說：「嗓子好、扮相好、唱得好、做得好，我們第一次聽你的崑曲，真過癮！」梅蘭芳謙遜的態度，給許姬傳留下了深刻的印象。

回家後，他對源來弟說：「名滿南北的梅蘭芳，卻沒有好角習氣，對我們幾個小孩還那麼謙虛，眞了不起。」在這之前他們剛聽過梅蘭芳的《黛玉葬花》、《穆柯寨》，許姬傳覺得「梅蘭芳塑造的林黛玉，正突出地表現了她的悲劇性格，符合曹雪芹筆下的絳珠仙子，以後，我看別人表演林黛玉，就覺得膚淺而無詩意，這是因爲演員本身沒有這種氣質，只用顰眉淚眼來表現是不夠的。」

一九二〇年許姬傳與弟源來到天津，在直隸省銀行當文書。居河北區三戒里，以近鄰得識著名曲家惲蘭蓀（擅歌《彈詞》）請益度曲之道。對京劇發生濃厚興趣，經常向京胡聖手陳彥衡學習譚（鑫培）派聲腔，陳彥衡曾爲譚鑫培操琴，也一度爲言菊朋操琴。余叔岩、言菊朋、王又宸、貴俊卿……都跟過陳彥衡學過譚腔。許姬傳並因此結交京劇界人士王瑤卿、楊寶忠、言菊朋等人。

梅蘭芳在《黛玉葬花》中的造型

二〇年代末，梅蘭芳率團到天津演出，恰逢軍閥混戰，鐵路中斷，梅蘭芳和姜妙香、姚玉芙、王少卿等被阻天津息遊別墅達十餘日。當地名流陳宜蓀夫婦每日約請梅蘭芳到寓所便飯，許姬傳、許源來

坐者為許姬傳（中立）的父母許省詩和徐仁鎰，立者右為其弟許源來，左為弟媳。

兄弟列席作陪。這是許姬傳和梅蘭芳的第二次見面。梅蘭芳、姜妙香唱崑曲《金雀記》、《喬醋》，許姬傳與源來吹笛伴奏。陳太太能唱老生，是陳彥衡老師的學生，她還唱了蘇州小曲〈四季相思〉、〈無錫景〉。車通後，許姬傳與源來到息遊別墅送行，梅蘭芳說：「這次被困天津，在陳家的聚首，很有意思，這是我出外演出的紀念。我希望再有這種機會。」並與姜妙香訂了後約。姚玉芙接著說：「如在演出時，恐無此閒情別致了。」

一九二二年許姬傳兼職於上海。一九二五年在上海會樂里等處曲會，每歌《彈詞》、《驚變》等，與吳昌碩、劉翰怡、周夢坡等相唱和。在天津時堂兄許伯明介紹程硯秋來與研討崑曲《思凡》，爲程拍曲並擫笛吊嗓。一九二九年許姬傳南遷上海，在江蘇省財政廳當掛名差使，復與陳彥衡相往還，對戲曲鑽研益深。經常發表評論文章，前後有一百多篇，頗有影響。一九三二年五月，協助陳彥衡出版工尺譜《燕台菊萃第一輯．探母回令》一書，這是陳彥衡遷滬定居後的著作，許姬傳和徐凌霄都寫了序言。這期間許姬傳並在滬彩串皮黃劇目《空城計》、《捉放曹》、《探母坐宮》、《御碑亭》等。

三〇年代初，梅蘭芳爲避日僞凌辱，舉家南遷上海，許、梅又得以在上海見面。梅蘭芳常託許姬傳找俞振飛爲自己拍曲，找許伯遒吹笛伴奏，許、梅關係進一步密切。因此，當梅蘭芳欲覓一位文筆嫻熟且深諳戲曲藝術的秘書時，就很自然地想到了許姬傳，但許姬傳對此卻頗費躊躇。他自忖平日散漫慣了，不願爲此給梅蘭芳添麻煩，於是以需要母親同意爲藉口，婉轉辭謝了。梅蘭芳於是找到許母，懇陳來意。許母說，小兒自幼養尊處優，只怕會給府上添麻煩。梅蘭芳告知一定如同在自己家裡一般，絕不會委屈他。許母允諾，一錘定音，由此開始了許姬傳與梅蘭芳長達數十年的合作關係。

做爲秘書，許姬傳委實是最合適的人選了，以後的歷史證明，許姬傳也確實不負梅蘭芳的知遇之恩。他執筆編寫劇本，斟酌推敲唱腔，代梅出訪會友，隨同出國訪問，可以說全身心地投入在梅蘭芳的藝術事業上。他首先爲梅蘭芳創編了鼓舞民眾奮起抗戰的《抗金兵》、《生死恨》兩劇，演遍大江南北，震懾了日本政府。許姬傳後來回憶道：「梅先生在上海馬斯南路（後改思南路）客廳裡召開座談會，討論齊如山先生根據明代傳奇《易鞋記》改編的京劇，全劇有三十九場，大團圓結束，梅先生認爲要在這個劇本裡表現俘虜的痛苦，激發抗日鬥志，大團圓不合適。我提出結尾一生一

梅蘭芳在《生死恨》中的造型

死，劇名《生死夢》。姚玉芙說：『夢字不好，乾脆叫《生死恨》。』大家一致同意。接著梅先生說：『以前，齊先生寫出初稿，大家討論修改，定稿後，設計唱腔、身段。現在我改爲先把劇情研究好，找出重要場子，把唱腔、板式、句數固定下來，然後編唱詞，這樣，既省精力，又可避免反工。我以演員兼導演，姚玉芙、李春林是劇務兼舞台監督，姬老修改劇本，徐大爺（蘭沅）、王少卿設計唱腔，至於服裝、道具、場景、燈光大家想來。』就把劇本交給我，他對我說：『你先把前面交代故事的場子刪改，後面加出來的場子，聽信兒再動筆。』」

自此，兩人形影不離，情同手足。後來梅蘭芳蟄居香港，蓄鬚明志，杜門謝客，保持節操。此時兩人仍鴻雁傳書，互訴衷腸。抗戰勝利後梅蘭芳重登舞台，許姬傳正式參加梅蘭芳劇團，任秘書及編劇，友情更深。特別是解放以後，無論梅蘭芳到外地演出或調查研究、搞學術交流，許姬傳始終追隨左右。他不但爲梅蘭芳執筆寫了《舞台生活四十年》、《東遊記》、《我的電影生活》等書，而且自己也撰寫了《許姬傳七十年見聞錄》、《許姬傳藝壇漫錄》等精心之作，傾其全力介紹梅蘭芳的藝術生涯，成爲梅派藝術的主要闡述者。

其中特別值得一提的，是《舞台生活四十年》一書的寫作。該書是五〇年代初應上海《文匯報》之約，由梅蘭芳口述、許姬傳執筆所寫的中國第一部演員自傳體著作。當時《文匯報》的總編輯柯靈先生後來在〈想起梅蘭芳〉文中回憶道：「我第一次訪梅時，就曾建議他寫回憶錄，這一次舊話重提，我有點惴惴不安，很怕梅由於《文匯報》帶給他的不愉快而心存芥蒂。但梅卻坦蕩如霽月光風，似乎根本沒有發生過這回事。梅說原來就有不少朋友慫恿他寫，但覺得要寫不容易，下不了決心。經

過我敦請，懇切說明《文匯報》的願望。他同意考慮，但說要有個準備過程。那時梅社會活動頻繁，又要演戲，寫作當然也不是他的專業。這是容易理解的。後來梅回到北方，就決定了這樣的方式：由梅口述，他的秘書許姬傳執筆寫成初稿，寄給上海許的弟弟源來補充整理，再交給報館。這就是《文匯報》在一九五〇年十月十五日開始見報的《舞台生活四十年》。連載是要逐日刊登的，不能中斷。聽說許源來有些名士氣，又好杯中物，報館很擔心他誤事。黃裳對京戲是內行，就派他專門和許源來聯繫，保證每天按時交稿。這還是嚴寶禮出的主意。連載開始時，許源來曾每晚到編輯部，和黃裳對坐，整理稿件，我因此認識源來；對許姬傳，卻始終無緣識荊。黃裳與許氏兄弟交往，正是由此開始的。在北京，則由報館駐京辦事處的謝蔚明負責，幫助梅奔走採訪，搜集材料，拍攝照片，當然也含有催稿的任務。《舞台生活四十年》連載一年，得以完成這一有意義的工作，黃、謝兩位是付出了許多辛苦的。」

在寫作《舞台生活四十年》期間，梅蘭芳曾多次對許姬傳說：「我們寫《舞台生活四十年》，目的是記述眞人眞事，必然涉及生活小動作，包括我們的生活。但不要學刀筆吏、刻薄文人，他們以嘲諷來顯示自己的才華。我們對某些人和事如有不滿，可以正面描寫，我過去的錯誤和缺點，要毫不隱晦地寫出來，這就是我寫這部書的目的。」他還說：「我一生經過的事很多，不要記流水帳，我們要挑選出能夠說明某種問題而有意義的事，使讀者從中得點益處。」《舞台生活四十年》是一部非常有趣的回憶錄：許姬傳不甘只做記錄整理的工作，他還以自己的目睹耳聞，白描勾畫出梅蘭芳的生活與

許姬傳為梅蘭芳撰寫的《舞台生活四十年》

藝術，甚至還能用自己的觀點和閱歷爲梅蘭芳的舞台理論進行佐證，另外，許姬傳的文筆非常有趣，平鋪直敘，毫無修飾，但娓娓而來，不疾不徐，竟把一個中國古典戲劇高度發達的時代全勾勒了出來，令人神往。

雖然柯靈認爲：「《舞台生活四十年》的內容，和我預想的很不相同。我期待的是記述梅蘭芳藝海浮沉，兼及世態人情的變幻，廊廟江湖的滄桑，映帶出一位大戲劇家身受的甜酸苦辣，經歷的社會和時代風貌；而不是側重於表演藝術的推敲。前者的讀者範圍比後者會寬廣得多，也會更有趣味，更有意義。這種設想，看來未免過於主觀，以梅的處境和地位、梅的性格，這顯然是很難做到的。」但是它還是具有相當高的史料價值，正如黃裳所言：「關於梅先生的幼年以及家世種種，更從他的許多親長和老朋友那裡得到了可貴的補充。關於有關的文獻記錄、攝影畫像，除了梅先生自藏的以外，也還有許多是由於朋友的慨然相假或指示才能找到的。最主要的這件工作必須要做到『眞實』。我們衷誠希望這是一部可以『留贈後人』的眞實的『長編』史料，使讀者可以從這裡得到他們所需要的知識，可以吸引過來化爲自己的血肉。同時也從這裡看到了歷史。」

《舞台生活四十年》刊出後，立即受到廣大讀者的熱情關注和歡迎。半個月後，上海著名的書法家潘伯鷹寫信給《文匯報》社長徐鑄成說：「近頃從貴報拜讀許姬傳先生所著梅蘭芳君之自敘傳，此乃近日罕見之佳著，不僅以資料之名貴見長；不僅以多載梨園故實見長，其布置之用心與措辭之方

雅，皆足見經營之妙。且其敘次之中，尤富教育意味，如所記梅君從吳菱仙學戲；論楊三絕藝；論蹻工各節，皆深得甘苦之言，特爲有味，足以使青年有志藝事者，發其深省，雖有心人不易遽逢，然許君之功不可沒矣。」

後來單行本第一、二集分別於一九五二年、一九五四年出版。柯靈補充一段往事：「至於後來出版單行本，則完全由黃裳一手策劃促成。其間還發生過一件匪夷所思的怪事：有人向一家出版社接洽印行《舞台生活四十年》，條件是他要在版稅中抽成。這種事情，即使在舊中國，也從未有過，而這位同志居然在新中國建國初期這麼幹，其超人的勇敢，眞使人不可思議。梅本人和許氏兄弟，當然至死也不知有此一事。」至於第三集的寫作，則因梅蘭芳工作繁忙，直到一九五八年《戲劇報》約稿，才又正式提上日程。第三集的寫作，按預定的提綱，涉及到更多的梨園舊事，採訪和搜集資料的工作量大，困難頗多。梅蘭芳看到許姬傳有點躊躇，便開玩笑地說：「事情總是開頭難，但慢慢就苦盡甘來，樂在其中。我是望七之年，你已花甲一周，照這個提綱寫是很辛苦，我們要抖擻精神，緊鑼密鼓地幹。」這一席話，鼓起了許姬傳的幹勁。爲寫好其中余叔岩這一章，他先後訪問了老藝人、老朋友、余門弟子、與余合作過的演員、樂隊等五十餘人，除了向朋友借閱資料，還在圖書館摘抄了不報刊資料。不久，梅蘭芳病逝，許姬傳根據他的遺言，繼續考訂修改補充，成稿後在香港《文匯報》發表。《舞台生活四十年》的出版，是對編寫中國戲曲歷史的一大貢獻，贏得了一致的好評，成爲傳世之作。做爲執筆者，許姬傳不辭辛勞，一絲不苟，實功不可沒。

梅蘭芳比許姬傳大七歲。許姬傳成爲梅蘭芳的秘書後，梅蘭芳對許姬傳是處處關心、提攜，許姬傳對梅蘭芳是事事尊重、匡助，兩人關係之密切自不待言。在許姬傳的眼中，「梅蘭芳由於出身貧苦，長期生活、奮鬥在社會底層，從青年時代就養成一種急公好義的豪俠性格，舉凡義演，無不傾力參加。貧苦無依的同行藝人投奔他時，總是解囊相助，從無難色，即使在他自己極度困窘，隱居上海，以鬻畫求生的年月，仍然肝膽照人，一如既往。」而梅蘭芳的注重民族氣節，尤爲許姬傳所推崇，他說在蘆溝橋事變之後，梅蘭芳毅然放棄他半生經營的北京「綴玉軒」故居，遷居上海。而當上海淪陷後，日本侵略者和漢奸想利用他收拾人心，點綴昇平，派上海流氓頭子託人要他在電台播一次音。梅蘭芳藉口要到香港演出，拒絕了他們的要求。在香港演出後，他以嗓子退化不能再登台演出爲由，定居香港。一九四一年，杜月笙從重慶到香港，約他到重慶演出，也被他託詞回絕。香港淪陷後，日軍司令酒井企圖脅迫他演出，見他已蓄起鬍子，不禁驚訝。梅蘭芳聲稱自己年紀大了，應當退出舞台。後來，他回到上海，閉門索居，以賣畫爲生，也不登台演出。一九四二年，日本佔領軍頭子爲了慶祝太平洋戰爭一週年，派人到上海勒令梅蘭芳參加紀念演出，並且威脅說，倘敢違抗，軍法從事。梅蘭芳和醫生商量，打了一針預防傷寒的疫苗，頓時體溫上升到攝氏四十二度，經日本軍部軍醫檢查屬實，才保持了節操，免於演出。在抗戰八年中，梅蘭芳蓄鬚明志，息影舞台，贏得眾人極高的讚許。戲劇家田漢就曾賦詩讚曰：「八載留鬚罷歌舞，堅貞幾輩出伶官。輕裘典去休相慮，傲骨從來耐歲寒。」而柯靈對梅蘭芳也讚之曰：「蓋棺論定，稱之爲戲劇界的一代完人，絕不算是溢美。這不僅因爲他卓越的藝術成就，還在於品格的清醇崇高。在抗戰中蓄鬚明志，鬻產傾家，冒著生命危險，

摒絕在淪陷區演戲。即此一端，就足以懸諸日月而不刊。」

一九四九年，許姬傳隨梅蘭芳到北京參加全國第一屆文代會，梅蘭芳應周恩來總理之請出任中國戲曲研究院院長。之後，許姬傳和梅蘭芳一起入住北京護國寺街一號新居，成爲梅府的重要一員。

晚年的許姬傳

一九五二年許姬傳隨梅蘭芳赴維也納參加世界和平會議，歸途到莫斯科、列寧格勒演出，其中崑曲《思凡》一劇由其掌握伴奏音帶，對梅蘭芳的藝術活動出力頗多。一九五八年許姬傳母親過世後，梅蘭芳爲許姬傳的父母親撰寫了墓表。

一九六一年梅蘭芳逝世後，許姬傳受到了梅家後代無微不至的關懷和照顧。「文革」時，護國寺街梅宅被紅衛兵佔據，許姬傳被迫遷居張自忠路。一九七六年唐山地震，波及北京，許姬傳的張自忠路住房屋頂開裂。梅夫人福芝芳聞知後特派孫兒梅衛東接他到簾子胡同居住，梅家對許姬傳之關愛，於此可見一斑。「文革」結束後，梅派嫡傳梅葆玖恢復了演出，許姬傳感到由衷的高興。他重又操觚，擔負起了整理劇本、選擇劇目的工作，並相繼寫出了〈梅葆玖的舞台藝術〉、〈香島梅訊〉等文章。在舉辦電視廣播講座和各種梅蘭芳紀念活動中，也都少不了他的身影。梅葆玖笑著誇獎他說：「八十老翁還有那麼大的勁頭，使人吃驚，您可說是『退而不休』。」一九七八年為了梅蘭芳孫女梅衛紅學習舞蹈，許姬傳創作散曲〈春農曲〉，由崑曲家葉仰曦譜曲、表演家鄒慧蘭編舞排練，可是來不及上演，因梅衛紅及其妹梅衛麗赴洛杉磯求學，而中止此項活動。一九八六年，護國寺街梅宅被闢為梅蘭芳紀念館，許姬傳復遷居紀念館，自嘲為一個「看家護院」的人。一九九〇年九月十二日，九十高齡的許姬傳老人，因勞累過度而病逝，臨終前還審閱了《德藝雙馨：藝術大師梅蘭芳》一書的部分書稿。他是握著弘揚梅派藝術的筆離開人世的。

許姬傳鍾情梅派藝術，幾十年如一日，鍥而不捨，未敢稍怠，令人欽敬不已。梅蘭芳和許姬傳，一個是一代京劇藝術大師，一個是傑出的梨園文人。他們珠聯璧合的合作和山高水長的情誼，為後世留下了值得效法的學習楷模和繽紛藝壇的永久懷念。

許姬傳編有《梅蘭芳文集》，與人合作撰寫了梅蘭芳《憶藝術大師梅蘭芳》、《梅蘭芳舞台藝術》、《中國四大名旦》等，對梅蘭芳作了全面系統的介紹，其中頗多藝壇珍貴史料。另著有《許姬傳七十年見聞錄》、《燕賞齋談藝錄》、《許姬傳藝壇漫錄》等書。

許姬傳為名家撰寫的輓聯：

曾記得幾時愛觀追韓信；
最難忘老人大義責王魁。
——輓著名京劇表演藝術家周信芳

伯牙仙去，子期擗琴絕響；
印壇月冷，元龍遺石長存。

——輓著名金石名家陳巨來

赤壁鏖兵，笑談卻敵周公瑾；
斷橋殘雪，深情猶憶許仙宮。

——輓著名京劇表演藝術家葉盛蘭

驚變埋玉，洛水神悲生死恨；
還巢失鳳，遊園遙想牡丹亭。

——輓著名京劇表演藝術家言慧珠

（此聯嵌入言慧珠之代表劇目《驚變》、《埋玉》、《洛神》、《生死恨》、《鳳還巢》、《牡丹亭》、《洛水悲》等。不僅表達了作者對死者逝世的惋惜，也含蓄地頌揚了死者爲中國戲劇作出的卓越貢獻。）

病榻輕談，英秀遺風傳家缽；
刀叢拒敵，文山大義正氣歌。

——輓著名京劇表演藝術家譚富英

薊苑玉霜清，豈徒舊劇名揚，舉南花北夢，評話傳奇，盡譜新腔，仙豔不同凡豔比；
春申瑤月海，奚止故交目逆，即騷人墨客，深居燕處，思聆雅奏，尋秋都爲聽秋來。

——輓著名京劇表演藝術家程硯秋

盡將舞態上氍毹

齊如山與梅蘭芳

一九二七年六月二十日，北京《順天時報》刊登啓事云：「爲鼓吹新劇、獎勵藝員，現舉行徵集五大名伶新劇奪魁投票活動。」該報列出的五位名伶是梅蘭芳、程硯秋、尙小雲、荀慧生、徐碧雲，並在五人所演的新劇中各選出五齣供讀者遴選。七月二十三日，該報揭曉投票結果，共收到一萬四千零九十一張選票，梅蘭芳的《太眞外傳》、程硯秋的《紅拂傳》、尙小雲的《摩登伽女》、荀慧生的《丹青引》、徐碧雲的《綠珠墜樓》榮膺「五大名伶」的最佳新劇。後來因爲徐碧雲較早地離開舞台，所以觀眾中只流傳著「四大名旦」的說法。在「四大名旦」中，梅蘭芳以《太眞外傳》一劇雄踞榜首，當時眞個兒紅透大江南北。然而在幕後爲梅蘭芳的成功付出巨大心血的齊如山，卻是默默無名，只有圈內少數幾位朋友知道。外面的人常常以爲梅蘭芳的戲曲，莫非是他座上的那些大名士如羅癭公、易實甫、樊樊山的幕後捉刀，但其實他們雖是詩詞高手，但編戲可不成。樊樊山就曾編過幾齣，但卻上不了台，終歸還是不能用。所以實際替梅蘭芳編戲及切磋商量的是高陽齊如山。

四大名旦中的梅蘭芳（中立），左為尚小雲，右為荀慧生，坐者為程硯秋。

一九二八年四月十五日，北平《晨報》的星期畫刊第一二九號發表了劇作家羅癭公的一首〈俳歌調齊如山〉云：

齊郎四十未爲老，歌曲並能窮奧妙；
結想常爲古美人，賦容恨不工顰笑。
可憐齊郎好身段，垂手回身抖輕軟；
自惜臨風楊柳腰，終慚映日芙蓉面。
頦下鬑鬑頗有髭，難爲天女與麻姑；
恰借梅郎好顏色，盡將舞態上氍毹。
梅郎妙舞人爭羨，苦心指授無人見；
他年法乳看傳衣，弟子程郎天下艷。
北方已再得傾城，晚有芬芳播玉京；
舞衣又藉齊郎授，共道前賢畏後生。
雙秀門前好桃李，曹穆善才哪有此？
奇福眞堪傲世人，封萬户侯寧足比；
潛光必發待我詩，送爾聲名日千里。

緊接羅癭公這首俳歌之後，《晨報》編者加了按語說：「梅蘭芳之名，無人不知，而使梅之藉獲享盛名，實爲高陽齊如山先生，則世能知之者鮮矣。梅所演諸名劇，劇本以及導演，胥由齊氏任之。癭公此詩，雖爲遊戲之作，眞能發潛光也，不可不公諸世人。」齊如山在他晚年所寫的回憶錄中，也

提到這首俳歌，他說：「這些話，也係實情，我與梅排戲二十年之久，外人知者甚少，從前我也沒對人說過。唯羅癭公偶到梅宅，就見我教他（梅蘭芳）舞，後來羅癭公又約我給艷秋（程硯秋）排戲，所以詩中有這些話……」「梅郎妙舞人爭羨，苦心指授無人見。」由此思之，齊如山對梅蘭芳的成就實爲功莫大焉。

其實，在同爲一九二八年出版的齊如山所著的《中國劇之組織》書前有張謬子的〈序〉云：「余與高陽齊如山先生，訂交在十餘年前。其時先生已著《觀劇建言》及《說戲》諸種。以歐西戲劇眼光，批判吾國曲藝。且極言戲劇與國家社會關係之巨大。余一再披讀，拳拳服膺，不能忘也。及劇界巨星梅畹華君以《奔月》、《散花》等古裝歌舞劇震動國內外，一時男女名伶竟起摹擬，成一時風尚；雖東西洋亦有仿行者。或謂諸劇身段、穿插，均先生所手創。余初不深信；先生亦未嘗爲余言。其後，余偶過綴玉軒，適梅君與諸伶排演《洛神》，先生指示動作，諸伶相從起舞。恰如影劇中之導演者。乃知先生劇藝舞蹈，實負絕技。蓋先生少壯時，於技擊無所不嫻。又遠遊歐西各國，出入其歌場，研討其劇本；返國後，更與諸老伶工商談戲曲，熟知其掌故，洞悉其內容。故其劇學，淹貫中外。實爲吾國近代最精湛之戲曲家。」張謬子即張厚載，筆名聊止、聊公等。生於一八九五年，江蘇青浦（今上海）人。曾就讀於北京大學法科政治系，一九一八年在《新青年》上與胡適、錢玄同、傅斯年、劉半農就舊戲評價問題展開爭論過，後因其他原因爲北大開除學籍。

二十年代，是中國京劇鼎盛時期，當時京都梨園名角薈萃，各領風騷，楊小樓、梅蘭芳、余叔岩

齊如山（中）與羅癭公（右）在北京東城無量大人胡同梅宅書房與梅蘭芳（左）研究京劇藝術

號稱「三鼎甲」最爲突出，然後推出「四大名旦」。四大名旦的形成，爲新戲的改革再次吹響號角，競爭尤爲激烈。當時「程派」程硯秋有羅癭公、金晦廬；「荀派」荀慧生有陳墨香，「尚派」尚小雲有金菊隱，而「梅派」梅蘭芳的新戲，多半出自於齊如山之手筆。特別是齊如山爲梅蘭芳從古裝劇到神話劇再到言情劇，不斷地推陳出新，編出一齣齣的好戲。而且他也是一個具有現代意義的導演，他在劇目創作和導演方面都對中國戲曲起了非常大的建設性的作用。他排演的膾炙人口的《俊襲人》、《洛神》和連續上演的四本《太眞外傳》，是使得梅派新戲別具一格，長演不衰，立於不敗之地的最大功臣。

齊如山（一八七五—一九六二），河北高陽人。出身書香門第、本地望族，父親齊

令辰是翁同龢的學生，做過李鴻藻大學士的西席，也是李石曾的老師。齊如山的兄長齊竺山曾經與蔡元培等一起留法勤工儉學，在法國開過中國豆腐公司。齊如山幼年受到良好的家庭教育，他廣讀經史，對流行於家鄉的崑山腔、弋陽腔、梆子戲十分喜愛。他十九歲進北京同文館，學習德語和法語。畢業後遊學西歐，學習和考察了西歐戲劇。辛亥革命後回國，擔任京師大學堂和北京女子文理學院的教授。在北京同文館學習期間，同學們常常約他去看戲，所以齊如山幾乎每個星期天都泡在戲館裡。

梅蘭芳在當選劇目《太真外傳》中飾演楊玉環

他癡迷醉心京劇，看到舊皮黃的一些歷史缺點，因而產生了研究和改革京劇的興趣。賀寶善女士在〈懷念外公齊如山〉文中說：「外公遊歷歐洲時，十分注意了歐美各國的戲劇和劇場組織，看到西洋歌劇的先進，十分佩服，回國後寫了一本書叫《說戲》，把中國戲積弱批評得一無是處。北京戲界曾多次邀請外公在精忠廟舉行的『正樂育化會』年會上演講，介紹西洋歌劇的長處，如服裝、布景、燈光及化妝術等，其實是批評京戲之落後，極力主張改進中國戲曲，未想到

梅蘭芳（右）在《汾河灣》飾演柳迎春

竟得到會長譚鑫培的特別恭維。」

齊如山爲「正樂育化會」的會員演講時，台下眾多的聽講者便有梅蘭芳。而梅蘭芳在北京的各戲園裡頻頻亮相，嶄露頭角，當然也進入了齊如山的視野。當時戲界的老前輩在評價一個演員是不是好角時，有六個條件，一是要嗓音好，二是要唱得好，三是要身材好，四是要身段好，五是要相貌好，六是要表情好。齊如山認爲「彼時梅蘭芳的藝術雖然不夠水準，但天賦太好，前三個點兒都很優越，雖然不能說都一百分，但同時的旦腳（角）誰也不及他。後三點兒雖差得很多，但是可以加人工，且可以有很快的進步。於是我就想要多看一看他的戲，或者可以幫幫他的忙。」一九一三年的一天，齊如山去看梅蘭芳的《汾河灣》。這個戲按照當時的演法，梅蘭芳已經非常到位了，但齊如山從一個研究者的眼光來看，卻發現了不少瑕疵和不足。他對於戲裡薛仁貴離鄉背井十八年，如今回來了，柳迎春以爲是陌生人冒充自己的丈夫，便一氣跑回寒窯，頂住窯門不開。薛仁貴唱了半天，她一概不理會，等薛仁貴唱完，才回過臉來答話並相認，他認爲有違常理。於是他寫了一封長達三千言的信給梅蘭芳，他說：「……國劇的規矩，是永不

許有人在台上歇著，該人若無所事事，便可不用上去，龍套雖爲助威的人員，也有一定的表演，何況柳迎春是一個主腳（角）呢？不但主腳，而且這一段的表演是全戲的主要的一節，此處旦角必須有極切當的表演，方算合格……。」齊如山說了一番道理後，就對梅蘭芳所演的柳迎春這個人物的身段設計提出了自己的建議。齊如山建議柳迎春在聽薛仁貴訴說根由時，要趁著琴拉「過門」時，見縫插針地加進身段、表情，表示她在注意側耳細聽。隨著薛仁貴的敘說，要表現出柳迎春心理的變化。聽他唱到「常言道千里姻緣一線定」的時候，要表現出非常注意的神態，因爲這句話與自己直接相關。薛仁貴唱到「你的父嫌貧心太狠」的時候，柳迎春要顯得難過的神情，因爲父親總算對不起兒婿。而唱到「將你我夫妻趕出了門庭」的時候，柳迎春要大難過，甚至連自己都有點對不起丈夫，做出以袖拭淚的動作。等到薛仁貴把當年的隱情全部述出，柳迎春就可以明白門外之人並非陌路之人，而是分別十八載的丈夫。如此再開門相見，自是合情合理。

梅蘭芳與齊如山（左）

信寄出去了，當時以爲「隨意寫著好玩兒，不見得有什麼效果。」過了十幾天，梅蘭芳又演

《汾河灣》，齊如山又去看，發現梅蘭芳完全照他信中所說的，一一照改了，而且受到觀眾更熱烈的歡迎。齊如山看了這次演出，十分激動。想不到這位風頭正健的青年名旦，竟如此虛懷若谷，從善如流，他默默地想：這樣的青年將來必成大器。此後，齊如山對梅蘭芳所演的戲更加關切，兩年之內每看梅蘭芳演戲一次，就寫一封信給他。而齊如山怎麼說，梅蘭芳就怎麼改，不知不覺居然陸陸續續寫了一百來封。這兩年齊如山可說是梅蘭芳的「函授」老師，使梅蘭芳受益非淺。一九一四年的春天，齊如山覺得關於戲中的事情，專靠用筆寫，說不清楚；他才到梅蘭芳家拜訪。從此齊如山與梅蘭芳一老一少成爲莫逆之交，梅蘭芳始終把齊如山尊爲長輩，據劇作家吳祖光回憶，他在少年時親眼看見梅蘭芳把齊如山推在書房當中的大椅子上坐下，恭恭敬敬地跪在地上向他磕頭拜年的情景。

齊如山在梅家作客時，常去的還有梅蘭芳的啓蒙老師吳菱仙和教崑曲的喬蕙蘭，他們四人，常常一同吃午飯，一起談皮黃和崑曲，如是來往一年多。當時只是談談舊劇，沒有說過排新戲。排新戲是從《牢獄鴛鴦》開始的，據陳紀瀅在《齊如老與梅蘭芳》一書中說：「當時梅蘭芳所搭的戲班俞振庭是老板。演出的地方是東安市場吉祥戲院。這個戲院興建多年，已經相當陳舊。只因梅蘭芳年輕貌美，嗓音甜潤，人緣又好，所以上座始終不衰。不久，俞振庭又把文明戲院（後改名爲華北戲院）租下來，由上海邀來林顰卿等成班，與梅相對演唱。當時，俞振庭的意思，不過藉此擴張他在戲界的聲望，與多賺些錢而已。誰知道林顰卿把上海灘新排的一些帶機關布景有情節的戲，如《白乳記》、《狸貓換太子》等，來北京上演，竟轟動一時，也出乎俞振庭的預料。北京雖係全國戲劇中心，多數聽眾有較高欣賞水準；然社會風氣甚少排外思想，尤其對於藝術，更有涵養；而一般觀眾，厭故喜

新，人之常情。因此，林顰卿所唱彩頭戲，竟吸引了九城顧客，座無虛席；而梅蘭芳在吉祥的演出，上座零散，大大受了影響。……於是，梅蘭芳自忖非有新戲不足與林顰卿抗衡。」這使得齊如山大顯身手，他於是爲梅蘭芳編了一齣舊式的新戲《牢獄鴛鴦》，這齣戲完全照舊戲路子編排，只是加重情節，修潤唱詞，美化腔調，以及增加身段。但因爲號稱是「新編」，演出後，竟然大爲轟動。從此，齊如山便成爲梅蘭芳的主要編劇，或者說是「貼身編劇」之一。

齊如山從此與「梅黨」們一起輔助梅蘭芳在時裝戲、古裝戲、新編歷史戲和崑曲等四個方面進行革新創造。在繼言情戲《牢獄鴛鴦》演出成功之後，齊如山又編寫了神話戲《嫦娥奔月》，演出一舉成功，從而開創了京劇舞台上的新品種——「古裝戲」。齊如山在〈編劇回憶〉一文中，談到他排演應節戲和王瑤卿的戲班競爭時的看法說：「我對他們說，今年的應節戲，要照你們大家的意思，非失敗不可，爲什麼呢？因爲瑤卿他們的戲輝煌，你們也想輝煌，他們的戲熱鬧，你們也想熱鬧，你們沒有想，你們這種環境情形，怎能比他們呢？講到戲園子，人家是新蓋的新式舞台，又有轉台，又有布景。你們的吉祥園，不但是舊式，當初蓋得就不夠理想，現在是又破又臭，座位比第一舞台壞得更多。講到行頭，人家花了八千兩銀子，在上海新製的衣服，不但衣服樣子全，切末也多，哪一件衣服，都是耀眼眞光。你們的行頭，雖然不至於把挑袍唱粉嘍，但也是污舊不堪……你們的行頭除了各角私製行頭外，公中的行頭，沒有一件新的，怎能跟人家比呢？講到角色，人家有楊小樓、陳德霖、王瑤卿、朱幼芬、王惠芳、王鳳卿、龔雲甫、王又宸、姚佩蘭、錢金福、王長林、蕭長華、趙仙舫、

《天女散花》中梅蘭芳的造型

張文斌等，你們這個班，都是怎樣的角色，你們自己知道，當然不及人家多。……我們將創一種古裝，乃從前及現在戲班所沒有的。他們倚仗切末多，我們專靠身段，以歌舞見長。」

「以歌舞見長」，成爲齊如山的獨門絕活，他注意到歌與舞的結合，戲曲研究者徐城北就指出，齊如山在新編的戲中，「抓」了歌，使若干主要唱段，風靡一時；同時也「抓」了舞，如綢舞、花鐮舞、袖舞、拂塵舞、劍舞、羽舞、盤舞等。在《嫦娥奔月》中的原板和南梆子按入舞式，在《天女散花》中的慢板也按入舞式。學者陳維昭認爲，致力於京劇的舞蹈化的創造性實踐，以使京劇達到「無聲不歌，無動不舞」的境界，可以說是齊如山京劇創作實踐的一貫方向。

齊如山在晚年完成的《國劇藝術彙考》一書中，把這些「舞」分爲四類：「一、形容音樂之舞。每一套樂譜，都有它特別的意義，舞者即把音樂的意義形容出來。這種舞在周朝極爲盛行，孔門中幾

乎人人能之，到了宋朝就漸漸失傳。近二百年來，梆子腔中，偶爾還有一點這樣的意思，如《七星廟》等戲便近似，皮黃中不意見了。二、形容心事之舞。這種事把自己心思，或悲或怒或喜或怕等等的情形，完全用舞式表現出來。如《寧武關》周遇吉上場見娘前之身段，都是表現憤怒憂愁之意。凡作這種身段之時，都是一句話白也沒有，可是他的動作，觀眾都能明瞭，且處處都有音樂隨之，文戲用笛或胡琴，武戲則用鑼鼓。三、形容做事之舞。此類又可分爲兩種，一種是零碎的動作，如以曲線表現舞式、美術化的動作等，一種是成片斷的，大致是武戲中常見的『起霸』、『趟馬』、『走邊』、『備馬』。四、形容形容詞句之舞。比如《夜奔》唱『新水令』時，唱『按龍泉』，則必要用手按劍；唱『血淚』，則必須作彈淚狀；唱『灑征袍』，則用手指袍等等。一切詞句，都要用舞式表現出來，且須聯成一串，聯貫而美觀。全劇動作，不要犯重，要有變化。有幾次說到劍，就得變化幾次，而且濃淡、繁簡、單雙、斜正、高矮、整散、前後、錯綜等等，都要安排得宜，又須與腔調呼應，與音樂合拍。」他說：「但形容詞句之舞，尤爲醒目，故南北曲中極爲重視，每一句歌，必有舞隨

梅蘭芳在《西施》中的扮相

梅蘭芳在《木蘭從軍》中飾演花木蘭易容從軍

之，傳到皮黃，一切別的舞，雖然都還存在，但形容詞句之舞，則完全廢掉，一點也見不到了。」因此這正好給了齊如山揮灑的空間，他說：「所以十幾年來，我早就想在皮黃中添上形容詞句之舞，而且這種神話戲，最宜於以歌舞見長，所以決定要添，……安好之後，一手一式，教與梅君，而他做的卻非常之美妙，大受觀眾歡迎，由此更引起我極大的興趣。」

另外齊如山還為崑腔戲（崑曲）安排身段，當梅蘭芳演出《思凡》之前，曾請喬惠蘭排戲，據齊如山說，喬惠蘭只能指點戲中的「地方」（位置），而沒有身段。「我看過之後，重新設法宗著他的地方，回想幼年看過的情形，再按著該劇詞句的意義，安了許多身段，比舊的還多，可以說每句都有，演出後大受歡迎。」據說張謇（季直）最是梅迷，演《思凡》之日，率領內閣全體前去觀賞，因而轟動九城，議論多時。梅蘭芳的《舞台生活四十年》在《思凡》一節裡，詳細記錄了全劇的部位身段，並說過一段總結性的話：「崑曲的身段，是用它來解釋唱詞。南北的演員，對於身段的部位，都是差不多的，做法就各有妙巧不同了。只要做得好看，合乎曲文，恰到好處，不犯『過與不及』的兩種毛病，又不違背劇中人的身分，夠得上這幾種條件的，就全是好演員，不一定說是大家要

做得一模一樣才算對的。」因爲像《思凡》、《尋夢》等戲，假使沒有身段，那是沒什麼好看的，齊如山將它們加入了身段，使得原本曲高和寡的戲，重新又活躍於紅氍毹之上。

藝術創新的成功，使梅、齊兩人長期合作達二十年之久。齊如山爲梅蘭芳創作並排演了三十多齣戲，其中有時裝新戲：《孽海波瀾》、《宦海潮》、《鄧霞姑》、《一縷麻》、《童女斬蛇》；古裝新戲：《嫦娥奔月》、《黛玉葬花》、《天女散花》、《麻姑獻壽》、《上元夫人》、《西施》、《太眞外傳》、《洛神》、《霸王別姬》等；改編的京劇傳統戲有：《牢獄鴛鴦》、《春秋配》、《宇宙鋒》、《鳳還巢》和《春燈謎》、前後本《花木蘭》等。在這些戲中，齊如山注意借鑒崑曲載歌載舞的特點，與梅蘭芳合作設計創作了許多精彩的舞蹈，如《嫦娥奔月》中的花鐮舞，《黛玉葬花》中的花鋤舞，《西施》中的羽舞，《霸王別姬》中的劍舞，《麻姑獻壽》中的杯盤舞，《天女散花》中的綢舞，《太眞外傳》中的盤舞等，這些都業已成爲京劇舞台上的精品。

關於齊如山編戲情形，都詳載於《齊如山全集》各書中，他的回憶錄更爲詳備。但他也常常聽到外界流言，說某某戲不是他編的，甚至於說原是某某人的本子，對此他表示：「按我給蘭芳編這些戲，從前沒有對人談過，所以大家多不知，有的人說編戲者不只我一人，其實並無他人所編，倘他人所編，則我也不該掠人之美。……不過其中也難免有別人一點半點筆墨。如《木蘭從軍》的〈折桂令〉一曲及《天女散花》的〈風吹荷葉煞〉一曲，都是福建人王又孟所編……」。而他的弟子張大夏在〈我所知道的齊如山先生〉文中說：「據齊先生告訴我，他替梅蘭芳編的那些劇本，差不多都

梅蘭芳在時代劇《一縷麻》中飾演林紉芬

是由他擔任初稿，他把重點放在選擇故事，安排場子，全劇的結構，情節的穿插等工作上面；唱詞的潤色，則由李釋戡、黃秋岳等負責，他們一邊潤色，一邊與徐蘭沅、王少卿等共同研究，遇有拗口、不易譜腔的字句，再加推敲改易，如此者也許經過三數次，再來試排，在試排過程中，還會不斷的修改，才成定本。其實還不算定本，正式演出以後，觀眾難免有反應，如其果然合理，仍要照他們的意見改動。齊先生這話，講得非常眞切而坦白，一個成熟的劇本，是必須經過這些階段的。……以造屋爲喻，齊先生所任工作，是砸地基、安樑柱、砌牆壁、上屋頂。李、黃諸人，則是貼壁紙、刷油漆、置家具、掛字畫、擺古玩。二者的比重，不待辯而自明。而且過分重視詞藻的華贍典麗，斯乃囿於書生之見，不足與言戲劇，請看明、清兩代的許多傳奇，白則駢四驪六，曲則砌典堆故，只堪陳於案頭，無法奏之場上，其爲人所詬病，已不自今日始了！至於說齊先生所編劇本有的不好，我倒不反對。……何況齊先生在學術上的成就，眞乃博大精深，編寫劇本，原不足爲齊先生重，偶然有一兩

本，不能盡如理想，亦不足爲齊先生累也。」

齊如山還有件功莫大焉的事，就是他在二、三十年代成功促使梅蘭芳訪日、訪美的演出，使得梅蘭芳有機會向西方宣傳了中國的戲曲，也讓西方人對中國的戲曲有了比較全面的了解。後來「梅蘭芳」的名字更成爲「中國戲曲」的代名詞。賀寶善在〈懷念外公齊如山〉文中說：「外公爲幫助梅蘭芳訪美，做了許多工作。原因是外公自研究國劇後，深感國劇有悠久的歷史、優美的表演程式、高尚的藝術品味，定可在世界藝術表演劇場中佔一優越地位，應該使世人認識。欲達到此目的，一定要選一較完美的人才，方能勝任。他決定幫助梅蘭芳赴美演出。爲了到國外去表演，他曾編譯梅蘭芳介紹、劇情說明書、演出劇本曲譜及戲曲服裝、切末、臉譜、樂器、刀槍靶子等的圖解。特別注重歌舞劇之安排，又特爲寫了《中國戲的組織》一書，介紹中國戲的唱白、動作及臉譜等，令外國觀眾容易明白。前後準備了七、八年的時間，克服了種種困難，梅劇團才能於一九三〇年出國，在美國各地演出近一年，受到美國朝野的歡迎，梅蘭芳得了博士學位，外公的心血也沒白費。」

從美國回來以後，由於藝術觀的分歧和一些複雜的原因，梅蘭芳和齊如山在藝術上的合作基本告一段落。據戲曲研究者徐城北說梅、齊兩人的分道揚鑣，說法有二：一是陳紀瀅所說的：「就在梅劇團由北平抵達上海後，本打算再在上海募些款項，以充實抵美後的費用；不料，梅蘭芳的一兩位老朋友（都是在北平認識的）出來阻撓。一方面說了種種洩氣的話，叫梅蘭芳不要出去；另方面也多方詆巇齊先生，挑撥二人的感情，打擊齊氏的聲望。齊先生細察內情，才知道完全出於一種嫉妒心理。……於是，把一些名義上的職位，統統改由他們擔任，又加入了一位姓黃的同行，才順利乘加拿大皇后號離開上海。」另一種說法是大陸的梨園老人們所講：「齊如山赴美過程中不拿戲份，但他在準備赴美時寫了介紹京劇與梅蘭芳的書，準備了京劇臉譜及種種以梅蘭芳爲號召的禮品。這些東西在美國一經發售或贈送，就不僅使齊氏出了大名，還發了大財。這樣一來，就使梅黨及梅劇團中某些人產生嫉妒心理，經常在梅耳邊說齊的壞話。」儘管兩人分道揚鑣，但仍保持著深厚的友誼。

一九三一年末，齊如山與梅蘭芳及余叔岩、清逸居士、張伯駒、傅芸子等人爲振興國劇，發揚文化，輔助教育，搜集文獻，保存國照，特地成立了北平國劇學會。張伯駒有文記之：「於辛未歲十一月在虎坊橋會址成立，選舉李石曾、馮幼偉、周作民、王紹賢、梅蘭芳、余叔岩、齊如山、張伯駒、陳亦侯、王孟鐘、陳鶴孫、白壽之、吳震修、吳延清、段子均、陳半丁、黃秋岳爲理事，王紹賢爲主任理事，陳亦侯、陳鶴孫任總務組主任，畹華、叔岩任指導組主任，指導組下復設傳習所，訓練學員，以徐蘭沅任其事。舉行開學典禮日，晚間演劇招待來賓，大軸合演反串《八蠟廟》，畹華飾褚彪，余叔岩飾黃天霸，朱桂芳飾費德功，徐蘭沅飾關太，錢寶森飾張桂蘭，姚玉芙飾院子，王蕙芳飾費興，程繼先飾朱光祖，白壽之飾金大力，姜妙香飾王棟，其餘角色亦皆係反串，叔岩是日以病未能演。畹華演戲帶髯口，則爲平生第一次也。傳習所教師皆前輩任之。畹華、叔岩並親自指導，編輯組出版《國劇叢刊》、《國劇畫報》、《戲曲大辭典》，成績頗有可觀。」

「九·一八事變」之後，齊如山與「梅黨」另一重要成員馮耿光，兩人對梅蘭芳今後的歸向產生嚴重分歧。馮耿光從經濟、政治角度勸梅蘭芳南遷，而齊如山則從藝術上須再求精進方面考量，認爲

梅蘭芳還是留北平為宜。面對這一分歧，梅蘭芳後來作出的抉擇，還是按馮耿光的意見南遷了。在北平分手之前，齊如山對梅蘭芳說：「我從民國二年冬天給你寫信，至今已二十年了。在這二十年中，我固然得的戲界知識很多，得您的幫助也不少。但我大部分的功夫，都用在您的身上。……如今您四十歲出頭，已用不著常唱；所有會的戲，也足夠了。……總之，往美國去這一趟，乃是我們兩個人劃時代的事情。您自今以前，藝術日有進步；自今之後，算是停止住了。尤其是您要往上海一搬，那是必然要退化的。第一，上海的演員，多數不懂舊規矩；北平的老腳（角），雖然不懂舊規矩的原理，但都會（在舞台上做出來）。第二，您的一班舊朋友雖極愛護您，並且也喜歡舊戲，可是對於舊戲並不懂，不但他們不懂，連您也不算懂。這話並非鄙視您，比如若只按技術說，您比我強萬倍；若按真懂戲說，您比我可就差得很多。……您以後只有教教戲，把技術傳授傳授，但此乃微末之事。」

晚年在著述中的齊如山

至於齊如山對他自己日後的打算，他說：「由民初到目前，二十年功夫，我自己的工作是到處問人與搜集資料，研究國劇原理等等，但都是初步工作，也可以說是預備工作，正式工作尚未動手，以後我要把全部精神來研究國劇了。」賀寶善說：「一九三一年（外公）與梅蘭芳、余叔岩、清逸居士、張伯駒等以改進舊劇爲宗旨，組成北平國劇學會，編輯出版《戲劇叢刊》、《國劇畫報》，搜集展出了許多珍貴的戲曲資料。又開辦國劇傳習所，有學生七十五名，其中劉仲秋、郭建英、高維廉等人，在藝術上均有一定的成就。可惜外公想編的《戲曲大辭典》始終未能完成，是爲一大憾事。一九三七年抗日戰爭初起，日本人曾覬覦這批文物，外公只好結束國劇學會會務，同時爲了避免日本人強要外公出來當漢奸，自此閉門謝客，專心從事著述。這時期寫了《故都瑣述》、《三百六十行》、《北京零食》及《北京土話》等多種有關民俗的著作。抗戰勝利後，爲恢復國劇學會，借用北京霞公府南夾道舊日清廷祭祖的南唐子空房。那裡是屋外草深沒脛，屋內塵封滿地。外公領著我們一家大小，足足清理了一個多月，把封存八年的箱籠打開，布置陳列。其中有劇本二千多種，戲劇檔案無數，自唐朝至民初的戲劇樂器，梅蘭芳遊美圖譜，京劇唱片，各省、市、縣戲台照片等琳瑯滿目。一九四六年國劇學會重開，邀請到多位老伶工參加，他們都講了話，大家都覺得這是中國唯一私人收藏最完備的國劇資料，值得珍惜。可惜『文革』後，這批文物已不知去向。」

而自一九三三年黯然一別，梅、齊在一九四七年或四八年又在梅蘭芳上海馬斯南路（今思南路）的家中會晤過一次。對於這一次會面，知情人只記得梅蘭芳在家中請齊如山吃了頓便飯，齊如山即返回北平。不久又從北平去了香港，一九四九年齊如山取道香港到了台灣。齊如山到台灣後，曾於一九四九年三月二十三日致函上海，邀梅蘭芳及言慧珠赴台演出。梅蘭芳於三月二十六日覆信云：「您所詢赴台表演一節，根本無人來談。此間小報又云，顧正秋之管事放空氣說，台人反對梅、言來台表演，影響顧之上座也。但顧係瀾（梅蘭芳）之學生，其本人當不至有何歹意……」。其間梅蘭芳

也邀請齊如山回北京主持京劇研究工作，但均未果。梅蘭芳每逢過年必到北京齊宅探望其親屬，在那個政治氣氛十分敏感的年代裡，這無疑是令人十分感佩的；而齊如山在台灣也一直關懷著梅蘭芳，他從子女們從北京寄來的隱晦的家書中，推測梅蘭芳的種種近況。

齊如山在台灣，仍繼續寫作，先後完成了《中國的科名》、《中國的工藝》、《中國的固有化學》及《華北農村》等著作。他的最後一部著作《國劇藝術彙考》，是他畢生研究京劇的結晶，學術價值很高。在這部五百八十多頁的巨著中，他通過向戲曲藝人求教，深入調查研究，掌握第一手材料，然後去粗取精，歸納整理，得出合乎實際的結論。找到原理之後，他還不敢自信，再去問各位老名角，他們都同意之後，才算定論。這種細緻、篤實的做學問的態度，是很值得後來之戲曲研究者仿效的。

一九六一年夏天，當齊如山從廣播中得知梅蘭芳逝世的消息時，不禁老淚縱橫，唏噓再三。他以八十五歲的高齡伏案疾書，寫下了〈我所認識的梅蘭芳〉的長文，字裡行間表達對這位傑出的藝術夥伴的深深懷念。還把早已束之高閣的梅蘭芳手寫的中堂張掛出來，日日瞻望，情不能已！第二年，齊如山以八十六歲高齡病逝於台北。

學者鄧賓善認爲，梅、齊合作是中國京劇史上的一件破天荒的大事。齊如山對梅派藝術的形成並走向成熟，竭盡心智，功不可沒。可以這樣說，沒有齊如山中途的介入，也就不會有名滿海內外的「伶界大王」梅蘭芳！同樣，倘沒有梅蘭芳全力的幫助，齊如山也不可能如此深入地研究京劇藝術，成爲一代著作等身的戲曲研究家。梅蘭芳與齊如山是如此緊密地聯繫在一起，因此，要研究梅蘭芳，就不能不提到齊如山；要總結梅蘭芳的藝術經驗，就不能不關注齊如山對京劇改革所作出的種種嘗試。惜乎，由於種種原因，在過去的幾十年中，齊如山先生的生平事蹟寂寂無聞，這對我們如何更好地繼承和發揚京劇藝術的優良傳統，不能不說是一個很大的缺憾。

別譜新聲配梅郎

梅蘭芳的「戲口袋」

遊園驚夢

三〇年代張慶霖在《戲劇月刊》發表〈學者與伶工〉一文說：「余嘗謂文士與伶人，頗有唇齒相依之勢，然其相依必須以人情始，以人情終，方不失相依之正義，蓋伶人藝術縱佳，苟無文士捉筆爲文爲之烘托，渲染，則伶人聲價不能陡增十倍而登龍門也。」據名票友孫養農的弟弟孫曜東在《浮世萬象》書中說，當時每個名角的周圍都聚攏了一批文人名士，爲之編戲、改戲、出謀劃策，那是個文人與藝人相聯合的大時代。如余叔岩身邊就有張伯駒，張伯駒不僅爲他講音韻，還要求余叔岩練毛筆字、讀書，以求「養性」。余叔岩臨的帖都是張伯駒從皇宮裡收藏的古碑上墨拓下來的。又如程硯秋身邊的羅癭公，不僅爲程硯秋編戲、捧程，還救他一命，爲其贖身。荀慧生身邊的陳墨香，一直強調荀慧生要讀古文，因爲沒有古文的底子，出場就沒有底氣。同樣的當時圍繞在梅蘭芳身邊的文人，遠比他們還多，這是梅家從祖父梅巧玲起就有喜歡結交文人的傳統。他們幫著梅蘭芳寫戲，出點子，其中馮耿光、吳震修、許伯明、李釋戡、黃秋岳、葉恭綽、魏鐵山、汪楞伯、楊雲史、李斐叔、羅癭公、許姬傳等早就與梅蘭芳有所交往；後來到上海後，又有趙叔雍、沈崑三。另外，畫家齊白石、陳半丁、湯定之、吳湖帆、吳昌碩、顧鶴逸、吳子琛等亦與之交情頗深。這批人的業餘生活幾乎都泡在梅蘭芳的戲裡面。那時梅蘭芳每晚演出回家吃夜宵，陪他一同吃的總有兩大桌子人，大家邊吃邊議論，今天哪裡演得好，哪裡欠火候，直截了當，直言不諱。梅蘭芳則始終從善如流，擇善而改。他的這種涵養和敬業精神，也就是諸多文人名士願意接近他的原因之一。

而這批文人名士以他們的學識、文化涵養，也成就了一代宗師的梅蘭芳。正如三〇年代的《戲劇月刊》第五卷第五期有名爲「太史公」的，寫了〈梅程尙荀張李毛宋〉一文所說的：「民初梅畹華方露頭角，實力捧場集團，有梅黨之稱，若馮幼偉、李釋戡、黃秋岳、齊如山諸先生，皆爲主力分子，聊公張先生（張謬子，原名張厚載）亦其中健將焉，或謂梅之成功，實梅黨同仁之功，當無疑問。」

孫曜東認爲在這幫文人當中最爲不易的是黃秋岳，他不僅爲梅蘭芳參謀戲，還爲他辦理文案。孫曜東說：「在戲的方面，早期是以黃秋岳爲主，黃出事之後才是齊如山。比如梅蘭芳演出《霸王別姬》，黃秋岳把那段歷史給他講透了，虞姬的性格也就悟出來了，演起來才得心應手。只是後來黃秋岳在抗戰初期因漢奸罪被處死刑，在後來由梅蘭芳口述、許姬傳整理的自傳《舞台生活四十年》，便完全避開黃秋岳三個字。」「以人廢言」也導致了「眞相」的模糊，因此今日我們談梅蘭芳的幕後編劇群，黃秋岳是不能不記上一筆的。

黃秋岳（一八九一—一九三七），名濬，號哲維，室名「花隨人聖庵」，福建侯官（今福州）人。著有《壺舟筆記》、《花隨人聖庵摭憶》及《補編》等。出身於書香門第，其祖父黃玉杜是清咸豐年間舉人，父親黃彥鴻曾爲清光緒朝的翰林；黃秋岳自幼隨外祖父讀書，四歲識字，七歲能詩，九歲便可懸腕作擘窠大字，因而自幼乃有「神童」之譽。一九〇三年，年僅十五歲的黃秋岳來到北京，就讀於京師譯學館（今北京大學前身）。因其年少聰慧，頗爲在京的陳寶琛、嚴復、林紓等福建同鄉父執所賞識。其後，他又以才名曾受知於當時的政界巨擘梁啓超，乃至於與詩壇領袖樊增祥、陳三立、傅增湘、羅癭公等人過從甚密，並隨之與當時國內名盛一時的書畫俊彥、文人學士、詩詞名流、顯宦子弟如楊度、陳師曾、張大千、徐志摩、沉周頤等過從密甚。當他從京師譯學館畢業後，被清廷

授以七品章京銜，分發至郵傳部任職。北洋政府時代，他曾先後在陸軍部、交通部、財政部等處任秘書、僉事、參事及國務院參議；北洋軍閥覆滅後，他蟄居京華，一度出任《京報》主筆；三〇年代前後，黃秋岳以其在掌故考據方面的厚實學養，曾在《中央時事週報》雜誌上，連載了其筆記體文章，後成《花隨人聖庵摭憶》一書。

該書對晚清以迄民國近百年的諸多大事，如甲午戰爭、戊戌變法、洋務運動、洪憲稱帝、張勳復辟均有涉及。內容不僅廣徵博引，雜採時人文集、筆記、日記、書札、公牘、密電，因其身分的特殊亦多自身經歷，耳聞目睹，議輪識見不凡，加之文筆優美，讀之有味，被認爲民國筆記中罕能有此功力者。因此頗受史家陳寅恪的青睞，另外後來旅美學人楊聯陞、房兆楹亦極力推薦，咸認爲此書不但史料價值極高，而且是近五十年來我國人士使用文言文所寫筆記的第一流著作。作家周黎庵曾說他早年好不容易求得此書，後來爲文壇前輩包天笑看到，包天笑「如獲至寶，愛不釋手」地借走，他多次索還未果，後來被包天笑帶到台灣去，直到八〇年代上海書店重印此書，他才消心頭之恨。

一九三二年，黃秋岳得福建侯官同鄉、國民政府主席林森的援引，由北京南下，在南京政府任行政院高級機要秘書。其時，出身於上海同文書院及東京帝大的「中國通」日本駐南京總領事須磨彌吉郎，在日本外交界一向以靠攏軍部、強調對華執武力威脅的強硬態度而著名。須磨爲了刺探國府機密，最初以請教漢詩爲名，接近黃秋岳。他見黃秋岳以名士自居，經常出入夫子廟爲歌女捧場，入不敷出，乃以小恩小惠加以收買，使其按時提供行政院會議有關情報。後來，須磨因故被調回國內，仍

黃秋岳著
《花隨人聖盦摭憶》

由南京總領事館派人與黃秋岳保持聯絡。孫曜東在回憶錄中也說：「據說黃秋岳和日本人搞在一起主要是爲了錢。他有兩房妻妾，妾叫梁翠芬，是北京八大胡同的第一名妓。試想有如此大美人纏在身邊，那錢是無論如何也不夠花了，……後來竟墮落到向其出賣情報。他們見面的地點是在南京的一家飯館裡，見面卻不講話，各自吃飯，吃完飯，便把對方掛在衣帽鉤上的帽子拿走。黃秋岳的情報就藏在帽子的內沿裡。這是後來黃的姨太太梁翠芬親口告訴我的。梁翠芬長相類似孟小冬，身段比孟小冬還要好，在某種意義上說，黃秋岳是爲她送了命。」

一九三七年七月二十七日，當國民政府海軍部長陳紹寬奉命在行政院會議上提出報告，要求有關各部隊採取配合行動，擬將長江吳淞口封死，然後集中陸地砲火，全部擊沉日寇在長江中的幾十艘軍艦，命令下達後，次日即將行動前，卻見原本在長江的日艦，全部逃往吳淞口外的內海，功虧一簣，這顯然是有人走漏消息，但參與會議者除汪精衛、白崇禧、程潛、何應欽、黃紹竑、劉爲章及俞濟時等人外，就只有行政院秘書黃秋岳了，蔣介石嚴令戴笠徹底追查此事，戴笠透過各種途徑調查，結果發現是黃秋岳在會後將此事透露給其子黃晟，而黃晟素來親日，便將此軍機洩漏給日寇，最後南京軍委會開軍法會審，黃秋岳父子於同年八月二十六日，以叛國罪被判處死刑，執行槍決。

對於此事顯而易見，黃秋岳漢奸案罪行充分，案情確鑿，在當時或事後似乎都別無異議，且早已爲史家所採信，幾成定論。然而，名記者、名作家曹聚仁卻依事論理，直陳己見地寫了〈也談黃秋

岳〉的時評，他認爲「黃秋岳父子，以文士的散漫習氣，終於替日本方面做情報工作，那是事實。但做情報工作，乃是他做中央政治會議的秘書時期，他實在也很懶，只是把政治會議的決議案原封不動交給日本使館而已。這樣，日本方面所公佈有關國民政府的政治會議決議案，和南京方面一樣迅速。這就引起了國民政府當局的懷疑。經過了偵察，知道和黃秋岳的秘書工作有關。因此，一九三五年春天，便把黃秋岳從中央政治會議的秘書職位調開，他就失去了參與機密的機會了。邵力子先生也對我說：黃秋岳是不會知道軍事會議的軍事祕密的。」曹聚仁又說：「一九三七年八月間，日方已有在沿海作戰的計畫，因此，把他們在長江的海軍集中到長江下游來。他們的軍艦下駛，比國軍沉船封江早一星期，所以用不著黃秋岳父子來送情報的。到了今天，還說出賣長江封鎖計畫，也就等於說『九一八』之夕，張學良陪著胡蝶跳舞一樣，不合事實。」學者陳禮榮在〈民國「肅奸」的一大疑案〉文中，基本肯定曹聚仁的論斷，他認爲曹聚仁所作出的結論，絕非爲漢奸洗冤，而在於告誡世人要記住「眾惡之必察」的明訓，強調對於史事的考辨須得眞實可信。事實的眞相正如曹聚仁在文章的結尾肯定地說：「所以，黃秋岳父子是漢奸自不待言，但他們並沒有出賣長江封鎖的機會呢。」陳禮榮認爲如果恰似曹聚仁所言，黃秋岳早在一九三五年春，便被當局從中央政治會議的秘書職位調開了，可爲什麼一直到事發兩年之後，才會被當作「向日本出賣我國封鎖江陰重要軍事情報」的間諜被處決呢？這是不是意味著，面對一再失利的軍事敗績，當局爲了鼓舞軍心民氣，不得不拉個人出來「祭刀」？假如曹聚仁所說不謬，那麼像黃秋岳這樣既有一定社會聲望，且又不傷大雅，早已是個無職無權、沒落政客的末路文人，當局就是殺掉他也根本不算什麼！

十年後的一九四七年春，史家陳寅恪偶讀《花隨人聖庵摭憶》，有感而發，曾寫下一首〈丁亥春日閱花隨人聖庵筆記深賞其游懋台山看杏花詩因題一律〉。詩曰：

當年聞禍費疑猜，今日開篇惜此才。
世亂佳人還作賊，劫終殘帙幸餘灰。
荒山久絕前游盛，斷句猶牽後死哀。
見說懋台花又發，詩魂應悔不多來。

詩畢，意猶未盡，陳寅恪復題短跋於後：「秋岳坐漢奸罪死，世人皆為可殺。然今日取其書觀之，則援引廣博，論斷精確，近來談清代掌故諸著作中，實稱上品，未可以人廢言也。」陳禮榮認為陳寅恪對於黃秋岳漢奸案的最先反應「聞禍費疑猜」，顯然是有其道理的。尤其是在「世人皆為可殺」的情勢下，他在詩的結尾處寫下「見說懋台花又發，詩魂應悔不多來」之句，應當包含著更多的無奈與悲哀。然而，畢竟是事關民族大義，所以他只能以「未可以人廢言」的忠告來勸勉世人正確看待黃秋岳及其《花隨人聖庵摭憶》。按理而論，假如黃秋岳眞像政府當局及新聞傳媒所指控的那樣，陳寅恪斷然不會也不必要對其下場有如此「聞禍費疑猜」的情緒反應。

無獨有偶的，錢鍾書早在一九四三年就曾寫有〈題新刊《聆風簃詩集》〉七律一首，《聆風簃詩

集》是黃秋岳的作品，錢鍾書詩云：

良家十郡鬼猶雄，頸血難償竟試鋒。
失足眞遺千古恨，低頭應愧九原逢。
能高蹤跡常嫌近，性毒文章不掩工。
細與論詩一樽酒，荒阡何處酹無從。

兩位被稱爲二十世紀最博雅的學人——陳寅恪、錢鍾書，對黃秋岳的惋惜，卻何等的相似！

黃秋岳工詩文，汪國垣在《光宣詩壇點將錄》評之曰：「秋岳詩工甚深，無論才學力皆能相輔而出，有杜韓之骨幹兼蘇黃之詼詭。其沉著隱秀之作一時名輩無以易之，近服膺散原，氣體益蒼秀矣。」清末民初著名詩人陳衍曾在《石遺室詩話》中說：「秋岳年幼劬學，爲駢體文，出語驚其長老。從余治說文，時有心得。世亂家貧，捨去治官文書，與同學梁眾異（鴻志）、朱芷青最爲莫逆，相率爲五七言詩，遍與一時名士唱和。」正是由於有這些詩壇大老們的稱讚，因此便使得黃秋岳才名遠播。孫曜東在回憶錄中說：「在清末民初，福建出了一批才子，其中一個叫梁鴻志，他誰都看不起，卻獨獨佩服黃秋岳。齊如山也稱其爲黃老師，羅癭公視其後生可畏。黃秋岳如此身價，竟願爲一個『戲子』辦理文墨，只能以英雄見英雄，才人惜才人來解釋了。但是他後來竟墮落到向日本人傳遞情報，最後被蔣介石下令槍斃了。當時福建籍文人落水者較多，如鄭孝胥、梁鴻志、陳菉等。黃秋岳死後，黃家的管家王媽就到梅家當管家，梅家的鑰匙都歸她管，極爲盡職。」

在三〇年代的《半月戲劇》有「禪翁」寫了〈談梅蘭芳之八大名劇〉文中說：「晚近名角，競以編排新劇相號召，肇其端者梅畹華也。畹華新劇，其取材選曲譜詞塡句，咸出李釋戡、齊如山諸名士手，每一劇出，南北菊部，爲之轟動。」該文說出編劇等對名角之重要性，然後又分析了「四大名旦」——梅蘭芳、程硯秋、荀慧生、尚小雲的幕後功臣，他說：「蘭芳之師，有喬惠蘭、陳德霖十餘人，友有李釋戡、齊如山、黃秋岳等數十人，或爲編劇，或爲顧問，或爲宣傳，或爲交際，每一劇編成，對於場子穿插，配置行頭，斟酌詞句，安排腔調，必群策群力，集思廣益，務求善美。蘭芳亦從善如流，力求進步，故其成功也大。蓋唱詞亦如創業之難，非有良師友從而提攜，多士從而運籌，不能成功。漢高用三傑而成大業，項羽有一范增而不能用，其敗立見，誠以一人之耳目，難應天下之事物也。艷秋師事羅癭公而友金仲蓀，慧生師吳、王，而友陳墨香及舒、楊、張等；荀雖後起，而成功之速，亦以此耳。小雲性驕，不能容人，早師孫怡雲不能變化，近有清逸居士者爲之編劇，而參贊乏人，未能盡善。觀四子師友知

梅蘭芳為《半月戲劇》雜誌題字

多少，亦可斷其成功矣。」

另外在一九二六年日本學者波多野乾一所著《京劇二百年之歷史》一書中稱；「梅首次赴滬，容顏雖可用『閉月羞花，沉魚落雁』形容女性美者形容之，但其藝術不能以純粹之青衣，即謂可集大成，於是後援者馮耿光、李釋戡、齊如山、張謬子、許伯明、舒石父、文公達、吳震修、胡伯平、趙叔雍諸人，組『蘭芳後援會』，名綴玉軒，專心致志指導之任，此團體今仍存在也。」該書接著說：「李釋戡近著《蘭芳小傳》以『民國二、三年間，藝乃大進，色亦艷，容光煥發，俯仰如神』形容之。梅獨步京劇界，綴玉軒早已慮及將來，謂以獨立之角色，趨重於青衣一隅者，非其所利，不若遠法紫雲，近取瑤卿藝術，合一爐而冶之，翻出一種新花樣，造出一種新局面。據此，爲梅編出多種劇本如《奔月》、《葬花》、《散花》等古裝歌舞劇，從而畫出一新時代，以上諸劇，成於綴玉軒中間分子李釋戡、齊如山、吳震修諸氏之手。」綴玉軒是梅蘭芳的齋名，是李釋戡給起名的，取其博採眾家之長，熔於一爐之意。而由此觀之，李釋戡在綴玉軒扮演著極重要的角色，也因此學者葛獻挺這麼說：「其綴玉軒，即梅大王的『軍機處』。李釋戡在綴玉軒中的地位，如說是軍機處，則李便是領班；如說是參贊密議，則李便是梅蘭芳的文案班頭幕僚長。」他的重要性是不言可喻的。

李釋戡在當年的文壇、劇壇是頗爲知名的人物，但有關他的生平事蹟卻失之闕如，據學者葛獻挺的蒐集得知：李釋戡（一八七六—一九六一）字宣倜，亦名無邊華盦居士，福建侯官人，少年時代與林森、黃秋岳及天津商界名人祁仍奚爲同學好友，清末畢業於福州英華書院。後經同鄉薩鎮冰推薦赴日留學，歸國後赴廣西，不久廣西邊防督辦大臣一職撤銷，隨鄭孝胥進京入理藩院，駐節密雲古北口，辦理蒙藏事務，以此受知於理藩院尚書壽子年。民國後回京，入將軍府爲將軍，經壽子年與馮耿光介紹，得識少年梅蘭芳，從此佐梅長達半個世紀之久。李釋戡是個多面手，在綴玉軒中，馮耿光更多是負責經濟開支，李釋戡則主持日常事務。李本人舊文學修養極高，能塡詞譜曲，早期爲擴大梅的影響力，曾撰寫《蘭芳小傳》向國內外廣爲宣傳。

梅蘭芳在他的自傳《舞台生活四十年》書中提到李釋戡編寫《嫦娥奔月》劇本的情形：「民國四年的舊曆七月七，我唱完了《天河配》，又跟幾位熟朋友下小館子。我們志不在吃，隨便點過幾樣菜，各人開開了自己的話匣子，照例是討論關於我的演技和業務。這一天即景生情地就談到了應節戲。李釋戡先生說：『戲班裡五月五是演《五毒傳》、《白蛇傳》、《混元盒》等戲，七月七日是演《天河配》，七月十五是演《盂蘭會》，八月十五是演《天香慶節》，俗名都叫做應節戲，這裡面《白蛇傳》和《天河配》是南北普遍流行的。《天香慶節》就徒有戲名，沒看見過人演唱的了。我們有一個現成而又理想的嫦娥在此，大可以拿來編一齣中秋佳節的應節新戲。』大家聽了一致贊同。我不是說過齊先生是個急性子嗎？他就馬上接著說：『我們要幹就得認眞地幹。今天是七月七，說話就要到中秋了。在這四十天裡面，我們一定要把它完成的。我預備回去就打提綱。我們編這齣戲的目的，是爲了應節。劇中的主角是嫦娥，這今天都可以確定的了，不過嫦娥的資料太少，題材方面請大家多提意見才好。』李先生說：『書上的嫦娥故事，最早只有《淮南子》和《搜神記》裡有「羿請不死之藥於西王母，嫦娥竊之以奔月」這樣兩句神話的記載。我們不妨讓嫦娥當做后羿的妻子，偷吃了

她丈夫的靈藥，等后羿向她索討葫蘆裡的仙丹，她拿不出來，后羿發怒要打她，她就逃入月宮。重在後面嫦娥要有兩個歌舞的場子，再加些兔兒爺、兔兒奶奶的科諢的穿插，我想這齣戲是可能把它搞得相當生動有趣的。』第二天齊先生已經草草打出一個很簡單的提綱。由李先生擔任編寫劇本。大家再細細地把它斟酌修改，戲名決定就用《嫦娥奔月》。這樣忙了幾天，居然把這劇本算是寫好了。」曹聚仁在《聽濤室劇話》一書中說：「（《嫦娥奔月》）這是完全以歌舞爲主的神話劇，以梅氏那時才華，曼歌緩舞，一舉成名。他們先在馮幼偉先生的客廳上試演；在扮相、服裝、舞姿、音樂、唱詞上加了工，修訂得很妥貼，這是他們第一回嘗試，也是梅氏舞台生活的轉折點。」

李釋勘為梅蘭芳編寫的《嫦娥奔月》

李釋戡所編的《嫦娥奔月》，於一九一五年十月三十一日首演於北京東安市場吉祥園。戲中李壽山扮后羿，俞振庭扮吳剛，謝寶雲扮王母，李敬山扮兔爺爺，曹二庚扮兔奶奶，梅蘭芳扮嫦娥，路三寶、朱桂芳、姚玉芙、王麗卿扮四仙姑，演員均爲一時之選。並首次在舞台上使用「追光」，來對劇中人物進行「特寫」及營造氣氛。曹聚

在《千金一笑》中梅蘭芳飾演晴雯，演出撲螢的情節

仁又說：「由於《嫦娥奔月》的成功，朋友們就想要梅氏多演《紅樓夢》的戲，這就編排了《黛玉葬花》、《千金一笑》和《俊襲人》。還有一齣《壽怡紅群芳開夜宴》，編好了始終沒有上演過。關於《葬花》的劇本，有種種誤傳，有的說是朱素雲和李敬山的舊本子，有人說是易實甫替他新編的。實在還是齊如山打提綱，李釋戡編唱詞，羅癭公參加不少意見。一些朋友，幫他們修改。」

一九二三年十月，李釋戡又根據〈洛神賦〉，並參考汪南溟的〈洛水悲〉雜劇和繪畫中的洛神形象，編演了《洛神》新劇。李釋戡想要傳達的是：「應當了解〈洛神賦〉的作者曹植，他和甄后的戀愛，因爲於生前不能得到成就，只有假託神仙，來取償於甄后已死之後，這一種無可奈何的情緒，我們可以從〈洛神賦〉文字中體會出來的。」該劇於一九二三年十一月二十一日在北京開明戲院首演，梅蘭芳的洛神，姜妙香的曹植，姚玉芙、朱桂芳的仙女。梅蘭芳幽怨而倩麗的音調（既是「神女」也是「長嫂」），沉靜而又曼妙的身段，眞是儀態萬千；而李釋戡說姜妙香的曹植，「能夠了解〈洛神賦〉的精義，以施之於音聲、身段之中，誠爲難能可貴。」另外也是收藏家的李釋戡，從晉朝顧愷之

在《千金一笑》中梅蘭芳飾演晴雯，演出沉思的情節

的《洛神圖》到宋朝陳居中等所繪之《洛神》名畫，提供給梅蘭芳參考揣摩，從而體會其服飾、舞姿，結合〈洛神賦〉的詞意，形成《洛神》新劇濃郁的「詩情畫意」，無疑地是居功厥偉。它在歌舞、音樂，服裝、道具、布景及舞台畫面的構圖等方面，都開闢了新的道路。

一九三二年春，日軍逼近山海關，梅蘭芳從北平遷居上海，住在滄州飯店。當時東北淪亡，梅蘭芳依綴玉軒諸公建議，正擬一有抗敵意義的新戲以激勵民心，李釋戡便約來「梅黨」當年的後台財神之一、前交通總長葉恭綽來談，據梅蘭芳的《舞台生活四十年》書中說：「聽到我們的計畫，他（葉恭綽）說：『你想刺激觀眾，大可以編梁紅玉的故事，這對當前的時事，再切合也沒有了。』我讓他提醒了，想起老戲裡本來有一齣《娘子軍》，不過情節簡單，只演梁紅玉擂鼓戰金山的一段。我們不妨根據這個事實，擴

梅蘭芳在《抗金兵》中的梁紅玉扮相

充了寫一齣比較完整的新戲。葉先生並且主張將戲名就叫《抗金兵》。大家一致贊同他的意見，先請他搜集資料。過了三個來月，這齣《抗金兵》就在集體編寫的原則下脫稿了。」

學者葛獻挺說，這大概是李釋戡同梅蘭芳在劇本創作上最後一次的合作。因爲不久之後，梅蘭芳轉赴香港，蓄鬚明志，不再演出。而抗戰期間，李釋戡的老上級鄭孝胥赴僞滿洲國擔任要職，他應鄭孝胥之召赴僞滿「新京」敘舊，雖說並未任職，但大節已有虧，梅蘭芳及馮耿光得知此情後，便託人捎話給李釋戡，以民族大義相責，李釋戡便很快返回上海，總算沒有落水成漢奸。太平洋戰爭後，梅蘭芳重返上海，自己生活雖然困難，但仍負責照看這位綴玉軒中的老友的經濟生活，直到一九六一年李釋戡病逝爲止。

半世紀的交往，全心的輔佐。李釋戡的對梅蘭芳，正如他在一九三〇年送梅蘭芳赴美演出前，宴請社會名流、名伶及清朝遺老，同爲梅蘭芳餞別時，袁寒雲的業師、名書法家方地山，即席賦〈李將軍詩〉所云：「李氏傳奇字字香，將軍辛苦爲花忙，何當下筆開生面，別譜新聲配梅郎。」這該是李釋戡一生輔佐梅蘭芳的最佳寫照。

仗義紓財為梅郎

梅蘭芳的「錢口袋」馮耿光

西施

梅蘭芳一生事業成功的一個很重要的因素，是他結交了一批朋友。他在劇目上離不開齊如山；在藝術表演上離不開王瑤卿；在經濟（總體規劃上）則離不開馮耿光。他們三人可說是輔佐梅蘭芳的最大功臣，而在三人之中，數馮耿光對梅蘭芳一生的事業影響最大。梅蘭芳在《舞台生活四十年》一書中，曾充滿感情地提到過他和馮耿光之間的友誼：「我跟馮先生認識得最早，在我十四歲那年，就遇見了他。他是一個熱誠爽朗的人，尤其對我的幫助，是盡了他最大努力的。他不斷地教育我、督促我、鼓勵我、支持我，直到今天還是這樣，可以說是四十餘年如一日的。所以在我一生的事業當中，受他的影響很大，得他的幫助也最多。這大概是認識我的朋友，大家都知道的。」誠哉斯言！

梅蘭芳十四歲時附學於「喜連成」戲班，認識了他平生最大的貴人馮耿光（字幼薇，又作幼偉）。關於這段掌故，穆辰公的《伶史》（一九一七）上說：「……諸名流以其爲巧玲孫，特垂青焉，幼薇（馮耿光）尤重蘭芳。爲營住宅，卜居於蘆草園。幼薇性固豪，揮金如土。蘭芳以初起，凡百設施，皆賴以維持。而幼薇亦以其貧，資其所用，略無吝。以故蘭芳益德之。嘗曰：『他人愛我，而不知我，知我者，其馮侯乎？』」另外在日人波多野乾一原著的《京劇二百年歷史》（一九二六）上也有「樊增祥、易順鼎、羅癭公、召南、馮耿光諸氏，謂蘭芳爲巧玲之孫，極力捧場。幼薇尤其盡力，爲營住宅於北蘆草園。凡有利於蘭芳者，揮金如土，不少吝惜……」的記載。而陳定山在《春申舊聞》中更說：「尤其馮幼偉（耿光）對於蘭芳的提攜保抱，恨不得含在口裡。後來梅、馮都遷居上海，梅已是四十歲的人了，二人還是形影不離，任何方面請客，請梅必請馮，梅偶爾離座，馮便四邊找尋，口稱『畹華，畹華！』急得要死。蘭芳半生唱戲所得，都由幼偉替他悉心調度，買了中國銀行股票，後金融崩潰，股票不值錢，梅半生積蓄，全在此處坍台。但梅對馮的親尊，依然如舊，從不曾聽他有過半句怨言。」

馮耿光（一八八二—一九六六），字幼偉、幼薇，排行老六，又稱馮六爺，廣東中山縣人。早年留學日本，爲士官學校二期生，與蔡鍔、蔣百里、唐在禮等爲前後期同學，並與孫中山結識。學成歸國後，任清禁衛軍騎兵標統。宣統元年，清廷改制，設軍諮府，該府大臣爲宣統皇帝的七叔載濤。濤貝勒善養馬，精騎術，故選調騎兵科出身的馮耿光爲第二廳廳長，因此與總務廳廳長馮國璋私交不錯。民國以後，先後擔任陸軍部騎兵司長、山東臨城礦務局督辦、總統府顧問。一九一五年十一月，袁世凱恢復帝制，蔡鍔在雲南通電反對袁世凱稱帝，馮耿光受梁啓超之託，去南京策反任上將軍的馮國璋，馮國璋乃通電逼袁退位。一九一七年七月，張勳復辟失敗，馮國璋以副總統代理總統，他請馮耿光當陸軍次長，馮耿光以自己不適宜做行政官爲由婉辭。馮國璋說：「不願做官，辦銀行如何？我請你擔任中國銀行總裁。」於是，馮耿光棄戎投入財界，任中國銀行總裁，一幹就是十年。與當時的銀行界淵源頗深的孫曜東回憶說：「馮耿光所以能長期主金融，與他的資歷和頂頭上司有關。馮是國民黨元老許崇智的同學，許在日本陸軍士官學校時就加入了同盟會，回國後任福建武備學堂總教習，參加了辛亥武昌起義，北伐戰爭後擔任代理陸軍總長和國民政府軍政部長，而馮耿光長期擔任他的參謀長。基於這種關係，蔣介石讓馮耿光長期主持中國銀行。」馮耿光後來受到宋子文排擠，轉任新華銀行董事長，並任北平戲曲音樂分院院務委員會主任委員。解放後，任中國銀行董事及公私合營銀行

董事、第一屆全國政協委員。（本文參考學者葛獻挺在六〇年代初親訪已經八十高齡的馮耿光政協所得的資料，在此致謝。）

馮耿光爲人正直，有愛國心，尤其喜愛皮黃。他結交梅蘭芳，固然是出於對京劇的愛好，對人才的愛惜，但更爲重要的原因是，他看出梅蘭芳有著不同於一般梨園行出身的人的氣質，因此他才傾力扶助梅蘭芳成爲一個在藝術史上劃時代、可以躋身於世界名人之列的人。正因爲如此，馮、梅在上世紀初訂交，並長時期地保持患難與共、生死可託的友誼關係，也就不謂無由了。與梅家有舊的孫曜東就這麼回憶：「馮耿光不僅終身捧梅，而且是梅蘭芳的經濟支柱。每當梅蘭芳經濟上發生問題時，都是他出面設法解決。梅蘭芳十四歲時，馮就與之交往，可謂源遠流長。平時在家裡，馮呼梅爲『傻子』，就像喊兒子的乳名一樣，因爲他覺得梅蘭芳除了唱戲其他什麼都不懂，人在江湖而書生氣十足，故以『傻子』稱之，而在別人面前則稱其爲畹華。結交之後的幾十年間，大凡梅蘭芳遇到重大問題時，都有馮耿光參與解決，包括梅蘭芳的第二次婚姻，也是他從中極力促成的。」

馮耿光是「梅黨」的重要成員，「梅黨」對梅蘭芳有何影響，戲曲研究者徐城北有著極爲透徹的解說：「從藝術觀講，他們是一群相對開明的貴族；但從與梅的私人關係講，又帶有相當濃郁的封建色彩。他們既要捧梅，爲此窮竭心力並不惜一擲千金；同時又要控制梅，因爲梅的成功與否（甚至包括其藝術方向的正偏）都不僅關係自己這批人的精神生活是否充實，甚至還可能影響到自己一生的財力地位。因此他們緊緊地圍繞著梅蘭芳，既有富於遠見卓識的培育（比如支持他創立新戲、

孟小冬試騎單車

出國訪問），也包含對梅個人意志的嚴重剝奪。這一點在梅一生的三次婚姻上也有明顯體現：發現王明華『控制』梅太緊，梅黨就有意安排梅明媒正娶了福芝芳；王明華故去後，發現福芝芳『忘恩負義』，梅黨爲了報復，遂又撮合了梅與『冬皇』孟小冬的露水姻緣。……抗戰爆發梅蘭芳南遷至滬當了寓公，梅黨成員的社會地位也隨之衰落，在從前的貴族階層中，一部分人當了日寇的走卒，另外一些人（包括梅及梅黨中的大多數人）確有堅定的民族氣節，保持政治操守。」

根據學者鄧賓善說，馮耿光受到梅蘭芳的信賴，是從兩件事開始的。其一是力主梅蘭芳改演《宇宙鋒》。梅蘭芳少年時，曾多次看到陳德霖及其他名旦唱過此戲，後來自己也學會了。它只是一齣唱工戲，沒什麼做功，更說不到表情上去，因此是一齣很不叫座的冷戲。但馮耿光認爲，在封建時代，創造了趙女這樣一個女性來反映古代貴族家庭的女子遭受迫害的情況，裝瘋戲弄趙高，金殿嘲罵皇帝，這種大膽的手法，比寫一本同樣事實而發生在貧苦家庭中的戲，暴露的力量更大，更有教育意義。所以當年梅蘭芳演《宇宙鋒》，馮耿光看後發現缺點就向梅蘭芳指出，梅蘭芳聽從其意見，不斷加以修改，在唱、做方面，豐富發展，提高了趙女這一人物的形象，使《宇宙鋒》成爲他最有代表性

的保留劇目之一。第二件事是爲梅蘭芳首次赴滬演出的策劃。一九一三年秋，梅蘭芳在前輩名伶、著名汪派鬚生王鳳卿的帶領下首次赴滬在丹桂第一舞台演出。頭三天「打炮戲」，場場客滿，梅蘭芳一炮打響。一星期後，王鳳卿爲扶掖後進，與老闆許少卿商量，讓梅蘭芳演「壓台戲」（壓軸戲）。這對梅蘭芳來說，自然是個極好的機會，但如何演好壓軸戲，卻事關重大，須從長計議。此時，馮耿光和李釋戡特地從北京趕到上海，家在上海的舒石父、許伯明等也聞訊趕來。大家一起研究了這些天的演出情況，一致認爲，專重唱工的老戲是無法勝任壓軸戲的，而刀馬旦的扮相和身段則比較好看，於是梅蘭芳接受了大家的建議，決定向茹萊卿學《穆柯寨》，其中的一些身段和動作，經馮耿光指點後又做了進一步的修正。同年十一月十六日，梅蘭芳第一次壓台，演出《穆柯寨》，他英武的扮相，瀟灑的風度，精湛的武功，漂亮的身段，甜美清脆的京白，使全場觀眾耳目一新。而這齣刀馬旦的戲，居然是由一個青衣來擔綱，這就更增添了幾分新鮮別致，引起了觀眾濃厚的興趣，整個演出過程中，喝彩聲幾乎就沒有停過。

陳定山在《春申舊聞》中也說：「丹桂第一台是舞台式的新興戲院，蘭芳在北邊唱慣了四根柱子，場面擺在當中的舊式茶園，眞覺耳目一新（他本人如此說）。人又年輕，加上電燈一照亮，眞是容光煥發，當時就瘋魔整個江南。蘇、杭、常、錫，都有趕來看戲的。其時有句口號：『討老婆要討梅蘭芳，生兒子要像周信芳。』（周信芳與梅蘭芳俱係喜連成坐科子弟）其時丹桂的台柱，蓋叫天包銀掙六百，貴俊卿五百六。王、梅一檔原定唱一個月，後來愈唱愈盛，又連了半個月，而且加包銀，從一千八，直漲到三千六。」梅蘭芳在上海一炮而紅，這固然得益於王鳳卿的主動讓賢，鼎力相助，但馮耿光等爲梅蘭芳運籌策劃，處置得當，也是一個重要的因素。

梅蘭芳在上海演出期間，他還抽空到各個戲館去觀摩，他到「新舞台」去看時事新戲《新茶花》、《黑籍冤魂》等劇，覺得很新鮮、很新奇。他還觀看了春柳社演出的話劇，留下很深刻的印象，此外，諸如化妝、燈光、新的舞台裝置和布景，都對他有所啟發。因此當他五十天演出期滿回到北京之後，就決定編演許多新戲如《孽海波瀾》、《鄧霞姑》、《一縷麻》等戲。一九一四年十二月，梅蘭芳第二次到上海。這次梅蘭芳還是和王鳳卿合作，在丹桂第一台共演出三十四天，劇目有《朱砂痣》、《貴妃醉酒》等。孫曜東說：「一九一四年他第二次來上海，決定也要演新戲，這可以講是梅蘭芳藝術上一個突破點，新編歷史劇使梅蘭芳昇華到一個新的藝術層次。而爲他編劇的兩位力將馮耿光和吳震修，分別爲中國銀行董事長和總經理，在他們帶動下，幾乎整個中國銀行都成爲梅蘭芳的後盾。」

梅蘭芳在《穆柯寨》中扮相

從此以後，馮耿光成了梅蘭芳最爲

信任的朋友之一，梅蘭芳終其一生，可以說一直非常重視這位老友的意見。凡是梅蘭芳一生的重大決策甚至在感情上最後的「捨」孟「留」福等重大關口，都有馮耿光的幕後指點江山，當然訪日、訪美、訪蘇和三十年代初舉家南遷等一系列重大舉措，其背後更有馮耿光奔走籌措、親力親爲的身影。

一九一九年梅蘭芳首次訪日，日方的牽線人，是日本文學家龍居瀨三。在這之前，龍居在齊如山的陪同下看過梅蘭芳的《天女散花》，龍居是日本的「梅迷」，他雖有文名，但是沒錢，於是便向時任中國銀行總裁的馮耿光談及此事。馮與正於中國訪問的日本財閥太倉喜八郎在日本時便有交往。太倉先在龍居的陪同下觀看了《天女散花》，然後到梅蘭芳的家中進行拜訪，對梅蘭芳的藝術大加稱讚。眞是無巧不成書，太倉恰好又是東京帝國劇場的主持人。於是太倉很快商定了梅蘭芳出訪日本的細節和日程。梅蘭芳攜同喜群社部分演員在一九一九年四月二十一日到五月三十日，在東京、大阪、神戶等地演出。演出的劇目有《天女散花》、《御碑亭》、《黛玉葬花》、《虹霓關》、《貴妃醉酒》、《牡丹亭》、《千金一笑》、《起解》、《武家坡》、《遊龍戲鳳》、《奇雙會》、《思凡》、《嫦娥奔月》等。此次訪日演出，受到日本人民，特別是文化藝術界人士的熱烈歡迎。日本漢學家內藤虎次郎、狩野直喜博士和戲劇家青木正兒等人，都著文介紹。當時北京報紙報導說：「彼都仕女，空巷爭看，名公巨卿多有投縞紓贈之雅，名優競效其舞態，謂之『梅舞』。」可見梅蘭芳受歡迎的程度。

一九三〇年，梅蘭芳做爲「文化界的大使」，繼訪日後，又率梅劇團遠渡重洋赴美演出。梅蘭

梅蘭芳在《女起解》中的造型

芳訪美的動因，始於美國駐華公使芮恩施的建議。梅蘭芳與「梅黨」成員馮耿光、吳震修、齊如山、許伯明等商量，大家都贊成他去。但此行不同於訪日，需完全自費，於是由馮耿光負責經濟籌畫。訪美演出的款項所需約十萬元，五萬元由齊如山找到當時的教育部次長李石曾設法籌妥，其餘的五萬元由馮耿光、吳震修在上海代爲籌集。而臨行前旅費還是不夠，馮耿光見梅蘭芳決心赴美，志在必成，便使出了渾身解數，動用他在銀行界的全部關係，居然又張羅了十來萬元。梅劇團一行二十一人才能如期赴美訪問演出。其間梅蘭芳爲了籌備赴美演出，幾乎把私人積蓄全部墊出，待到上船之前，連養家餬口的「十擔乾柴，八斗老米」，也是由馮耿光接濟的。而據說，爲了贊助梅蘭芳赴美，馮耿光甚至賣掉了老家的田地。

「九・一八」事變後，日寇的侵華氣焰甚囂塵上，北平的局勢日甚一日。前一年就到上海的馮耿光一再來信催梅南遷。是留在北平，還是南遷上海？梅蘭芳面臨了人生的抉擇。齊如山從梅蘭芳藝術上尚需進一步發展考慮，認爲還是留平爲宜；馮耿光則從經濟、政治計，亟力鼓動梅蘭芳南遷。最後梅蘭芳還是做出了舉家南遷的決斷。一九三三年年冬遷居上海後，梅蘭芳一家先在法租界滄洲飯店住

了一年，後來馮耿光給他在僻靜的馬斯南路（今思南路）上租了房子。陳定山在《春申舊聞》中說：「那是蘭芳藝術飲譽最高、爐火最純青的時代，出演於四馬路天蟾舞台（原來的天蟾已由永安公司收買，改建商場，即後來的七重天）。一時輿論，說程豔秋的好，好在貨賣識家。梅蘭芳的好，則連登三輪車的也會入迷，事實也確是如此。我一天到浴德池洗澡，堂子裡清蕩蕩的，我說：『今天怎麼的？』跑堂的笑笑，嘆口氣說：『人家聽梅蘭芳去都來不及，還有人來洗澡嗎？』這不是挖苦，而是證明梅戲受人歡迎的普遍。」那幾年間，馮、梅關係更形親密。

一九三五年梅蘭芳應邀訪問蘇聯。與五年前的訪美相比，首先是經濟上沒有風險，同時有赴美的經驗可資借鑒，成套設備和宣傳資料都有舊章可循，但梅蘭芳對此仍不敢掉以輕心。因齊如山遠在北平，這一次訪蘇除了自己努力外，不得不格外倚重馮耿光了，馮耿光自然又義不容辭地擔起了籌款的重任。訪蘇的經費至少要法幣十八萬元，據孫曜東說：「後來，在籌備訪問蘇聯的經費時也是這樣，由馮耿光、史量才、張公權、錢新之、陳光甫、梅蘭芳等成立了中國戲劇協進會，商量由協進會籌款十萬元。梅蘭芳自認三萬元，國民政府財政部撥發五萬元，幾方面合力才得以解決。」梅蘭芳訪蘇前，爲了安全起見，還向馮耿光「託妻寄子」。馮耿光不負重託，將梅蘭芳的子女接到自己家中，以免除梅蘭芳的後顧之憂。

一九三七年「八・一三」事變後，上海失守，梅蘭芳雖身居租界，仍不時受到敵僞分子的騷擾，深感上海已非久留之地，決定遠走香港，首先由馮耿光到港預爲佈置。一九三八年春天，梅蘭芳接受香港利得舞台的邀請，第四次率梅劇團赴港演出。演出結束，梅劇團北返，梅蘭芳則留在香港，住香港干德道，深居簡出，閉門謝客。一九四一年十二月，珍珠港事件爆發，香港淪陷，梅蘭芳和馮耿光滯留在香港，而這邊梅夫人福芝芳留在上海，兩地相思。據陳定山說：「日本人答應蘭芳可以飛機送他回來。馮幼偉也在香港，便想跟著回來，幾次對梅大爺說。梅也幾次和日本人商量。但日本人則說：『你是藝人，可以。他是什麼？沒可以。』梅因馮之不能同行，自願留在香港。」而由於馮耿光早年留學日本，所以每遇日本軍人騷擾，通常都是由馮耿光充當翻譯。他們直到一九四二年夏才返回上海，梅蘭芳和馮耿光患難與共，度過了五百多個惴惴不安的日日夜夜！

孫曜東說：「香港淪陷後（馮耿光）被日本人軟禁在一家飯店裡，又用軍用飛機押解回滬。那時，日本侵華部隊中的頭目之一吉古也和馮耿光是同學，可馮說：『我犯不著下這水！』遇到再大的

一九四一年夏，梅蘭芳、福芝芳與子女僑居香港時的全家福

困難也不去找他。堅貞的民族氣節，和梅蘭芳完全一致。」

梅蘭芳回到日僞統治下的上海，戲不唱了，古玩、家當賣光了，銀行透支又難爲情，經濟上陷於窘境。怎麼辦？馮耿光等一批老友爲梅蘭芳出主意：何不賣畫爲生！梅蘭芳採納了他們的建議。從此繪畫成了他寓公生活的主要內容，畫筆一枝，孤燈一盞，伴他度過寂寞的漫漫長夜。在當寓公的那幾年非常艱難的日子裡，可以相互慰藉、相濡以沫的，也是老友馮耿光！時窮而情更篤，梅蘭芳和馮耿光同類相依，同道相砥，迎來了抗戰的勝利。

晚年的馮耿光與梅葆玥合影

梅蘭芳和馮耿光的友誼，一直保持到他們的晚年。一九四九年，梅蘭芳北上參加全國文代會，馮耿光設家宴爲梅蘭芳送行，作陪者有李釋戡、狄平子、許姬傳等。席間馮耿光勸梅蘭芳著書立說，以便爲後人留下點資料。《舞台生活四十年》一書，就是在此建議下動起來的。根據學者葛獻挺說，一九五一年四月，梅蘭芳解放後第一次赴武漢演出，馮耿光從上海溯江而上，梅蘭芳讓他的女公子梅葆玥陪同前往武漢。葆玥與馮耿光在江輪上曾留一影，至今仍然保存。一九五六年，梅蘭芳第三次率團訪日，馮耿光又專程前往北京送行。一九五九年，建國十週年大慶，

梅蘭芳在最後一齣新戲《穆桂英掛帥》中飾演穆桂英

梅蘭芳最後一齣新戲《穆桂英掛帥》，從選題到彩排，馮耿光都從上海趕到北京，以梅蘭芳的私人朋友身分，參與決策，但從不拋頭露面。當該劇在北京吉祥戲院彩排時，馮耿光已是將近八十的老翁，但仍場場必到。劇場中間休息時，導演鄭亦秋向梅蘭芳徵求意見時，梅蘭芳總是對鄭亦秋說：「先聽聽馮六爺有何高見。」可見梅蘭芳對馮耿光的尊重一如往昔。一九六一年七月底，梅蘭芳因病住院，在梅住院期間，馮耿光幾乎每天都往北京掛長途電話。以前，馮的電話總是由梅蘭芳親自來接，而這一回卻是由梅夫人福芝芳接的，老人便感到事態嚴重，一定要來北京。梅夫人總是瞞著他，直到電台播出梅蘭芳逝世的消息，才告以眞實的情況。馮耿光聞聽噩耗，老淚縱橫，悲不自禁，立即在自己家裡設了靈堂，結果梅蘭芳在上海的朋友都到馮家弔唁。

學者鄧賓善說，梅蘭芳和馮耿光的友誼，歷經五十年風風雨雨，始終不渝，老而愈堅。解放後，梅蘭芳的聲譽日隆，地位崇高，而馮耿光則成爲「團結改造」的對象，但梅對馮的尊重仍一如既往。梅蘭芳逝世後，梅夫人福芝芳仍遵夫願，繼續按期給馮寄錢。「文化大革命」中，馮耿光受「四人幫」迫害，於一九六六年病逝。他夫人的生計仍由梅家照料，直至去世，其後事也由梅家料理。至此，梅、馮友誼才畫下了一個完美的句點。

《霸王別姬》成經典

梅蘭芳與楊小樓的完美演出

霸王別姬

《霸王別姬》一劇，是大師梅蘭芳和武生泰斗楊小樓兩位藝術家，在一九二一年下半年合作的戲碼。於一九二二年二月十五日在北京第一舞台首場演出，至今已八十餘年了。由於梅蘭芳生前對此劇不斷的加以改革創新，取得了很大的藝術效果，成爲國內外廣大觀眾百看不厭的好戲，也是梅蘭芳在舞台上的一齣成功的經典劇目。

在京劇大師中，頭銜最顯赫的，當屬譚鑫培與楊小樓。有人曾問過梅蘭芳，在梨園界最佩服的人是誰，梅蘭芳毫不猶豫地回答：楊小樓。他稱讚楊小樓是「出類拔萃數一數二的典型人物」，又說：「譚鑫培、楊小樓的名字就代表著中國戲曲，顯示著中國戲曲的表演體系。」而一向自視甚高不輕易許人的余叔岩也說：「楊小樓完全是仗著天賦好，能把武戲文唱，有些身段都是意到神知；而在他演來非常簡練漂亮，怎麼辦怎麼對，別人無法學，學來也一無是處，所以他的技藝只能欣賞而絕不能學。」

楊小樓（一八七八—一九三八）祖籍安徽，生於北京，祖父楊二喜爲京劇武旦，父楊月樓爲文武老生，曾名列同光十三絕。楊小樓八歲入小榮椿科班，從名師楊隆壽、姚增祿學藝，班主楊隆壽親自開蒙，先後教授了武生戲《石秀探莊》、《蜈蚣嶺》，打下良好的基礎。小榮椿解散後不久，楊月樓病重，臨終前託孤於譚鑫培，譚收楊小樓爲義子，指導、培養其學藝。其間，楊小樓還常去白雲觀學習道教拳術和靜坐養氣，爲其精細的藝術內功奠定了基礎。隨後他又拜俞菊笙爲師深造，掌握了俞派武生名劇之精華，又向張琪林、牛春山學崑曲、猴戲。光緒年間他已名噪京津，一九〇六年被選爲內

楊小樓的便裝照

廷供奉，入宮演唱時呈報的戲目已達二百多齣。當時西太后最欣賞的伶人就是譚鑫培與楊小樓，賜名「小楊猴子」，還曾將戴在手上的玉扳指賞給他。

一九一〇年起，楊小樓自行挑班，那時期一般戲班頭二牌都是老生與旦角，武生多爲三牌，以武生持頭牌，只有俞菊笙，但歷時很短，而楊小樓以武生掛頭牌則長達二十六年，這在京劇史上是獨一無二的。楊小樓高大魁梧，扮相美武，有一種非凡的氣概，尤其演勾臉戲（項羽、高登、姜維）呈現出別人難以企及的威武之感。楊小樓的嗓音嘹亮、充實，聲腔激越，念白抑揚頓挫，韻味十足。他身手靈便，工架優美，身段處處帶戲，武打衝、猛、脆、帥，各種兵器運用都有獨到功夫。楊小樓的特色是武戲文唱，極注重「技」與「戲」的結合。他既具備極深厚的武術功夫，又具備創造人物的藝術才能，並善於把這兩種才能結合起來，塑造出許多威風凜凜，活龍活現的大將形象。在《長板坡》中他演的趙雲，出場前只一聲「馬來呀！」舉座皆驚——千年前的常勝將軍在這一聲沉雄、豪邁的呼喚聲中，帶著忠勇仁義來到觀眾面前。難怪當時人稱他爲「活子龍」。他在眼神運用上也別具一格，在人物沒有動作或沒有台詞時，總是瞇縫著眼睛，等劇情發展到關鍵時刻，猛地一睜眼，精華畢露，銳氣逼人，雄渾凝重中又剛直威猛，令行內人士讚歎不已，而又無法企及。

戲曲史家兼劇評家徐慕雲就曾讚美楊小樓說：「他不僅能得菊笙眞傳，並且藝成後又訪求崑曲名師，學習《安天會》、《夜奔》、《麒麟閣》等崑劇。譚鑫培成名後，選擇配角極嚴，唯極愛小樓之

美材，不但常與其配演，且時時指正錯誤，改正字音，所以小樓在唱念上，字字沉著有力。其《連環套》拜山一場，念白如珠走玉盤，令人有百聽不厭之感。從前內行人有句話叫『文武崑亂不擋』，眞能如此淵博的，亦未有幾人。小樓在武生中，允稱能文能武，崑亂兼擅。楊派武生，能普及南北，甚爲人所稱道者，亦正因爲他的高深藝術修養，深印在觀眾腦海中的緣故。」技藝成熟後的楊小樓自成一家，獨樹一幟：他塑造的武生，動作厚實穩健，氣派威武凝重，氣概非凡。一次，「四大名旦」之首的梅蘭芳就指著《青石山》中楊小樓扮演的封神裡的關平，讚歎說：「一副天神氣概，看起來可以和唐宋名畫家的天王像媲美，從頭到腳挑不出一點毛病來，是武生最好的一個藍本。」

一九一四年楊小樓任北京新建的第一舞台總經理，這是京城首家新式劇場，能容納二千四百多觀眾。在這裡，他先後與譚鑫培、劉鴻聲、陳德霖、王瑤卿、黃潤甫、梅蘭芳、尙小雲、荀慧生、朱琴心、高慶奎、余叔岩、郝壽臣等名家合作。南下上海時，有次出演《八大錘》他飾陸文龍，蓋叫天、呂月樵、李瑞庭、趙如泉扮四錘將陪他唱，在滬連演四十天戲目不重複，盛況空前。

楊小樓與梅蘭芳攜手，可謂珠聯璧合。早在一九一六年他們就曾同台合作，他們當時都參加朱幼芬組織的桐馨社。一九二一年春，兩人合組崇林社（梅、楊二字都有木，故合爲林），合演了《回荊州》、《金山寺》、《大五花洞》、《長板坡》等許多佳作。《霸王別姬》堪稱梅、楊合作之輝煌傑作，梅蘭芳曾說與楊小樓合作此戲最爲「過癮」，並說：「我心目中譚鑫培、楊小樓這二位大師是對我影響最深最大的，從他們身上學到的東西最多最重要。」楊小樓爲了鼓勵後輩，也儘量烘托梅蘭芳，他曾對梅說：「蘭芳，這齣戲原來是霸王別姬，經你這麼一演就成姬別霸王了。」據說楊小樓演出《霸王別姬》時，有些演過霸王的人前去看他演得怎樣，等楊小樓出場不久後，有的人就歎道：「甭看了，咱們都是棒槌。」在楊小樓一生塑造的眾多藝術形象中，霸王最為突出，業內人認為「已臻於完美的境界」，所以每有大戲，總是楊、梅這齣戲壓台，每年總要演兩三次。而《霸王別姬》所灌錄之唱片，更成為極珍貴的藝術珍品。

《霸王別姬》是戲劇家齊如山和吳震修等人，根據《史記．項羽本記》、《西漢演義》和明代沈采的《千金記》傳奇，在一九一八年楊小樓、尚小雲、高慶奎、錢金福等演出的一至四本《楚漢爭》的基礎上改編而成的。雖然司馬遷在《史記》一書中對項羽的敘述甚詳，且性格鮮明，但對虞姬的描寫則至為簡略，於是後人根據唐代張守節《史記正義》引《楚漢春秋》記載的虞姬和項羽歌中有「漢兵已略地，四面楚歌聲，大王意氣盡，賤妾何聊生！」的詞句，演衍成虞姬自刎於楚帳的故事。《千金記》中則有：「漢五年，韓信與彭越既會垓下，項王兵少食盡，夜聞漢軍四面楚歌聲，項王大驚，則夜起帳中，有美人名虞，常幸從，駿馬名騅，常騎之，項王乃悲歌慷慨，自為詩，美人和之……」。這些描述都為《霸王別姬》提供不少的素材。

齊如山在他的《回憶錄》上說：「還有《霸王別姬》一戲，我編好本為蘭芳與李連仲合演，因故未果。後來楊小樓與尚小雲在第一舞台曾演《楚漢爭》，乃同治年間的本子，蘭芳遂不肯再排，以免有競爭之誚。然小雲之虞姬，完全是一配角，話白唱工都不過幾句，瑤卿譏其為『高等零碎兒』，誠然，該本子尚都存於我們國劇學會。後楊梅合班，又重排此戲，我把兩種本子合起來又改了一次，交

他二人另排，小樓念『力拔山兮』四句，向來坐著念，我給他添上身段，『別姬』一場也給他們排了幾次。」

對於改編的過程，在梅蘭芳的《舞台生活四十年》裡，所記就更詳：「我們新編這齣戲定名爲《霸王別姬》，由齊如山寫劇本初稿，是以明代沈采所編的《千金記》傳奇爲依據。……他另外也參考了《楚漢爭》的本子。初稿拿出來時場子還是很多，分頭二本兩天演完。這已經到民國十年的冬天，我們開始準備撤『單頭本子』排演了。有一天吳震修先生來了，……他仔細地看了一遍後說，『我認爲這個分頭二本兩天演還是不妥。』這時候寫劇本的齊如山先生說，『故事很複雜，一天擠不下，現在劇本已經定稿，正在寫單本分給大家。』吳先生說，『如果分兩天演，怕站不住，楊梅二位也枉費精力，我認爲必須改成一天完。』他說到這裡語氣非常堅決。齊先生說，『我們弄這個戲已經不少日子，現在已經完工，你早不說話，現在突然要大拆大改，我沒有這麼大本事。』說到這裡就把頭二本兩個本子往吳先生面前一扔，說，『你要改，就請你自己改。』吳先生笑著說，『我沒寫過戲，來試試看，給我兩天功夫，我在家琢磨琢磨，後天一準交卷。』」結果是吳震修勾掉了原本中不少場子，由大家一起再加以潤色加工，才寫成不滿二十場的初稿，仍舊是臃腫的，後來在長期演出過程中又做了不少壓縮，最後成爲梅蘭芳晚年的演出定本。

關於霸王念「力拔山兮」時身段的創造，《舞台生活四十年》中也有更詳的記述。初演第二天，梅蘭芳和馮耿光、吳震修、齊如山、姚玉芙五人去楊小樓家拜訪，談話中楊小樓問起對演出的意見，

梅蘭芳與楊小樓合演《霸王別姬》的戲單

吳震修說：「項羽念『力拔山兮……』，是史記上的原文，這首歌很著名，您坐在桌子裡邊念好像使不上勁，您可以在這上面打打主意。」楊先生輕輕拍著手說，「好！好！我懂您的意思，是叫我安點兒身段是不是？這好辦，容我功夫想想，等我琢磨好了，蘭芳到我這兒來對對，下次再唱就離位來點兒身段。」這底下《舞台生活四十年》還記下了楊小樓的女婿劉硯芳的一節談話：「從第二天起，我們老爺子就認真的想，嘴裡哼哼著『力拔山兮……』，手裡比劃著。我說，『這點身段還能把您難？』老爺子瞪了我一眼說，『你懂什麼？這是一首詩。坐在裡場椅，無緣無故我出不去，不出去怎麼安身段？現在就是想個主意出去，這一關過了，身段好辦。』老爺子吃完飯，該沏茶的時候了，掀開蓋碗，裡頭有一點茶根，就站起來順手一潑，我看他端著蓋碗愣了愣神，就笑著說，『嘖！對啦，有了！』原來他老人家已經想出點子來啦，就是項羽把酒一潑，趁勢出來。」

《霸王別姬》一九二二年二月十五日在北京第一舞台首演，楊小樓飾項羽，梅蘭芳飾虞姬，姜妙香飾虞子期，許德義飾項伯，李壽山飾周蘭，遲月亭飾鍾離昧，李鳴玉飾劉邦，王鳳卿飾韓信，錢金福飾彭越，汪金林飾李左車，演員陣容堅強，演出效果不錯，受到觀眾的熱烈的歡迎。楚霸王項羽同漢軍在九里山一場鏖戰，遭遇十面埋伏。項羽恃勇無謀、不納忠言，一步步陷入敗局。當虞姬向他「勸酒」時，他猛擲酒杯，慷慨悲歌：「力拔山兮氣蓋世，時不利兮騅不逝，騅不逝兮可奈何，虞兮虞兮奈若

何！」傳奇般的歷史故事，英雄美人的主題，悲劇的結尾，彷彿將人們的心緒緩緩帶回到秦朝末年那諸雄並起、分爭天下的年代！楊小樓把霸王的英雄氣概和壯志未酬，梅蘭芳把虞姬的悲哀無奈和忠貞不渝，在一抬手一低吟之間，細細的刻畫出來；含蓄的布景、寫意的臉譜，一點一滴的把豪情和傷感傳遞出來。在優美的「劍舞」之後，美人自刎，英雄垂淚，時隔千載觀眾依舊爲虞姬唏嘘、爲項羽扼腕！

梅蘭芳認爲在《霸王別姬》一劇中，「項羽是一位古代英雄，由於戰略的錯誤，終於被困垓下，自刎烏江。劇本批判他剛愎自用，有勇無謀。……虞姬是一個善良、有見識、富於感情、堅貞不屈的女子，她厭惡戰爭，嚮往和平，她對項羽的愛是無微不至的，爲了愛情，甚至犧牲了性命，她一出場，在定場白裡就用這幾句：『自從隨定大王，東征西戰，艱難辛苦，不知何日方得太平也。』概括的描寫了她厭戰的心情。『回營』一場，她又有這樣一段道白：『月色雖好，只是四野俱是悲秋之聲，令人可慘，只因秦王無道，兵戈四起，塗炭生靈，使那些無罪黎民，遠別爹娘，拋棄妻子，怎的叫人不恨！正是，千古英雄爭何事？贏得沙場戰骨寒！』這就進一步說明了她厭戰的心情是從善良性格上來的。」梅蘭芳據此將虞姬的心情由淺入深地掌握住，並緊緊抓住觀眾的心，直到虞姬拔劍自刎，觀眾才唏嘘嘆息，默然離座！

梅蘭芳將虞姬心情的轉變，歸納爲五個階段：（一）從上場到虞子期進宮以前，因還沒有接觸到戲劇矛盾，是平靜階段，所以情緒上比較從容、安閒。（二）從虞子期進宮報告出兵不利的消息，

梅蘭芳在《霸王別姬》中飾演虞姬

到虞姬一再諫阻項羽發兵無效，在這段戲裡，她好像有一塊石頭壓在心上，是憂慮階段。（三）從項羽被困垓下，戰敗回營，到她出帳散步，由於她所擔心的出兵不利已成事實，除了安慰項羽之外別無良策，是苦悶階段。（四）從太監的探報中，證實了楚國歌聲俱是漢軍所唱，到她舞劍爲止，這時虞姬已知大勢已去，難以挽回，進入緊急階段。（五）最後八千子弟俱已散盡，敵軍四路進攻，虞姬到了生死關頭的絕望階段，再也壓不住自己的悲痛，全部感情盡量發洩出來，直到悲壯自刎。梅蘭芳將演出的角色性格作如此充分的掌握，也難怪虞姬這一生動而鮮明的形象，在舞台上呈現出特殊的魅力！梅蘭芳一生以精湛的表演藝術在戲劇舞台上刻畫出各種不同類型的人物著稱，而這完全得力於他對劇中人物性格的掌握，《霸王別姬》中虞姬是他代表作之一。

劇評家齊崧在《談梅蘭芳》書中就說：「梅老板演戲最要緊的訣竅，在能體會劇中人的性格和當時的心裡。他在抓住這兩個條件之後，就能演出情景逼真、生動感人的場面。別姬一劇稍與他劇不

同之處，厥爲念重於做。要把唱做念的次序，改排爲念做唱。無論是霸王或虞姬，念的成分異常重要。因爲在緊要關節之處，以及劇情轉變樞紐之所在，是靠念來表達的，做表則輔之。至於唱又在其次了。……要注意的是虞姬和霸王的表情是聯合一體的，不能斷章取義。以虞姬來說，無論是暗自私忖，或見機阻諫，或含淚悲歌，都要按著大王的念白或表情一一向台下交代清楚，如此則銜接一氣。有的虞姬是『老西拉胡琴自顧自』。那種表情與念白如同背誦，又怎能傳神阿睹呢！按《霸王別姬》一劇，重心自然是在霸王慷慨悲歌，虞姬舞劍的一場。但最難演的地方還不在此。就虞姬方面來說，帳外閒步的南梆子與舞劍前的二六，唱做都有了定型，有軌道可尋。但在帥旗風折，烏騅長嘶的一場就不同了。虞姬內心情緒上之變化，隨著霸王的念白，可以說是時刻在變化。而這種變化，都要透過虞姬的面目表情，來傳達給觀眾。而這種表情要能把握當口，不前不後，不慍不火。有如生旦合唱快板對口，其間不能容髮。」

另外從梅蘭芳指導他的女弟子杜近芳的演戲過程中，我們更可以看到他對虞姬這個角色的深入。杜近芳在〈梅蘭芳先生教我演虞姬〉一文中說：「先生就從劇本講起，細緻地爲我分析了該戲的歷史背景、虞姬的性格特點以及與項羽的關係等。他說，虞姬既是霸王的臣子、軍事參謀，又是他的愛妃。先生讓我沿著這條線索去理解虞姬，演好虞姬。我在北京演出《霸王別姬》時，先生派人來看，有時還親自觀看，然後對我提出修改意見。比如虞姬一出場，我的身體是正著，而且到台上不敢動。先生指出，你要正出，在『九龍口』亮一個子午相，說明虞姬不僅能文還能武，不然怎麼隨軍打仗？

又如第三場念〔引子〕，原來我念時只是一個聲調，比較平淡，先生告訴我，念『明火蟾光，金風裡，鼓角淒涼』時，語調上要用變化。頭一句：『明火蟾光』要加重語氣，渲染氣氛讀得比較高昂、飽滿。而後一句『鼓角淒涼』則表示虞姬和廣大的老百姓的厭戰情緒，他們希望和平，不願意打仗，所以情緒較低，語調亦隨之發生變化。因此，要表現出特定環境中人物的獨特感受，就要念出感情和人物的心理活動來。接著先生又詳盡地分析道：虞姬對霸王的感情是很深的，『十數載恩情愛相親相依』，說明二人是患難與共的。當項羽聽信和軍派來詐降的李左車之言，一意孤行，起兵發漢時，虞姬好言相勸，然而剛愎自用的項羽聽不進眾將和愛妃的勸阻，率大軍直入九里山，以致中計兵敗。當敗局已定，項羽到了窮途末路之時，虞姬仍以『兵家勝負，乃是常情，何足掛意』來安慰項羽。最後楚歌四起，大勢去矣，曾不可一世的西楚霸王發出了『力拔山兮氣蓋世，時不利兮騅不逝』的慷慨悲歌。面對英雄末路的慘景，又是虞姬強作鎮定，打起精神，為項羽『歌舞一回，聊以解憂』。虞姬此時的心情是非常複雜的，她一面舞劍，一面已作好犧牲的準備，要自刎君前，免得大王掛念。說到這裡，先生略一停頓，繼而又說，你的表演必須建立在對人物深刻的理解上，你所表演的程式動作不僅是技巧，而且包含著豐富的內容的。這段戲的表演有一定的難度，要好好地學。很難設想，一個演員如果沒有發自內心的真誠的感情，沒有為表現這種感情恰當的表演，又怎能感動台下的觀眾。聽了這一席話，我懂得了，戲曲表演藝術，卻原來包括了這麼豐富的內容，我以前把它簡單化了，誤以為只要按照老師的比劃對了，唱準了就行了。從這以後，每演一齣戲，我都先進行分析，掌握了人物的性格，才能更好地創造人物。」

後來在一九五六年，中國京劇院要帶著《霸王別姬》出訪拉丁美洲，梅蘭芳在病中還指示杜近芳說：「在演出這齣戲時，要把握三點：人物塑造的準確性；動作的目的性；故事情節的緊湊性。我說此次演出不帶『霸王烏江自刎』一折，避免戲散，戲收在虞姬舞劍自刎那裡。但虞姬自刎後，又不能像在國內一樣由幾位宮娥一擋，『走屍』下場。那樣霸王的戲無法處理，等於尷尬在場上。梅先生想了想說，你們的表演要加強舞蹈性，舞劍本身就帶有表演性質，你可以走一個『軟僵屍』，然後霸王屈身至前，痛惜悲傷，隨著你們的表演開始拉幕，當霸王伏在你身上時，大幕已閉。這樣處理更含蓄雋永一些，你看怎麼樣？先生說到這裡已是滿頭大汗了，我不忍心再打擾下去，堅持要走，先生擺了擺手，說沒關係，叫我把舞劍的身段再走給他看看，我只好遵命。先生邊看邊對我說，舞劍的動作要精練，『紮四門』要用兩個對稱的動作，一順邊就給人以重複的感覺。說著先生不由得比劃起來，並把動作的要領做出來讓我看。他分析道，虞姬的舞劍動作是有層次變化的。開始是爲了解憂，後來就變成了與之訣別了。當她舞到霸王面前時是強顏歡笑，抑鬱中顯得優美動人；當舞劍背對霸王時，則是自我克制，顯得心情沉重、愁眉冷面，悲劇的氛圍很濃烈。在表演上，要保持美的造型，不能狂舞，要掌握好分寸。」梅蘭芳對劇情及人物性格體驗之深，使他能在表演上刻畫入微。

《霸王別姬》所以受到人們的歡迎，久演不衰，是由於楊小樓和梅蘭芳在舞台上成功的塑造了兩位古代英雄與美人的生動形象，當時編寫劇本是爲他們兩人「量身訂做」的。齊崧說：「在梅老板演出的《霸王別姬》中，初期、中期和晚期的，筆者都看過，他前後曾和四大名家合作過這齣戲。這

梅蘭芳與楊小樓合演的《霸王別姬》

四位是楊小樓、金少山、周瑞安和劉連榮。其中以看楊與梅合演的最多。套一句可口可樂的廣告來說『祇有梅蘭芳與楊小樓合演的別姬，才是眞正的《霸王別姬》。』而以中期合演的最爲標準。因爲小樓與梅老板可謂旗鼓相當，並無倚輕倚重之嫌。他們兩人在台上，各走各的，誰也不用管誰，誰也不必等誰。舉手投足，天然合拍，絲絲入扣。」梅蘭芳自己也曾說過：「我在台上與楊老板（指楊小樓）演這齣戲的時候，從未擔過任何心。手到、眼到分毫不差，誰也不必管誰。但是和別人演的時候就不同了，我就要格外加著小心，隨時注意到對方動作的尺寸，否則就不會嚴絲合縫。一提著心，面目上的表情就有時不能自然，而對全劇減色。就拿霸王慷慨悲歌的一場來說吧，楊老板唱『力拔山兮氣蓋世』那四句的時候，

我和他的動作配合毫不費勁兒，當我們在台前亮相時，我的左手一伸出，他的右手立刻抓住我的左腕，再回過頭來轉向台裡，背影亮相時也是一樣。尺寸上的配合，再好也沒有了，如此，台下怎能不報以滿堂彩呢？」

梅、楊的《霸王別姬》可說是珠聯璧合的絕配，論演技、論扮相等，絕不作第二人想。齊崧就批評過其他與梅蘭芳合作此戲的演員說：「若夫與金少山合演之別姬，金雖然也是碩大聲宏，但於有意無意間總叫人看了略帶三分懈怠。重而不威，蠻而不武。在台風和氣魄上要比楊老板差得多了。與梅在台上不能做到嚴絲合縫，所以梅老板也使不出渾身的解數，徒嘆心有餘而力不足。這齣戲充其量也不過是『竇爾墩』別姬，不帶著項羽的兩步兒走，看起來倒有些坐地分贓的味道兒。至於梅老板與周瑞安的別姬則更等而下之矣。周完全以武生姿態出現，毛手毛腳，動作粗俗，毫無霸王之氣概。若不是打了臉的話，還許以爲是黃天霸別姬咧！梅之用周，多半是在營業戲裡臨時拉夫造成的場面。梅老板演這種戲等於是活受洋罪。有如一位名舞小姐在拖黃包車，爲的是大洋錢，又有什麼辦法呢？梅老板的晚年欲求與以上三人合演，已是不可得了。武生泰斗楊小樓已經物化，金少山也歸了天。所以晚年在上海天蟾演出，祇有與當年隨其去美時的矮腳霸王劉連榮合演了。劉爲富連成社第二科學生，身上自然規矩俐落，然以個頭兒不夠高，嗓子又無炸音，所以有些地方，無從發揮項羽那分蓋世無敵的氣概。在台上完全要看著梅老板的眼色行事，所以只有招架之功卻無還手之力，在高潮處激不起觀眾的情緒。根據筆者的經驗，祇有專看蘭芳一人表演而忽略了對方。這樣就顯得不夠刺激。這簡直是

『姬』別霸王，哪裡是霸王別姬呢？」同樣地，自從和梅蘭芳拆夥後，楊小樓雖與其他旦角如雪艷琴、陸素娟、新豔秋合演過《霸王別姬》，但都比不上梅蘭芳的虞姬，能襯得出楊小樓的「霸王」的英雄落魄情景。

其實和梅蘭芳合演《霸王別姬》除楊小樓外，先後尚有六個演員。一九二二年梅蘭芳率承華社赴香港演出時，因《霸王別姬》是新排演的戲，港方要求演唱此劇，但楊小樓患病，未能同行。遂特邀武生沈華軒配演霸王一角。一九二三年梅蘭芳再次去滬演出，著名武生周瑞安時在上海，由他與梅蘭芳合作演此劇數場。第四個與梅蘭芳配演霸王的是花臉演員金少山。當一九二六年梅赴上海演出此劇時，戲院老闆原預備約當地武生楊瑞亭飾項羽，梅蘭芳認爲楊瑞亭的武功和戲路雖值得佩服，但嗓音太細，個子瘦長，不適合出演霸王。當時金少山是上海戲院的班底演員，梅蘭芳見他身高一米七八，嗓音響若洪鐘，聲震屋瓦，遂而選定由金少山配演此角。一經演出，果然聲容俱佳，眞是叱吒風雲、氣勢磅礴，大受歡迎。金少山從此紅遍全國，並博得了「金霸王」的美號，被公認爲是楊小樓以後最理想的霸王。著名花臉演員劉連榮，自一九二九年加入梅蘭芳的承華社後，多年與梅蘭芳合作，凡一般演出此劇時，項羽一角多數由劉連榮配演，赴國外演出，劉連榮均隨去。一九五五年梅蘭芳拍攝舞台藝術片中《霸王別姬》一劇，即由劉連榮演霸王，別具風采。一九四九年末梅蘭芳在上海中國大戲院演出，爲了精簡節約，未從北方邀去很多演員，而是就地取「材」。戲院負責人說只有花臉演員汪志奎可用。當時尚有人反對，恐汪志奎難服眾望，但梅蘭芳仍決定由他配演霸王。著名京劇表演藝術家袁世海，早年即與梅蘭芳配演過霸王，新中國成立後，在一些招待會和晚會上以及一九五六年赴日

本演出時，袁世海均多次與梅合演此劇。與梅蘭芳合作演出《霸王別姬》的七個霸王，前三個是由武生飾演的，後四個是由花臉演員飾演的。但正如齊崧所說的，眞正道地口味的還只有楊小樓與梅蘭芳的《霸王別姬》，才是經典之作。

梅歐閣裡傳佳話

張謇・梅蘭芳・歐陽予倩

張謇（一八五三—一九二六）是中國近代史上一位具有重要影響的人物。胡適在《南通張季直先生傳記》的序中，就曾指出：「他獨立開闢了無數新路，做了三十年的開路先鋒，養活了幾百萬人，而影響及於全國。」張謇是中國近代實業家、教育家。字季直，號嗇庵，江蘇南通人。清光緒甲午科（一八九四）狀元，授翰林院修撰，時值中日甲午戰爭新敗，鑑於當時政治革新無望，他決心投身興辦實業和教育。一八九五年他在南通開始創辦大生紗廠。後又舉辦通海墾牧公司、大達輪船公司、復新麵粉公司、資生鐵冶公司、淮海實業銀行等企業，並投資江蘇省鐵路公司、大生輪船公司、鎮江大照電燈廠等企業。並先後創辦通州師範學校、南通博物苑、女紅傳習所等。他認爲實業、教育才是一國「富強之大本」。他曾參與發起立憲運動，一九〇六年成立預備立憲公會，一九〇九年被推爲江蘇諮議局議長，爲清末立憲運動主要代表之一。辛亥革命後任南京臨時政府實業總長但並未就職，他擁護袁世凱，並組織統一黨與國民黨對抗。一九一三年任袁政府農商總長，一九一五年因不滿袁世凱公然恢復帝制，始辭職南歸。在南通繼續辦理實業和教育，提倡尊孔讀經，抵制新文化運動。一九二五年大生紗廠因虧損嚴重被接管，次年八月病逝。著有《張季子九錄》、《張謇函稿》、《張謇日記》、《嗇翁自訂年譜》等。

張謇在以恢宏的業績成爲中國早期現代化事業的開拓者的同時，他也傾心傾力地提倡戲劇改革和戲劇教育。其實早在二十世紀初，張謇就曾提出吸收西學、改革舊文化的主張。當代著名的戲劇理論家張庚教授在《張謇與梅蘭芳》一書的序中說：「做爲我國近代先驅者的嗇公，晚年猶致力於『建

張謇肖像（時年六十五歲）

設一新世界雛型』，即以南通自治之成就示範全國。他是實業與教育並舉。而戲劇，『不僅繁榮實業，抑且補助教育之不足』，故擬在南通也把戲曲事業開創起來。季直先生雅好崑曲、京劇，然對舊戲曲之弊病亦深有體認。他認爲，戲曲之發展，『訂舊』與『啓新』二者不可缺一。『訂舊從改正腳本始，啓新從養成藝員始。』人才是關鍵。沒有新的藝術人才就不可能有新的戲曲藝術。所以他既要建造新式劇場，還要興辦新式戲曲教育。」

張謇是晚清時「恩科」狀元，有著很深的文學造詣，對於戲劇也有獨到的見解。一九一四年張謇與梅蘭芳初識於北京，當時，張謇任北京政府的農商總長兼全國水利局總裁，梅蘭芳在戲劇界聲名鵲起，馳譽京滬。而梅蘭芳在一九一三、一四年兩次赴上海演出後，決心改良舊劇，創演新劇，塑造新的舞台形象。梅蘭芳在《舞台生活四十年》談到這個因由時說：「我初次由滬返京以後，開始有了排新戲的企圖，過了半年，對付著排出了一本《孽海波瀾》。等到二次打上海回去，就更深切了解了戲劇前途的趨勢是跟觀眾的需要和時代而變化的。我不願意還是站在這個舊的圈子裡不動，再受它的拘束。我要走向新的道路上去尋求發展，我也知道這是一個大膽的嘗試，可是我已經下了決心放手去做，它的成功與失敗，就都不成爲我那時腦子裡所考慮的問題了。」張謇愛惜人才，樂於獎掖後進，對梅蘭芳的謙誠及良好的藝術素質，更加讚賞，曾多次寫詩給他，以示鼓勵。一九一六年十月梅蘭芳

第三次赴滬演出，張謇聞訊，也來上海，命人持函約梅蘭芳相見，梅覆函應允拜會。會見當日，張謇借友人住宅設宴款待，同赴宴會的還有王鳳卿、姜妙香、姚玉芙等人。張謇稱讚梅蘭芳演藝的精進，同時對他的《黛玉葬花》劇中〈看西廂〉一段的一些細節提出質疑。由此看出張謇對梅蘭芳在演藝方面的見解，還是很內行的。

張謇崇尚教育救國，他看中了戲曲通俗娛人、開啓民智的特殊作用，因此早就著意於辦戲校，造劇場。但此事必須由內行的人來操辦，張謇首先想到的是梅蘭芳。張庚教授認爲，其時，張謇雖認識梅蘭芳已有四年，從北京到上海，多次觀賞過梅蘭芳的演出，且私下也略有接觸。張謇認爲：在南北梨園界，梅蘭芳是最有希望的青年。他不僅看重梅蘭芳的天賦條件和藝術才華，還十分喜愛梅蘭芳的溫潤謙誠的品性，視梅蘭芳如「赤水之珠，瑤華之玉」，並有決心：「願將香海雲千斛，常護阿難戒體清。」直把梅蘭芳當作自己的弟子，要常加呵護，以助其成功。因此在一九一七年七月張謇贈梅蘭芳詩中就有「老夫青眼橫天壤，可憶佳人只姓梅。」的句子。張謇爲辦戲校，曾多次寫信給梅蘭芳，就師資、學員、經費、教育等

梅蘭芳小影（時年二十六歲）

方面跟梅蘭芳反覆商討，其中有封信說：「世界文明相見之幕方開，不自度量，欲廣我國於世界，而以一縣爲之嚆矢。至改良社會，文學不及戲劇之捷，提倡美術，工業不及戲劇之便，又可斷言者。」一九一七年十月他致梅蘭芳函更云：「吾友當知區區之意，與世所謂徵歌選舞不同，可奮袂而起，助我成之也。」梅蘭芳也深知此事的重要，然因當時的心思全在舞台藝術上，又有畏難的情緒，因此婉言謝絕了張謇的邀請。後來辦戲校這事就由歐陽予倩來承擔了。

歐陽予倩（一八八九—一九六二）原名歐陽立袁，原籍湖南瀏陽人。一八八九年五月一日出生於書香官宦家庭。祖父歐陽中鵠曾任廣西桂林知府，是晚清著名學者。當年戊戌變法的主要人物譚嗣同、唐才常都是他的學生。所以歐陽予倩從小就受到良好的古文教育和維新派思潮的影響。一九〇四年他赴日本留學，先後就讀於成城中學、明治大學商科、早稻田大學文科。在日本學習期間，他苦讀在校課程，還抓緊時間飽讀易卜生、莫里哀、莎士比亞等世界大師的劇作，以及日本現代作家菊池寬、武者小路篤實等人的作品。在表演藝術方面，他曾向以細膩表演著稱的日本著名演員河合武雄學習。一九〇七年在東京加入中國最早的話劇演出團體——春柳社，與李叔同（即弘一法師）及其他成員，共同演出了由曾孝谷根據斯托夫人的小說《湯姆叔叔的小屋》編創的話劇《黑奴籲天錄》。這是中國人演出的第一個完整的話劇，當時也稱爲「文明新戲」。一九一一年回國，組織新劇同志會、文社、春柳劇場等新劇團體，成爲中國話劇運動的開拓者之一。

大約在一九一二年間歐陽予倩來到上海，起初他在上海恢復留日時期創辦的「春柳社」，致力新劇。後來他對京劇發生了興趣，曾加入「春雪社」票房，和江夢花、林老拙、吳我尊、王頌臣、羅亮

生、朱鼎根等人一起研究京劇。「春雪社」的教師是邵濟舟，琴師是張翰臣，歐陽予倩的戲是學的余紫雲（清末名旦、余叔岩的父親）那一派，他因爲林老拙的關係而有機緣得當時在上海作寓公的票友林紹琴指點。林紹琴是福建人，曾正式拜余紫雲爲師，得余眞傳。同時歐陽予倩的戲也得到過名旦陳祥雲的指點，也曾向吳我尊學過京劇，他和吳我尊是留日的同學。一九一五年歐陽予倩下海，成爲京劇職業演員，初臨丹桂第一舞台，後搭亦舞台和天蟾舞台，演唱的都是余紫雲那派的青衣正工戲，如《玉堂春》、《祭塔》、《祭江》、《落花園》、《教子》、《彩樓配》等。後來應夏月潤之邀，參加九畝地的新舞台，開始編排新戲，尤多取材於《紅樓夢》劇目，如《葬花》、《補裘》、《撕扇》、《送酒》等，俱做古裝，別開生面，使當時的京劇觀眾耳目爲之一新。陳祥雲和他同台配戲，讓演出更是生色不少，尤以《黛玉葬花》一劇最負盛名。歐陽予倩還在從不演唱京劇的外國人開的「謀得利」戲院演出過，當時報上讚揚他：「嗓音極佳，即剛且雋，雖扮相平平不及梅，好在歐戲注重做工表情，不以色媚人。」此時歐陽予倩聲譽日隆，與梅蘭芳不相上下，遂有「南歐北梅」之稱譽。梅蘭芳在《舞台生活四十年》曾經談到：「我是在北京排『葬花』，上海也有一位排『葬花』的，就是歐陽予倩先生了。我們兩個人一南一北，對排紅樓戲，十分有趣。」但據曹聚仁說梅蘭芳演的只有《黛玉葬花》、《千金一笑》、《俊襲人》、《怡紅群芳開夜宴》四齣，而歐陽予倩演出的有《晴雯補裘》、《黛玉葬花》、《饅頭庵》、《寶蟾送酒》、《鴛鴦剪髮》、《黛玉焚稿》、《負荊請罪》等九齣，遠超過梅蘭芳。

歐陽予倩小影（時年三十歲）

這時期，歐陽予倩不僅編演京劇紅樓戲，還同時演出話劇，而且不時發表自己對戲劇發展的看法。一九一八年歐陽予倩在上海日本人辦的《訟報》上發表了〈予之戲劇改良觀〉一文，他在文中除感慨「今日之劇界腐敗極矣」之外，還提出了改革的主張：一是劇本「貴能以淺顯之文字，發揮優美之思想」。他認爲「劇本應當有美的具體化的情緒，有適合時代的中心思想，有詩的文辭，劇的行爲，有鮮明的性格，有表演的技巧，須求整個的完成，不取片段的齊整。」二是「須養成演劇之人才」，組織俳優養成所，募集十三、四歲學童訓練之。他的第二條意見正好與張謇不謀而合。張謇知道歐陽予倩藝通中外，又對創辦戲校有一套設想，於是就派人邀請歐陽予倩到南通晤談。一九一九年五月歐陽予倩應邀赴南通，商談後，歐陽予倩接受張謇聘請到南通創辦伶工學社。

張謇對邀請歐陽予倩來主持伶工學社校務，是寄予厚望的。他在給梅蘭芳的信中就這樣寫道：「予倩文理事理皆已有得，意度識解，亦不凡俗，可任此事。」可見他對歐陽予倩的學識、人品和才幹是相當滿意的。因此，張謇給予了歐陽以極大的信任，先是派他偕薛秉初等人上北京爲伶工學社招收學員，接著又前往日本考察新式劇場及管理制度。回國後，讓他主持伶工學社的校務工作，又負責對更俗劇場的圖樣審定。更俗劇場落成後，又由他主持制定了劇場的規章制度，全面負責劇場的行政管理。而歐陽予倩也深感張謇對他的器重，遂以自己卓越的才識和踏實的工作，把伶工學社和更俗劇

場的工作搞得有聲有色。

南通伶工學社初創時，只側重崑曲，延清末南方崑曲名旦施桂林任教。歐陽予倩到校後，改以教授京劇爲主。並進行改組，張謇掛了個校長名義，由歐陽予倩任副校長，負責實際工作，兼教青衣和新劇，吳我尊擔任教務主任，戚豔冰擔任訓育主任兼編導，趙玉珊講中外戲劇史，聘請名家趙桐珊（芙蓉草）、馮春航（小子和）、高秋萍、潘海秋等人爲教授兼編導。教師有教老生的程君謀、張彥芝，教文武老生的張榮奎，教武生的張德祿、周慶恩，教老旦的文容壽，教武旦的水上飄，教花臉的劉鐘林，教丑角的賀雲祥，以及潘海秋兼教小生，馮子和兼教花旦，施桂林、薛瑤卿、陳阿寶教崑曲，此外還聘請劉質平、潘伯英教音樂，陸露沙教美工，和一位女教師教舞蹈，可謂行當齊全，人才濟濟。

南通伶工學社可說是中國最早的一所培養京劇演員的新型學校。它不同於舊科班的地方，是採用現代教學方法。歐陽予倩親自擬訂了學校簡章和各種制度，他宣佈伶校是「爲社會效力之藝術團體，不是私家歌僮養習所」；「要造就戲劇改革的演員，不是科班」，學校並廢止任何體罰。學制爲七年，五年畢業，實習義務二年。招收學生年齡十一歲至十三歲，要求有高小文化程度。歐陽予倩創辦伶校，是爲了改革舊劇、創造新劇，培養一批有思想、有知識的演員。因此在課程設置方面，是戲曲專業教育與文化教育並重。根據扶海生〈南通「伶工學社」追憶〉一文（一九三八年十月二十日《十日戲劇》三十五期）說：「科分：崑曲、京劇、音樂（國樂、洋樂）、新劇（話劇）。此外兼

張謇創辦南通伶工學校中的更俗劇場

授國文、洋文、書畫（國畫、洋畫、臉譜）、中外戲劇史、珠算、時事常識各課。星期日下午在校，彩排實習，每朔望，赴『更俗』演日戲二次。自八年（一九一九年）起，每晚令高級生赴『更俗』輪演。逢新戲則全體合演。」

　　而歐陽予倩爲了讓課堂教學與舞台實踐兩相結合，在創辦伶工學校時，就著手劇場的建造。劇場建在南通桃塢路西端，於一九一九年夏天動土，劇場有兩層，約一千二百個座位。以日本、上海的新式劇場爲參考，其設備在當時確屬第一流的。同年重陽節劇場落成，取名「更俗劇場」，意思是除舊佈新，移風易俗。劇場台前掛有張謇所書的對聯曰：「眞者猶假假何必非眞，看諸君粉墨登場領異標新，同博尋常一笑粲；古或勝今今亦且成古，歎三代韶音如夢窮本知變，聊應斟酌百家長。」另有其子張孝若的對聯曰：「好樂其庶幾，鐘鼓之聲管籥之音，請言乎與人與眾；立方以感善，鄉里之中閨門之內，同聽者和順和親。」將寓教於樂的深意，表現其中。

　　一九一九年十一月，更俗劇場舉行開幕儀式，張謇特地邀請梅蘭芳劇團擔綱演出。他雖然曾婉謝張謇邀他主辦戲校，但對張謇籌建戲校的舉措是很支持的，如今張謇邀他作開幕演出，當即欣然應承。當時他正在漢口大舞台演出，演唱完後，馬上與朱素雲、姜妙香、姚玉芙以及齊如山、許伯明等

坐上江輪直達南通。當夜，張謇就設宴為梅蘭芳一行接風。

第二天，張謇請梅蘭芳一行參觀伶工學校和更俗劇場。梅蘭芳稱讚伶工學校在那時南方，是開風氣之先，唯一的一個訓練戲劇人才的學校。接著，歐陽予倩陪同梅蘭芳一行參觀更俗劇場，當前台經理薛秉初把梅蘭芳、歐陽予倩等人迎到這裡，梅蘭芳一抬頭就看到了高懸著的「梅歐閣」橫匾，並且認出乃出於張謇的手筆，對張謇如此的厚意十分感動。步進屋內，左右壁上掛了梅蘭芳和歐陽予倩的照片，以示珠聯璧合。旁邊還掛有一副張謇自撰自書的對聯：「南派北派會通處，宛陵廬陵今古人。」南派、北派指歐、梅各自代表的京劇南北兩派，宛陵是指宋代詩人梅堯臣，廬陵指宋代詩人歐陽修，下聯以梅堯臣、歐陽修的籍貫暗切梅蘭芳和歐陽予倩的姓氏，張謇以這種獎掖方式，倡導和衷共濟，促進南北藝術之交流、融通，才有利於戲曲事業的繁榮進步。「伶史同與時代新，領袖正須英絕人。」在張謇心目中，梅蘭芳與歐陽予倩都是能把戲曲推向新時代的英傑。據張謇之子張孝若解說，張謇之所以建此梅歐閣，是認為「梅蘭芳、歐陽予倩的各樹一幟」，「有調和聯合、共圖中國戲劇改良、光明藝術之必要」。而梅蘭芳也回憶說，這個梅歐閣乃

張謇為梅蘭芳與歐陽予倩同台演出而建的「梅歐閣」

歐陽予倩在《饅頭庵》中的造型

歐陽予倩與梅蘭芳同台演出的《思凡》當中，歐陽予倩的扮相

是張謇爲了「紀念」他和歐陽予倩兩位的「藝術」而設的。可見，張謇是將歐陽予倩與梅蘭芳看作他的左臂右膀的。張謇還作一詩來表達其中含意，詩云：「平生愛說後生長，況爾英蕤出輩行，玉樹謝庭佳子弟，衣香荀坐好兒郎。秋毫時帝忘嵩岱，雪鷺彌天足鳳凰。絕學正資恢舊舞，何君才藝更誰當。」

那天晚上即舉行開台演出，梅蘭芳的戲目是《玉堂春》。梅蘭芳、歐陽予倩同台獻藝十日。在十天光景裡，與梅蘭芳同台的有王鳳卿、姚玉芙、魏蓮芳、李壽山、姜妙香等，演的戲碼有崑曲《佳期》、《拷紅》、《思凡》，新排的京戲《嫦娥奔月》、《木蘭從軍》、《千金一笑》等。特別有意思的是，梅蘭芳和歐陽予倩同台演出了《思凡》、《琴挑》等名劇。梅蘭芳雍容端莊，圓潤甜美，歐陽予倩淡雅俊美，清越舒展，各具風格，張謇的兒子張孝若形容是：「二妙一

台收，陽春白雪流。」而觀眾也目睹了「南歐北梅」的多姿風采。一九二〇年一月十三日，張謇在日記寫道：「觀浣華（即梅蘭芳）《葬花》、予倩《送酒》，可謂異曲同工。」此外，張謇在看了歐陽予倩演出的《送酒》、《愛情之犧牲》、《饅頭庵》、《一念之差》和《青梅》等劇及梅蘭芳演出的《葬花》、《驚夢》、《千金一笑》、《女起解》、《鬧學》、《木蘭從軍》、《嫦娥奔月》、《奇雙會》、《醉酒》、《琴挑》時，都分別寫下〈傳奇樂府〉以抒其觀後之感想。一些戲劇愛好者，也以雋詞妙句稱頌。張謇爲此編印了《梅歐閣詩錄》記此盛事。

梅蘭芳在《遊園驚夢》中的造型

梅蘭芳在南通的演出十分轟動，劇場天天爆滿，張謇本想多留梅蘭芳幾天，無奈他已接受了上海方面的邀請，只能依依不捨地離開南通。一九二〇年一月二十四日，梅蘭芳仍由大和輪送至浦口，臨行時，張謇及地方士紳送至城外「候亭」（張謇爲梅蘭芳來南通而趕建的），並有〈候亭送梅郎二絕句〉詩云：「昨日來時江有風，今朝歸去日融融。天意爲郎除恐怖，明年歡喜到南通。」及「緣江大道接郊坰，碧瓦朱楣跨候

歐陽予倩與梅蘭芳同台演出的《琴挑》當中，梅蘭芳的扮相

梅蘭芳在《春香鬧學》中的造型

亭。今日送人開紀念，平原草白麥苗青。」兩首詩。

同年五月二十六日，梅蘭芳第二次到南通，同行的還有王鳳卿，仍是張謇派專輪去迎接。這次梅蘭芳在南通只演出三天，劇目有《天女散花》、《玉簪記》、《黛玉葬花》、《嫦娥奔月》等，二十九日晨便因祖母電促匆匆離開。梅蘭芳寫了三首唱和詩，感謝張謇的情意。其中一首寫道：「積慕來登君子堂，花迎竹戶當還鄉。老人故自矜年少，獨愧唐朝李八郎。」另一首寫道：「公子朝朝相見時，寓中日影到花枝。輕車已了尋常事，接坐方驚睡起遲。」第三首是：「人生難得是知己，爛賤黃金何足奇。畢竟南通不虛到，歸裝滿篋嗇公詩。」對張謇的厚愛，充滿感激之情。兩年後，一九二二年六月十日梅蘭芳第三次到南通，當晚即演出一場，次日又連演兩場，因正

在組織「承華社」的事務緊迫，演出後，即離開南通返京。此行主要是爲慶賀張謇七十大壽，雖然來去匆匆，但張謇還是陪梅蘭芳參觀了伶工學社的新校舍。

張謇與梅蘭芳最後一次晤面是一九二四年初，張謇因事去上海，恰逢梅蘭芳在滬演出。應邀連看三場，劇目依次是《紅線盜盒》、《霸王別姬》和《洛神》。張謇看後連連稱讚梅蘭芳的藝事精進及其塑造舞台形象的超凡能力，並對三劇中待完善之處，提出了商榷意見，尤其對《洛神》一劇，從排場、語言到道具等處均涉及到，希望它成爲神話歌舞的開創性作品。一月十七日張謇離上海回南通後，又寫下〈喜晤浣華旋別〉詩一首贈給梅蘭芳。梅蘭芳早有赴美演出計畫，他曾寫信徵求張謇的意見，張謇回信說：「此行爲名爲利，須先審定；即云爲名，爲一人之名，爲一國之名，須先審定；爲一人之名，則助少效薄，爲一國之名，則助多效大，須審定。須知何劇合歐美人觀念心理，不宜單用二黃。劇本恐須改編，不合外人觀念的，須刪節潤色。」許多層面張謇都想到了，可見他是如何高瞻遠矚的。一九二四年，張謇還特爲梅蘭芳擬定了「出行大要」十四款，囑望梅蘭芳此行「能代表一國之美藝」，爲國爭光。可惜的是梅蘭芳後來延遲出訪，等到他一九三〇年訪美成功歸來時，張謇已辭世四年矣，沒來得及共享他的榮耀。

一九二六年八月二十四日，張謇因病去世，噩耗傳到北京，梅蘭芳當即致電其子張孝若：「太翁仙逝，至深哀悼，謹唁。」唁電雖極簡短，但失去一位彌足敬重的良師益友，梅蘭芳心中的悲傷，是難以用文字來表達的。

一九二六年歐陽予倩在廣州

張謇與梅蘭芳相識相交於那個年代，儘管他們各自的社會角色不同，年齡也相差近四十歲，但客觀條件的差異，並未妨礙他們為弘揚傳統戲曲藝術而建立起的情誼。他們這段忘年之交，迸發出的美好燦爛的光芒，促進了中國傳統戲曲藝術的改革發展，無疑是他們交往中最可寶貴的。

反觀之，歐陽予倩在南通主持校務三年，這是他對京劇改革的初步實踐，但在當時的社會，他的主張必然遇到曲折和障礙。在他和張謇友誼甚篤之時，就有不期之憂。一九一九年十二月，歐陽予倩給袁寒雲的信就有「懼不克終」的字眼，沒想到卻一語成讖，在一九二一年底，歐陽予倩終於懷著極端失望的心情，把校務交給了吳我尊，毅然離開南通，重返舞台。他在《自我演戲以來》一書中不無感慨地說：「我到南通住了三年，本抱有幻想，不料一無成就，……唯有抱著無窮的煩悶，浮沉人海而已！」

究竟是何原因，使得張謇與歐陽予倩終至不歡而散、分道揚鑣呢？歐陽予倩在《自我演戲以來》書中說：「張季直待我不錯，我也以長者尊敬他。不過彼此思想很有距離，他到底不失為狀元紳士，我始終不過是一個愛演戲的學生罷了。」學者欽鴻則指出兩人的思想差距：「張謇言之鑿鑿，他要改

的主要是舊劇中『地理歷史』方面的『舊之謬誤』和『風俗人事』方面的『舊之卑劣粗惡』，可見其主張更多的還是一種戲劇的改良，而不是根本性的改革；他所提倡的是『通俗之教育』和『勸懲』（即勸善懲惡）。而歐陽予倩則不然，他十分強調戲劇『代表一種社會，或發揮一種理想，以解決人生之難問題，轉移謬誤之思潮』，也即注重戲劇的教育作用、對於社會人生的干預作用。因此張謇與歐陽予倩兩人的合作，一開始就隱藏著深刻的矛盾，只是當時爲改革舊劇的共同熱忱所掩蓋而已。但隨著合作的深入、事業的進展，這種矛盾的愈益突出而尖銳，是勢所必然的了。」

除此而外，學者欽鴻更提出了張謇與歐陽予倩在藝術趣味上是有所歧異的，他說：「歐陽予倩先學話劇後攻京劇，而且比較注重藝術上的革新，敢於大膽突破陳規，以順應時代要求。而張謇則比較喜歡梅蘭芳端莊典雅、優美俊秀的表演風格和精雕細刻、嚴謹唯美的藝術追求。因此儘管如張孝若所說，張謇『對於梅蘭芳、歐陽予倩的各樹一幟，都覺得有調和聯合、共圖中國戲劇改良、光明藝術之必要』，但從個人的藝術趣味來說，張謇在梅蘭芳與歐陽予倩兩人中顯然更喜歡前者。故而他在考慮伶工學社主持人的人選時，首先想到的就是梅蘭芳，後來之所以會定爲歐陽予倩，完全是因爲梅蘭芳未予應允，他在不得已之下才退而求其次的。在歐陽予倩主持伶工學社和更俗劇場期間，張謇仍然與梅蘭芳頻頻通信，向他通報情況，與他討論問題，還一再邀請他赴南通演出。一九二〇年二月六日，他更致函梅蘭芳，表示打算聘任梅蘭芳爲『伶工學社名譽主任』。由此可見，他縱然已經與歐陽予倩攜手合作，但從他內心裡說，梅蘭芳仍然最佳人選。反而言之，這其實也透露出他對於歐陽予倩的某

歐陽予倩（左）於一九五六年與梅蘭芳合影

種不滿意。」於是後來有人在張謇面前屢進讒言，挑撥他與歐陽予倩之間的關係；有人妖言惑眾，煽動不明眞相的著名演員蓋叫天尋釁鬧事；還有人暗箭傷人，背地裡寫信攻擊歐陽予倩是「亂黨」，如此等等。這就使歐陽予倩忍無可忍而萌激流勇退之意了。

雖是如此，歐陽予倩主持南通伶工學校校務後，培養出一批比較優秀的人才。如李錦章（即梅蘭芳五大弟子李斐叔，後爲梅蘭芳的秘書）、戴衍萬（南通人，歐陽予倩劇作《人面桃花》的最早演出者，後來改行，做了電影演員）、葛准（先學武生，後改小生，臨張季直書極神似，演《人面桃花》劇中小生，以能當場揮毫而聞名，離校後改名「次江」。滬戰期間，曾在歐陽予倩領導的「中華劇團」演唱改良平劇）、林守治（南通人，原學青衣，後從趙桐珊學花旦，離校後改名秋雯，旋去北京拜王瑤卿爲師，曾與荀慧生、馬連良合作，名噪一時）、趙培壽（即解放前長期在上海黃金大戲院搭班的趙志秋，原學老生，後師趙桐珊改唱小生）、汪家德（南通伶工學校出身的唯一丑角，始終留在南通，是更俗劇場——今人民劇場的基本人員）。歐陽予倩還是功不可沒的。

儘管如此，在梅歐閣建成四十年之後，也就是一九五九年的七、八月間，梅蘭芳和歐陽予倩都曾題詞、題詩予以紀念。他們回憶著四十年前，同在南通同台演劇的情景，往事歷歷，如在目前，正如梅蘭芳的題詩中寫道：

南通佳氣多氤氳，人民政府舉政勤。故場重修梅歐閣，馳書千里來徵文。
文拙才微不得辭，新陳跡象縈我思。四十年前建閣初，客遊是邦周覽之。
憶昔我與歐陽子，後先見招皆莅止。粉墨生涯二人同，笙簧格調諸公喜。
有鄉先生能賞音，折節交到忘年深。爲題小閣揮巨筆，欲使輕材登藝林。
宛陵廬陵兩宋賢，託古姓氏以喻今。斯際我儕識宏奬，悚惶詎免望於心？
自從奔波淹歲月，消息不聞聽消沉。幸哉盛世老獲睹，天清地寧咸鼓舞。
昔也衣冠優孟輕，今也教育師資伍。滿眼萬端經緯新，工農生產躍進眞。
六億黎元欣作主，五洲兄弟倍情親。誰云滄海一粟渺，鞠部有責爲功臣。
鯫生齒衰敢懈怠？日沾雨露回青春。南通人民意何厚？搜羅寵眷及兩叟。
誠知愛閣由愛人，勖其效忠明時久。我爲此事頻蘊結，光榮黨與往者別。
淺言還報出肺肝，感惠揚仁不須說。歐陽吾友仍康強，大家庭中俱就列。
貢獻常忘艱巨增，辛勞復可晨昏徹。凡百遵循黨領導，區區素志堅如鐵！

從題詞、題詩中，我們可以親切感受到梅、歐之間的深厚友誼以及兩位大師爲中國戲曲事業奮鬥終身的執著信念。

而原於一九一九年建立的更俗劇場，在解放後更名爲人民劇場。一九九六年，因城市規劃建設而拆除。二〇〇二年九月重建落成，十月十五日新的更俗劇院舉行了梅歐閣紀念館開館儀式暨「大師風采・藝壇豐碑」展覽開幕式，紀念著三位藝壇前輩的深厚友誼。

盡道人間幾度聞

梅蘭芳的訪美之行

打漁殺家

長期以來，中國戲曲儘管以其獨特的藝術魅力，擁有廣大的觀眾群，但在國際的交流上卻是非常有限的。十八世紀僅有少數的文學劇本，如元雜劇《趙氏孤兒》等被傳到歐洲。身爲梅蘭芳的編劇及有著遠見卓識的戲曲活動家齊如山，爲使中國戲曲走出與「世」隔絕的境地，他多方奔走、積極籌劃，最後終於促使梅蘭芳一九一九年和一九二四年的訪日、一九三〇年的訪美，這無疑地在推動中國戲曲文化交流上扮演著先驅者的角色。

其實早在一九一五年秋季，由北洋政府交通部路政司司長劉竹君的推薦，外交部邀請梅蘭芳在其爲美國友人舉辦的京劇晚會上演出。梅蘭芳演出了剛剛編演不久的古裝歌舞劇《嫦娥奔月》，並以其新設計的服飾、髮型，載歌載舞的表演，贏得在場三百多名美國觀眾的讚賞和掌聲。他們第一次欣賞和領略到如此精湛的中國戲劇的藝術表演。此後，來到北京的各國外賓和遊客，除了遊覽長城之外，又多了一項活動，那就是「觀梅劇」。後來，美國駐華公使保爾·芮恩施（Paul Reinsch）在中國總統徐世昌爲其舉行的餞別會上發表演講，特別提出：「若欲中、美國民感情益加親善，最好是請梅蘭芳往美國去一次，並且表演他的藝術，讓美國人看看，必得良好的結果。」芮恩施的演講似乎並未引起大部分人的重視，大家都以爲不過是個笑談而已，但此話由葉恭綽傳到了齊如山耳朵之後，齊如山相信梅蘭芳如果訪美一定能獲得成功，並將推動美國人對中國京劇藝術的了解。而梅蘭芳本人也覺得這件事對於促進中美文化藝術交流是有幫助的，只是他有點擔心自己的本領不夠，後來經過朋友們的鼓勵，才逐漸堅定了赴美演出的決心。有關梅蘭芳赴美的詳細情形，後來由齊如山口述，女兒齊香整理成《梅蘭芳遊美記》一書，有詳細的記載。

梅蘭芳的訪日是應日本文化界、藝術界的邀請而去的；而訪美之行卻是主動出擊的。齊如山說：「自動出去是自己主動宣傳文化，較被人約請更冠冕。不過自己出去，沒有錢，沒有門路，沒有接洽，是不能成行的。」於是，梅蘭芳和他的朋友們開始爲赴美演出做各種準備。首先，是要聯繫演出劇場。中國方面提出的條件是：一、劇場主人，須以禮相聘，並用最好的禮儀對待梅蘭芳；二、須給梅蘭芳自由輟演權；三、劇場的身分，須夠高尚；四、劇場不要太大，因爲恐怕不容易滿座；五、劇場主人不可抱完全營業的目的。對於主要以商業經營爲目標的美國劇院來說，「不可抱完全營業的性質」等條件無疑是比較苛刻的，所以花費了很長時間都沒有聯繫到劇院。後來，燕京大學校長司徒雷登博士（Dr. Stuart）偶與紐約戲劇界人士哈布欽斯（Hapkins）談起此事，哈布欽斯非常痛快地說：「梅君到美國來，可以在我的劇場裡演出。只要能夠溝通兩國的文化，我就心滿意足了！至於金錢嘛，我是不在乎的。」儘管梅蘭芳後來赴美並沒有在哈布欽斯的劇場裡演出，但哈布欽斯的允諾使得梅蘭芳訪美之行得以實現。

演出場地的問題落實之後，梅蘭芳和他的朋友們開始準備赴美演出的宣傳品。齊如山同美國的新聞界聯繫，通過美國駐華使館寄去梅蘭芳的劇照，在美國廣泛宣傳。另外他們還準備了非常完整的京劇譜及資料。齊如山以四、五個月的時間撰寫了《中國劇之組織》一書，分「唱白」、「動作」、「衣服」、「盔帽」、「鬍鬚」、「臉譜」、「切末」、「音樂」等八個部分，全面介紹京劇的表演、唱腔、樂器、服裝與化妝、舞台裝置等等，並且配之以多幅形象的插圖，讓美國觀眾在走進劇場

之前，就對京劇及其表演有了初步印象；此外，他們請徐蘭沅、馬寶明把梅蘭芳表演各戲的唱腔譜出工尺字來，再請劉半農的弟弟音樂家劉天華翻成五線譜，最後請汪頤年女士代爲畫譜，楊筱連、曹安和、周宜三位女士校對，完成《梅蘭芳歌曲譜》一書，以方便美國觀眾對「梅劇」唱腔的理解。還有大量用英文書寫的劇目說明及梅蘭芳的個人介紹。在梅蘭芳美國演出期間，還專門編纂了以胡適的文章〈梅蘭芳與中國戲劇〉爲開篇的英文專輯《梅蘭芳太平洋沿岸演出》的宣傳手冊。此外，還要精心確定演出劇本。結合以往爲外國友人演戲的經驗，梅蘭芳和齊如山等人商定在美主演的劇目是：《霸王別姬》、《貴妃醉酒》、《黛玉葬花》、《晴雯撕扇》等十六齣。此外，爲了促進訪美期間，梅劇團與美國各界的交流，還準備了帶有中國文化色彩的各種禮物，如瓷器、筆墨、繡貨、圖畫、扇子等禮品。

赴美演出經費的籌措也頗費周折，花費了好幾年的時間，四處奔走。後經李石曾的提議，司徒雷登的熱心幫助，周作民、錢新之、吳震修的努力，在北平籌到五萬元；「梅黨」的要角馮耿光在上海也籌措了五萬元。在動身的前兩天，齊如山拿出不久前收到的司徒雷登的秘書傅涇波從美國發來的兩封電報。第一電云：「此間發生經濟危機，請緩來。」第二電云：「如來要多帶錢，十萬元之外，非得多籌幾萬不可！」馮耿光問齊如山：「你怎麼不早拿出來？」齊如山說：「我怕渙散軍心，所以沒有給你們看。」馮耿光把兩封電報交給梅蘭芳，說：「此事的行止，你自己決定，這不是鬧著玩兒的。如果賠錢，不是三萬兩萬的，倘不上座你就破產了。」梅蘭芳沉思了十來分鐘，態度堅決地說：

「歡送會開過了，船票已買，報紙上登載了梅劇團赴美日期，如突然變更，將成爲話柄、笑料。此行是冒險，也許會破產，但須冒這個險，就是破了產，我也決定如期登輪，走！當然這是一次冒險，但我必須冒這個險。」於是馮耿光和上海銀行界朋友又籌措了十來萬元，梅劇團一行二十餘人，於一九三〇年一月十八日從上海乘英國「加拿大皇后號」輪船，如期動身赴美。

一九三〇年二月八日，梅劇團抵達紐約。二月十四日在美國首都華盛頓，駐美公使伍朝樞（伍廷方之子）在公使館舉行招待會。除了美國總統胡佛當時不在首都，無法出席外，副總統以下官員及各界知名人士五百餘人均出席這項盛會。在會上，梅蘭芳演出了《紅樓夢》的《晴雯撕扇》一戲。當時，既

左起：張彭春、齊如山、黃子美與梅蘭芳

熟悉中國京劇又熟悉西方戲劇的南開大學教授張彭春正在美國某大學講學，路過華盛頓亦應邀觀戲。演出結束後，張彭春到後台拜望梅蘭芳，梅蘭芳便向他徵詢觀看後的意見。張彭春很坦率地指出，美國人很難眞正看懂這齣戲，因爲美國人沒有中國的端午節這樣的節日，很難理解晴雯爲什麼要撕扇子。而這種文化上的差異，也正是梅蘭芳所擔心的問題。於是，梅蘭芳聘請張彭春擔任梅劇團的總導演，希望他能對此次演出的劇目，進行重新選擇和安排。張彭春在得到南開大學校長，也是他哥哥張

在《晴雯撕扇》中梅蘭芳飾晴雯（中），右為賈寶玉（姜妙香），左為襲人（姚玉芙）

伯苓的同意他可延遲返國之後，便出任了梅劇團的總導演。這是梅劇團第一次建立導演制，也是第一位懂得戲曲的話劇行家來擔任京劇導演。

在商議劇目安排的會上，張彭春開誠佈公地提出了自己的看法，他說：「外國人對中國戲的要求，希望看到傳統的東西，因此必須選擇他們能夠理解的故事。中國戲的表演手法唱、念、做、打，都是爲劇情服務的，外國人雖不懂中國語言，如表情動作做得好，可以使他們了解劇情。」因此，張彭春主張一定要演《刺虎》（全名《費貞娥刺虎》）這場戲，「因爲它不但是演朝代的興亡，並且貞娥臉上的神氣，變化極多，就是不懂念白的人看了，也極容易明瞭。」此外，張彭春提出應當使表演更加精練，每晚安排四場不同的劇目，以適應不同觀眾的欣賞品味和要求；同時，他還請梅蘭芳把各種舞戲，如劍舞、羽舞和杯盤舞等，抽出來單演一場，以吸引更多的觀眾。爲了演出時間的準確性，梅劇團反覆排練，張彭春甚至拿著手錶計時，嚴格控制演出時間。如《貴妃醉酒》一劇，通過減少進酒、調情等表演的次數，將演出時間由四十五分鐘縮短到二十五分鐘，如此將使戲更加精練。

一九三〇年二月十七日，梅劇團在紐約百老匯第四十九街戲院（49th Street Theater）進行了首場正式演出，演出劇目依次是：《汾河灣》、《青石山》、《劍舞》（《紅線盜盒》片斷）、《刺虎》。

梅蘭芳在《貴妃醉酒》中的扮相

這也是中國京劇在美國舞台上的第一次公開亮相，其意義當然非同凡響。演出之前，預售兩個星期的門票僅三天就銷售一空。當時最高的票價是五美元，但在黑市中已被炒到十八美元，這在當時經濟十分蕭條的紐約是不多見的。按規定，首場演出是在晚上九點整。但是到了八點五十分，劇院裡面還沒有幾個人，梅劇團琴師徐蘭沅有點緊張地問演員姚玉芙：「今兒還有戲嗎？怎麼不上座？」姚玉芙寬慰他說：

「票都賣完了，美國人掐鐘點，會來的。」到九點之前，劇院果然坐滿了人。九點整，身穿禮服的張彭春走到舞台中間，用英語向觀眾介紹中國京劇的特點，正是憑藉著既熟悉百老匯、又熟悉梅蘭芳的張彭春，才使得二〇年代的美國人，驚訝中國也有文化，驚訝中國竟有一種與莎士比亞、易卜生迥然不同，但是同樣精美絕倫的戲劇藝術。因此戲曲研究者徐城北認爲，由於張彭春的協助，否則梅蘭芳是否能在國外獲得那麼大的成功，恐怕都是未定之天。

史學家唐德剛後來根據當時參與盛會的人士，在他的〈梅蘭芳傳稿〉文中，這麼描述當時演出的情景：「二月十七日晚，他在紐約正式上演，這天總算賣了個滿座，第一幕即由梅蘭芳親自出馬，劇目是《汾河灣》（翻譯名《可疑的鞋子》（Suspected Slippers）。」「戲院中燈光逐漸暗下來，一陣悅耳可聽的東方和弦樂聲之後，台上舞幕揭開了，裡面露出個光彩奪目的中國繡幕來，許多觀眾爲這一幅絲織品暗暗叫好。……繡幕又捲上去了，台上燈光大亮，那全以『顧繡』作三壁而毫無布景的舞台，在燈光下，顯得十分輝煌。這時樂聲忽一停，後簾內驀地閃出個東方女子來。她那藍色絲織品的長裙，不是個布口袋。她在台上緩緩地兜了個圈子。台下好奇的目光開始注視她。只見她又兜了個圈子到了台口。那在變幻燈光下飃飄走動的她，忽地隨著樂聲的突變在台口來一個Pause，接著又是一個反身指。這一個姿勢以後，台下才像觸了電似的逐漸緊張起來。也就在這幾秒鐘內，觀眾才把她看個分明。她底臉不是黃的，相反的，她底肌膚細膩的程度，足使台下那些塗著些三花香粉的臉顯出一個個毛孔來。她那身腰的美麗、手指的細柔動人都是博物館內很少見到的雕刻。臉蛋兒不必提了，蘭芳的手是當時美國雕刻家一致公認的世界最美麗的女人的手。」

又說：「隨著劇情的演進，台下觀眾也隨之一陣陣緊張下去，緊張得忘記了拍手。他們似乎每人都隨著馬可波羅到了北京，神魂無主；又似乎在做著『仲夏夜之夢』。直等到一陣鑼聲，台上繡幕忽然垂下，大家才蘇醒過來，瘋狂地鼓起掌來，人聲嘈雜，戲院內頓時變成了棒球場。直至把她逼出來謝場五次，人聲才逐漸安定下來。這晚的壓軸戲是《費貞娥刺虎》（The End of the「Tiger」General）。這一齣更非同凡響，因爲這時台上的貞娥是個東方新娘。她衣飾之華麗、身段之美好，允非第一齣可比，台下觀眾之反應爲如何，固不必贅言矣。曲終之後，燈光大亮，爲時已是夜深，但是台下沒有一個人離開座位去……相反的，他們在這兒賴著不肯走，同時沒命地鼓掌，把這位已經自殺了的貞娥逼出來謝場一次接著一次，來個不停。……最初蘭芳是穿著貞娥的劇裝，跑向台前，低身道個『萬福』。後來他已卸了裝，但是在那種熱烈的掌聲裡他還得出來道謝。於是他又穿了長袍馬褂，文雅地走到台前，含笑鞠躬。這一下，更糟了，因爲那些女觀眾，這時才知道他原是個『蜜絲特』（先生）。她們又非要看個徹底不可。她們並苦苦地央求他穿著西服給她們看看。須知亂頭粗服，尙且不掩國色，況西裝乎。女要孝，男要皀，穿著小禮服的梅郎，誰能同他比。觀眾們這時更買來了花，在台上獻起花來，台下秩序大亂，他們和她們不是在看戲，而是在鬧新房，並且還要鬧個通宵。最後還是戲院主人出來，說梅君實在太疲乏了，願大家明日再來，群眾始欣然而散。綜計這次蘭芳出去謝場竟達十五次之多。一對當時在場參加鬧新房的美國夫婦，在二十年後的今日，和筆者談起這事來，還眉飛色舞不止。」

梅劇團在紐約的首場演出大獲成功。儘管絕大多數美國人聽不懂演員演唱的究竟是什麼，但他們從梅蘭芳等演員生動形象的表演中，能夠體會到劇中人物的思想情感並受到吸引。第二天，紐約報紙發表了許多評論文章。劇評家羅伯特・里特爾說：「梅蘭芳在舞台上出現三分鐘，你就會承認他是你所見到的一位最傑出的演員。演員、歌唱家和舞蹈家三位一體，結合得那樣緊密無間，你簡直看不出這三種藝術相互之間存在什麼界限；這在京劇裡確實是渾然一體而不可分解的。你看他在舞台上表演，會覺得自己彷彿置身於一個古老的神話優美和諧而永恆的領域裡。你會忘記他是按照古老的習俗在扮演旦角，在用奇妙而令人難以抗拒的假嗓歌唱。你會忘記一切，僅剩下他繪製的一幅優美的圖畫，每個富有表情的姿勢，都像中國古畫那樣濃重而細膩，單單服裝和容貌看上去就十分美麗，充滿極其微妙的莊嚴和寧靜……你至少在首次驚訝和歡樂地接觸到他的藝術時，難以用言語來形容，……像這樣的藝術過去在紐約壓根兒就沒有看見過。」而當代美國著名的戲劇家、劇評家、詩人和小說家斯達克・楊（一八八一—一九六三）在一九三〇年四月號的美國《戲劇藝術月刊》，特別以〈梅蘭

梅蘭芳訪問美國，受到舊金山市市長小盧爾夫的歡迎

芳〉爲題，撰寫一萬五千字的長文，全面介紹論述了中國戲劇及梅蘭芳的表演藝術。斯達克・楊說：「中國戲的組織法與古希臘戲劇有相通之處，很高明。過去對古希臘戲劇不消化，看了梅蘭芳的做工、表情，不理解的懂了。」他還說：「中國戲不是寫實的眞，而是藝術的眞，是一種有規矩的表現法，比生活的眞更深切。梅蘭芳的做工、表情，從眼的動作到手的動作都是恰到好處，姿態形象生動，有含蓄不盡的美。」

在紐約期間，美國派拉蒙電影公司駐紐約的代表到旅館拜訪梅蘭芳，邀請梅蘭芳參觀其電影公司分廠，並提出請梅蘭芳拍一部影片。梅蘭芳考慮拍片用時較多，恐怕影響演出，雙方商定到劇場拍攝，只拍一折新聞片。所拍是《刺虎》的部分情節，雖然影片只有幾分鐘，但這是中國京劇演員第一次在有聲影片上出現。後來這段新聞片在北京眞光電影院放映，天天客滿。著名的文物專家和歷史學家朱家溍先生回憶說：「當年我隨家人到眞光看《刺虎》新聞片，大家一致認爲唱念身段扮相都很好，光線聲音也不錯，尤其是《刺虎》這齣戲在出國前還沒唱過，在電影裡是第一次看到，所以格外高興。」

梅蘭芳與瑪麗・璧克福

唐德剛又說；「在紐約的五個禮拜之後，蘭芳

在美的聲名大噪。以後所到之處，無不萬人空巷，沒有警車前導就不能舉步。他由紐約而華府，而芝加哥，而舊金山、而好萊塢、而洛杉磯，沿途所受歡迎盛況空前。」一九三〇年五月十二日，抵達洛杉磯。梅蘭芳在《我的電影生活》一書中說道：「有我國華僑及各國領事到站歡迎，比利時的領事代表領事團向我們獻花，瑪麗・璧克福派代表二人到站迎接，並派攝影隊在站內爲我們拍攝新聞電影。隨即乘瑪麗・璧克福所備的汽車出站。城市政府特遣衛車數輛鳴笛開道，繞道而行，兩旁人行道上觀看的人，密密層層。」瑪麗・璧克福是著名電影演員道格拉斯・范朋克的妻子，因范朋克有事在英國，由瑪麗・璧克福熱情接待，爲了使梅蘭芳有賓至如歸之感，他倆夫婦竟將整座別墅交給梅蘭芳和齊如山使用，自己則暫時遷到另一所住宅去了。

有一次，梅蘭芳應瑪麗・璧克福之邀，去電影廠參觀，她剛拍完幾個鏡頭，還沒有卸裝，就親自陪同在棚內參觀，詳細解釋拍攝有聲電影的程序，給梅蘭芳戴上耳機聽錄音。那天她留梅蘭芳吃飯，並會見墨西哥籍名演員桃樂絲・德里奧和法國籍名演員摩里斯・希佛萊（《璇宮艷史》的男主角）等。席間，瑪麗談起她看梅蘭芳演戲的印象說：「您扮的妃子（指虞姬），從華貴的儀態中以最大的程度來關心她丈夫事業的成敗。月夜散步的情景是淒

梅蘭芳與卓別林合影

涼、傷感而富有詩意的。我不懂中國話，台上也沒有布景月亮，但從您的手勢和眼光裡，知道您是抬頭望月，這些動作表情，是具有強烈的暗示性和感染力的。」希佛萊則對梅蘭芳說：「人人都喜歡看您的舞劍姿態，但我卻覺得這個可愛的妃子在歌舞中的憂鬱神情是令人感動的。」還有一位女明星說：「當妃子抽出王爺的佩劍自殺的時候，我控制不住自己的感情而流下淚來，因爲這個妃子的結局太悲慘了。」梅蘭芳也談了看他們主演影片的感想，並祝賀他們在藝術上獲得更大的成就。

在洛杉磯演出時，梅蘭芳也會見喜劇天王卓別林。梅紹武在《我的父親梅蘭芳》一書中寫道：「父親抵達洛杉磯的當晚，應劇場經理邀請出席酒會，那裡聚集著許多文藝界人士，父親一到場便受到熱烈歡迎。剛剛坐下，迎面走來一位神采奕奕的壯年人。父親覺得似曾相識，正在思索之中，經理站起來介紹道：『這位是卓別林先生。』卓別林說：『我早聽到你的名字，今可稱幸會，啊！想不到你這麼年輕。』梅蘭芳說：『十幾年前，我就在銀幕上看見過你，你的手杖、禮帽、大皮鞋、小鬍子眞有意思。剛才看見你，我簡直認不出來，因爲你的翩翩風度和銀幕幽默滑稽的樣子，判若兩人了。』卓別林說：『我還沒有看過你的戲，但明天就可以在舞台上看到最能代表中國戲劇、享有世界聲譽的天才演員的演出了。」接著梅蘭芳和卓別林一起喝酒，互相傾談了東西方藝術的特點、表演心

梅蘭芳於一九三〇年在美國波摩那學院獲贈博士學位後留影

得，談得很投機。卓別林告訴梅蘭芳，他早年也是舞台演員，後來才投身電影的，他對中國戲裡的丑角很感興趣。梅蘭芳說：「中國戲裡的丑角，也是很重要的，悲劇裡也少不了他，可惜這次帶來的節目中，這類角色不多，所以劇團裡沒有約請著名的丑角同來，只有《打漁殺家》裡有一個替惡霸保鏢的教師爺，是用丑角扮演的。」那晚，他們還照了兩張照片，一張是梅蘭芳和卓別林合影，另一張是六個人的合照。

就當蘭芳訪美之行已至尾聲時，美國西部兩大學——加州波摩那學院（Pomona College）和南加州大學（Southern California University）——乃分別於五月底六月初旬贈予梅蘭芳名譽博士學位。在波摩那的學位授予典禮中，梅蘭芳在致詞答謝時說：「……從廣義來說，我們來此是要盡我們微小的力量，促進文明人類的最懇切希望的和平。……人類是要互相了解、互相諒解和同情，是要互相扶助的，不是要互相鬥爭的。我們中美兩大民族，希望的人類和平是根據國際的信任和好感。要達到這個目的，須得大家從藝術和科學上有具體的研究，要明瞭彼此的習慣、歷史背景及彼此的問題和團結。蘭芳來此研究貴邦的戲劇藝術，蒙貴邦人士如此厚待，獲益極多。蘭芳所表演的是中國的古典戲劇，個人藝術很不完備，承蒙諸位讚許，不勝愧怍，但蘭芳深知諸位此舉，不是專門獎勵蘭芳個人的藝術，而是對中國文化的贊助，對中國民族的友誼。」隨行的張彭春教授以英語翻譯，博得在場熱烈的掌聲。

梅蘭芳在美國取得巨大的成功，受到了美國朝野人士和廣大觀眾極其熱烈的歡迎。梅劇團在美國訪問了西雅圖、紐約、華盛頓、芝加哥、洛杉磯、聖地牙哥、舊金山市和檀香山等城市，共演出了七十二場，往返歷時近半年。梅蘭芳說，半年的京劇巡演確實增進了中美兩國人民的了解和友誼，這是他訪美的一大收穫。梅蘭芳訪美期間，結識了美國文藝界許多知名人士，和他們建立了友誼。同時，通過和他們交談，交流了藝術創作的經驗。梅蘭芳說，這是他訪美的另一大收穫。

學者傅謹教授在〈京劇改革的梅蘭芳啓示〉文中談道：「一九三〇年梅蘭芳赴美訪問演出，是中國傳統藝術家出於文化交流的目的赴海外演出的開端，由於這次演出從籌畫伊始就沒有被當成普通的商演，它的文化交流性質過於顯豁，因而此次出訪的主事者們，對梅蘭芳訪美演出的方式以及演出劇目的選擇，都曾經頗費躊躇。根據現有的資料，不僅直接策畫梅蘭芳訪美的齊如山爲之反覆思考掂量，梅蘭芳自己也曾經求教於包括胡適在內的多位了解東西方文化的著名專家學者。而如何通過一場演出最大限度、最有效地傳播京劇藝術甚至中國文化，正是問題的核心。」傅謹又說：「梅蘭芳的訪美，完全可以看成是中國傳統藝術直接引起美國主流文化界強烈反響的罕見的成功範例。他此後對蘇聯的訪問，更因爲曾經激起東歐與西歐戲劇界諸多名家的強烈反響，而產生了遠遠超出一般意義上的文化衝擊力，同樣，梅蘭芳對美國的訪問也足以載入東西方文化交流的史冊。」

記曾吹笛伴梅邊

梅蘭芳的訪蘇之行

抗金兵

一九三五年梅蘭芳應邀赴蘇聯演出，這是梅蘭芳演藝生涯中的重要經歷，也是中蘇文化交流史上的一件盛事。其實早在梅蘭芳訪蘇前，就有很多蘇聯人尤其是藝術家，對梅蘭芳慕名已久了。一九三四年三月，蘇聯對外文化協會藝術部主任齊爾略夫斯基在與中國外交官吳南如的談話中偶然得知，梅蘭芳即將赴歐洲訪問，途中要經過莫斯科。齊爾略夫斯基喜出望外，他告訴吳南如，蘇聯藝術家們早就仰慕梅蘭芳的藝術成就，渴望一睹爲快，並直截了當地提出，希望梅大師能在蘇聯登台演出。此後，蘇聯外交人民委員會東方司幫辦鮑樂衛也表示了同樣的願望。蘇方的願望很快就通過旅居蘇聯的記者戈公振轉達給了梅蘭芳。

一九三四年十二月，蘇聯對外文化協會代理會長庫里雅科向梅蘭芳發出正式邀請：「梅蘭芳先生：閣下優美之藝術，已超越國界，遐邇知名，而爲蘇聯人士所欽仰。茲特敦請閣下蒞臨莫斯科表演……」與此同時，蘇方組織了一個「梅蘭芳招待委員會」，委員有斯坦尼斯拉夫斯基、聶米羅維奇・丹欽科、梅耶荷德、塔依洛夫、愛森斯坦、特萊傑亞考夫等蘇聯著名戲劇、電影、文化界人士；中方有戈公振和駐蘇代辦吳南如。爲迎接梅蘭芳的到來，蘇聯藝術界做了充分準備。從一九三五年初開始，莫斯科和列寧格勒的街頭巷尾，就張貼出印有「梅蘭芳」三個中國字的廣告，商店的櫥窗裡也陳列著大幅的梅蘭芳戲裝照片。《眞理報》、《消息報》、《莫斯科晚報》等報紙不斷刊登照片和文字，介紹中國的戲曲以及梅蘭芳本人的情況。蘇聯對外文化協會還特意編印了三種俄文書籍，在劇院中發售，它們是《梅蘭芳與中國戲劇》、《梅蘭芳在蘇聯所表演之六種戲及六種舞之說明》、《大劇院所演三種戲之對白》。經過宣傳，梅蘭芳在這兩座城市幾乎成了家喻戶曉的人物。

冒懷谷在〈梅蘭芳二三事〉一文中說：「一九三五年，在我國著名記者戈公振和蘇聯政府的積極努力下，蘇聯對外文化協會邀請梅蘭芳率團赴蘇演出。一九三五年二月二十一日，梅劇團登上蘇方專門派來的大輪『北方號』，二月二十七日抵海參崴，換乘火車於三月十二日抵莫斯科，同船還有應蘇聯影協邀請的著名電影明星胡蝶。家父冒效魯時任駐蘇大使館秘書，一九三四年五月爲徐悲鴻畫展當翻譯，獲徐好評和畫馬相贈。這次顏惠慶大使指派他爲梅蘭芳的全程陪同兼翻譯。父親博學善言，加上祖父和梅的交情，兩人無話不談，幾乎形影不離。當年梅先生四十二歲，冒二十六歲，又結成忘年交。同來的有戲劇界權威張彭春和余上沅兩教授。張彭春任劇團總指導，余上沅任副指導。梅蘭芳和張、余都安排下榻在都城飯店。張彭春是南開大學校長張伯苓胞弟，一九三〇年梅劇團成功訪美他功不可沒。張身高一米九，一口天津味的京白，見到來訪記者可謂口似懸河，行走如風，進門就像楊小樓的叫板，先聲奪人，氣勢不凡。張彭春受西洋文化浸潤頗深，好引用洋人名言，蕭伯納、易卜生等的話語常掛口邊，喜歡用中英文夾雜與冒交談。余上沅是湖北人，溫文儒雅，極有風度，比較寡言，和張彭春對比，一個溫醇，一個豪邁。張、余、冒經常與梅作伴。」

駐蘇大使顏惠慶在他英文自傳《East-West Kaleidscope》中記載此次訪蘇之行：「我此次重返莫斯科時，有很多人與我同行，他們是著名京劇演員梅蘭芳和他的劇團，還有影星胡蝶女士。他們此行的目的在於促進中蘇兩國人民的文化交流。……此次，梅蘭芳的首場演出安排在使館的大客廳裡，這裡除了舞台和樂隊的地方外，還可以容納一百六十位客人。首場劇目爲《刺虎》，舞台的布景、華麗的

戲裝、新奇的音樂，和劇目情節，在蘇維埃首都引起了轟動，成爲人們不斷談論的話題。後來，梅蘭芳還在莫斯科大劇院上演了多齣京劇，以及舞劍、舞綢帶之類，演出持續了十個晚上，受到熱烈歡迎，劇院每晚都爆滿，劇票難以買到。使館在劇院包了兩個包廂，用以招待全體外交使團成員，看完劇又請他們在使館用晚餐，這時，梅蘭芳先生和胡蝶女士等也來與賓客見面。梅蘭芳這次出訪莫斯科，得到了南開大學張彭春教授的極大幫助，另有一位中國戲劇家（余上沅）充當梅蘭芳的顧問。（蘇聯外交人民委員會）李維諾夫夫婦特別喜歡看梅蘭芳的演出，幾乎每晚都在劇院前排就坐，其他蘇聯共產黨領導人由年輕的中國人陪同，坐在包廂裡看戲，……梅蘭芳演出的劇目中，最受歡迎的是《打漁殺家》，……由於這個故事具有『革命』意義，因此受到觀眾們的熱烈讚揚。梅蘭芳還擅長作水墨畫，他的畫做爲紀念品贈送給蘇聯友人，大家對他的畫讚不絕口。」

根據戈公振及侄兒戈寶權合寫的〈梅蘭芳在庶（蘇）聯〉等資料得知，三月十四日蘇聯對外文化協會舉行午餐會歡迎梅蘭芳一行，十七日又舉行晚餐會和舞會。而顏惠慶大使提到的那場演出是三月十九日在大使館舉行的茶會，一方面爲歡迎顏惠慶大使的再度回任大使，另一方面向蘇聯各界介紹梅蘭芳。茶會於晚間五點開始，受邀的有蘇聯政要、各國外交人員、著名作家、畫家、戲劇家、電影導演和記者等。在使館的大會客廳搭了一座戲台，來賓用過茶點之後就到會客廳中觀看演出。楊盛春先表演《盜丹》，梅蘭芳和劉連榮隨後合演《刺虎》。三月二十二日是試演。三月二十三日晚，梅蘭芳的第一場正式演出在莫斯科高爾基大街的音樂堂隆重舉行，一直演到二十八日。這一天，音樂堂裝飾一新，舞台兩側懸掛著中蘇兩國國旗，黃緞製成的幕布繡有「梅蘭芳」三個大字，格外醒目。幕後是宮殿式的布景，華麗多彩。梅蘭芳和劇團的人員在如雷鳴般的掌聲中登上舞台，上演了《汾河灣》、《嫁妹》、《青石山》、《刺虎》等劇目。每場戲結束後，他們都要在觀眾的歡呼聲中數次謝幕才能下場。此後的演出，場場如此。前來觀看的人除了蘇聯戲劇界人士外，還有政府要人、文學家，如史達林、莫洛托夫、伏洛希羅夫、高爾基、阿．托爾斯泰等，他們都對梅蘭芳的表演藝術給予了很高的評價。

四月二日到九日，在列寧格勒的文化廳進行演出。四月十三日在莫斯科大劇院舉行告別演出，這是應蘇聯對外文化協會的要求追加安排的。這次演出被特意安排在蘇聯國家大劇院。該劇院建於沙皇時代，是蘇聯戲劇界的最高殿堂，只有那些高水準的歌劇和舞劇才能登上這裡的舞台。中國京劇能在此上演，足見其在蘇聯人民心目中的崇高地位。當晚，劇院的大廳和包廂早早擠滿了觀眾，梅蘭芳與王少亭合演《打漁殺家》，並與朱桂芳合演《虹霓關》，楊盛春演了《盜丹》。演出從晚上十一時持續到次日凌晨三時，人們意猶未盡，久久不願離去。後來，國民政府駐蘇使館給外交部的電報中說：梅蘭芳在蘇聯國家大劇院的演出，是「外國戲劇家來俄者所未有之榮譽」。四月十四日，蘇聯對外文化協會召集梅蘭芳戲劇討論會，由聶米羅維奇．丹欽科主持，斯坦尼斯拉夫斯基、梅耶荷德、塔依洛夫、愛森斯坦、特萊傑亞考夫、布萊希特等導演、劇作家都在席間發言（這份發言記錄被瑞典斯德哥爾摩大學斯拉夫語教授拉爾斯．布萊堡教授整理、保存下來，已經由梅紹武先生翻譯並於一九八八年發表）。之後，梅蘭芳並舉行告別宴會和舞會，訪蘇之行，圓滿落幕。演出期間，普通百姓也對中國京劇如癡如醉。一位女市民不惜花高價買票，看了梅蘭芳的所有演出。一些沒有買到票的市民，爲一睹梅蘭芳的風采，常常將劇場大門圍得水泄不通，等待散場。許多年輕女子直接高喊「梅蘭芳，我愛你！」以表達她們對這位藝術大師的崇拜。

冒懷谷又說：「戈公振對梅劇團訪蘇演出極其熱心，親自帶侄子戈寶權和家父同訪戲劇舞台協會，對演出場所等安排做了大量工作。戈公振喜歡跳舞，常到都城飯店和胡蝶翩翩共舞。父親和戈寶權還陪梅蘭芳拜訪史坦尼斯拉夫斯基、丹欽柯，去卡梅葉尼劇院訪問塔依洛夫，去梅耶荷德劇院看梅耶荷德等演《茶花女》，去蘇聯影協看望愛森斯坦等，還看了近二十場話劇、歌劇和芭蕾。梅蘭芳通過與戲劇大師的切磋和觀摩，知識得以豐富，眼界更爲開闊。他一方面把中國戲劇介紹到國外，另一方面『洋爲中用』豐富我們的民族藝術。德國戲劇大師布萊希特在他的著作裡，屢屢提到一九三五年在蘇聯觀摩梅蘭芳的演出，對梅蘭芳表演體系很欽佩。父親曾作詩一首給戈寶權：『刻骨難忘大阮賢，記曾吹笛伴梅邊。多情北海盈盈月，曾照朱顏兩少年。』梅劇團正式公演前，蘇聯外交人民委員會李維諾夫夫婦宴請梅劇團和中國電影代表團，中國駐蘇大使顏惠慶率使館外交人員參加。宴會上胡蝶唱了段《汾河灣》（西皮原板），自稱是梅蘭芳在旅途中親授。梅劇團在莫斯科和列寧格勒共演出十五場，場場爆滿，演員不得不多次謝幕。令人叫絕的是，旅蘇華僑踴躍看戲，演到妙處時，華僑都叫好而不是鼓掌，這中國特色的大聲叫好，使蘇聯人大感意外，成了蘇京奇聞。」又說：「梅蘭芳演藝超群而虛懷若谷，他有個習慣，演完戲後喜歡與幾位朋友共餐，邊吃邊聊，話題主要想聽聽朋友們的評價和外界的議論，聽後再細細揣摩。在蘇聯，每次散戲梅蘭芳卸裝整容後與他們三人一塊吃夜宵，多半是叫到房間裡吃的。有一次梅蘭芳特別高興，到樓下餐廳去吃，冒陪他們到了餐廳並點了菜，這時食客中有人發現了梅蘭芳，許多人起身歡呼，梅蘭芳一行當即起身答謝，而歡呼聲和掌聲延續了好幾分鐘，連侍應都停下來鼓掌，可見梅蘭芳影響之大，受人歡迎到入迷的地步。這在蘇聯除芭蕾演員烏蘭諾娃、列別辛斯卡婭少數幾位明星外，是絕無僅有的盛況。」

梅蘭芳蘇聯之行的另一大收穫，是他在莫斯科有幸結識眾多著名的藝術家，學者龍飛在〈梅蘭芳和幾位蘇聯藝術大師〉文中，有詳細的記載。其中第一位便是大名鼎鼎的斯坦尼斯拉夫斯基。梅蘭芳同斯坦尼斯拉夫斯基，以及因反對納粹政權而流亡蘇聯的德國戲劇家布萊希特的相會，被國際戲劇界稱之爲「世界三大演劇體系」代表人物的聚會，這成爲戲劇史上的一件盛事。斯坦尼斯拉夫斯基（一八六三—一九三八）生於莫斯科，是蘇聯著名演員、導演、戲劇教育家和理論家、舞台藝術改革家。他十四歲就登台演劇。一八九六年與聶米羅維奇·丹欽科創建莫斯科藝術劇院。斯氏一生導演和擔任藝術指導的話劇和歌劇共有一百二十餘部，並扮演過許多重要角色。他創立了一套以體驗爲核心的演劇體系，繼承和發展了俄羅斯和歐洲的藝術成果。著有《我的藝術生活》、《演員自我修養》等書，一九三六年並獲蘇聯「人民藝術家」的稱號。梅蘭芳在莫斯科的演出，斯坦尼斯拉夫斯基每場必看。他還請梅蘭芳觀看由他執導的莫斯科藝術劇院演出的話劇，並

一九三五年梅蘭芳與斯坦尼斯拉夫斯基合影

邀請中國藝術家到自己家中做客。那時大師已年逾古稀，梅蘭芳初次同他見面，就被他那誠懇謙和的風度所吸引。他身材修長，滿頭銀髮，舉止動作極其優雅。據說，他年輕時曾在鏡子前下苦功進行過形體訓練。斯坦尼斯拉夫斯基一貫主張現實主義的表演方法。他對梅蘭芳說，要成爲一個好演員或好導演，必須刻苦鑽研理論和技術，二者不可偏廢。一個演員必須通過演出，不斷接受觀眾的考驗，才能豐富自己，否則就是無根的枯樹。——這一番話極大地激勵了梅蘭芳。

斯坦尼斯拉夫斯基和梅蘭芳屬於不同的藝術流派。前者強調貼近現實生活，刻意求眞；後者則不拘泥於形似，而極力追求神似，在講究形神兼備的同時側重神韻。他們之間的差異，可以引用名導演黃佐臨的話來概括三大演劇體系的不同之處：「斯坦尼斯拉夫斯基相信舞台上的第四堵牆，布萊希特要推翻這堵牆，而對梅蘭芳這堵牆根本就不存在，無需推翻。」也就是說，斯坦尼斯拉夫斯基主張在舞台與觀眾之間應有一面「第四堵牆」，演員看不到觀眾，他在舞台上是「生活」。而梅蘭芳則是在繼承中國戲曲的基礎上形成的表演模式，中國戲曲既講入戲又講程式，既講體驗又講表演的特徵，可使演員超脫時空的限制。在觀看了梅蘭芳演出後的座談會上，斯坦尼斯拉夫斯基說：「梅博士的現實主義表現方法可供我們探索研究。』又說，『中國的戲曲表演是有規則的自由動作。」梅蘭芳將這兩句話深記心間。三年後，斯坦尼斯拉夫斯基病逝。消息傳來，梅蘭芳深感悲痛。他潛心研讀大師的著作——《我的藝術生活》、《演員自我修養》，以提高自己的藝術水平。

訪蘇期間，梅蘭芳還受到另一位蘇聯著名導演梅耶荷德的推崇。梅耶荷德（一八七四—一九四

○）是俄國導演、演員、戲劇理論家。他生於奔撒城一個日爾曼後裔的家庭。一八九六年梅耶荷德入聶米羅維奇·丹欽科主持的戲劇學校，一八九八年加入莫斯科藝術劇院，在《海鷗》一劇中扮演特里波列夫。一九○二年脫離莫斯科藝術劇院，在外省組織劇團進行戲劇革新探索。一九○五年應斯坦尼斯拉夫斯基邀請回莫斯科主持戲劇實驗演出，次年應聘到科米薩爾日芙斯卡婭劇院任總導演，導演了梅特林克、布洛克和安德列耶夫等人的有象徵主義傾向的劇作。一九○八年後梅耶荷德在彼得堡亞歷山大劇院和瑪林斯基劇院任導演。一九一三年他的論著《論戲劇》問世，提出了與寫實主義戲劇分庭抗禮的假定性戲劇理論。一九一八年梅耶荷德在俄羅斯聯盟第一劇院導演了馬雅可夫斯基的《宗教滑稽劇》。一九二三年，他創辦梅耶荷德劇院。此後，在這家劇院上演了由他執導的《怒吼吧，中國！》、《臭蟲》、《澡堂》、《序曲》等具有現實革命內容的劇作。與此同時，也悉心導演了一批古典名劇：奧斯特洛夫斯基的《森林》、果戈理的《欽差大臣》、格里鮑耶陀夫的《智慧的痛苦》、小仲馬的《茶花女》等。這些演出鮮明地顯示了梅耶荷德的藝術追求。梅耶荷德認爲，

梅蘭芳在《虹霓關》中的扮相

一切戲劇藝術的最重要本質是它的假定性。他廣泛使用的舞台新形式，如不閉大幕、公開檢場、燈光特寫等，都是借助假定性解放舞台的藝術手段。二十世紀初，斯坦尼斯拉夫斯基體系已初步形成。梅耶荷德卻進行了與斯氏不同的藝術嘗試，逐漸形成另一大戲劇流派。斯氏體系的核心是：在表演藝術創造過程中，強調感情重於理智，因之稱爲體驗派的演劇體系。而梅耶荷德則強調形體訓練和形體控制，要突出台詞和形體的表現力，要完善「演員生產的唯一工具」——演員的身體。

看了梅蘭芳的演出，梅耶荷德欣喜若狂，在座談會上激動地說：「俄羅斯的戲劇受歐洲國家的影響，走到了自然主義的道路。在舞台上講究同眞實生活一樣，如同照相，失去了生氣。梅蘭芳先生的《打漁殺家》，沒有任何布景，父女倆劃著雙槳，表現了江上風光，使觀眾在想像中感受到江上生活的詩意。這種手法十分高明，我非常欽佩！」。接著，這位易於動情的戲劇家又滔滔不絕地說下去：「梅博士的面部表情，特別是善於用眼神來表達人物的內心活動，令人嘆服！梅先生的手勢可眞叫絕，讓我們這些語言不通的外國觀眾也能理解劇中人的思想感情，看了梅先生的手勢，我覺得我們一些演員的手應該砍掉！」最後那句話引起了笑聲，而梅蘭芳聽到這裡，已感動得兩眼濕潤。

梅蘭芳（中坐）與蘇聯戲劇家梅耶荷德（右坐）交談

在「梅蘭芳招待委員會」的成員中，梅蘭芳認識了著名的蘇聯電影導演愛森斯坦。他同時也是著名的電影理論家，二十世紀二、三〇年代爲其創作的高峰期，主要作品有《罷工》（*Stachka*，一九二五年），《戰艦波將金號》（*Bronenosets Potyomkin*，一九二五年），《十月》（*Oktyabr*，一九二七年），《墨西哥萬歲》（*Que viva Mexico!*，一九三二年）、《伊凡雷帝》（*Ivan Grozny*）等。其理論著作有《蒙太奇》、《蒙太奇一九三八》、《垂直蒙太奇》、《雜耍蒙太奇》、《電影中的第四維》、《鏡頭以外》。他是電影學中蒙太奇理論奠基人之一。他在二十七歲時，首次運用蒙太奇手法，成功拍攝了影片《戰艦波將金號》，開創了世界電影的新紀元。

愛森斯坦工作中

愛森斯坦（中）指導梅蘭芳（左）拍攝《虹霓關》

看了梅蘭芳的演出，愛森斯坦對中國京劇那種不拘形似追求神似，在講究形神兼備的同時側重神韻的藝術特色十分欣賞，認爲年輕的電影藝術能從中學到許多東西。幾天後，愛森斯坦拜訪梅蘭芳，邀請他拍攝一段有聲電影。梅蘭芳同意了，選定劇目爲《虹霓關》裡東方氏和王伯黨對槍歌舞那一場。因爲這場戲舞蹈性強，比較適合外國人觀賞。連續五個多小時的拍攝過程，梅蘭芳不僅處處配合愛森斯坦的攝製意圖，而且說服劇組成員要耐心堅持，終於使只有十幾分鐘的一場戲，拍成愛森斯坦所預期的「完整的一齣作品」。經過這一實驗，梅蘭芳也更深刻地理解了京劇與電影這兩種藝術形式間的異同。

在此次訪蘇之行，梅蘭芳與布萊希特相遇了。布萊希特（Bertolt

Brecht，一八九八—一九五六）是德國著名的戲劇家與詩人。年輕時曾任劇院編劇和導演，曾投身工人運動，一九三三年後流亡歐洲大陸。一九四一年經蘇聯去美國，但戰後遭迫害，一九四七年返回歐洲。一九四八年起定居東柏林。一九五一年因對戲劇的貢獻而獲國家獎金，一九五五年獲列寧和平獎金。一九五六年八月十四日病逝於柏林。布萊希特一直從倡導歌劇改革入手，在理論和實踐上進行史詩劇實驗，特別吸收中國戲劇藝術經驗，逐步形成了獨特的表演方法。提出了「間離效果」理論。他的主要戲劇理論著作有：《梅辛考夫》等。代表性劇作有：《母親》、《四川好人》、《高加索灰闌記》、《伽利略傳》等等。

當時，布萊希特受希特勒的迫害，正在蘇聯政治避難。布萊希特觀看了梅蘭芳的表演，深深著迷。他熱情稱讚梅蘭芳和京劇藝術，興奮地指出他多年來所朦朧追求而尚未達到的，梅蘭芳卻已經發展到極高的藝術境界。在一九三五年四月十四日那次莫斯科討論會上，他發言說：「……中國戲劇是一種宣傳鼓動性的戲劇，這種戲劇最突出的特徵就是有意識地使其中意味深長的成份直扣觀眾的心弦。它並不直接反映，它要求觀眾在視覺和聽覺上予以加工分析。」布萊希特對中國戲劇的偏重形式的看法本身，是受到了特萊傑亞考夫的影響，而也因此造成了布萊希特對中國戲劇很有旨趣的「誤讀」。討論會上，布萊希特還有一段話是這麼說的：「我在上次訪問莫斯科期間，曾經有機會同特萊傑亞考夫同志以及他那些文學評論界朋友交談。我開始認識到蘇聯學者已經展開一種新的觀點，這種觀點可以給運用到那種應該取代陳腐的亞里斯多德概念的現代美學裡去。這個觀點，恕我的俄語發音不準確，是『Ostranenie』。在德國新戲劇裡，我們試用『陌生化』或『間離化』的術語，同時這也多多少少改變了蘇聯學者那個概念的內涵。」

學者梁展在〈也談布萊希特與梅蘭芳〉文中認爲，在布萊希特看來，中國演員「觀察自身」（Sich-Selber-Zusehen）的表演，使他與觀眾間不存在所謂「第四堵牆」，從而有效地避免了觀眾的「共鳴」，

布萊希特的便裝照

在一九三五年的那次討論會上，布萊希特還認爲這種表演方法給觀眾留下了批判性思考的空間；梅蘭芳「男扮女裝」只是將女性留給男性的印象表現出來，不至於使我們把演員誤認爲人物，起到了角色間隔作用。更讓人感到驚奇的是，布萊希特竟然從《打漁殺家》中那個「蕭桂英」搖櫓的經典場景裡「看」出了更多地符合自身旨趣的內容。布萊希特顯然是在用「史詩劇」的眼光來看待梅蘭芳的表演了。而按照梅蘭芳自己對同一場面的解釋來看，「蕭桂英搖櫓」經過了藝術的改造，出於「美」的立場，表演者沒有把生活不加改變地搬上舞台。在京劇中，表演者的眼睛的「自我觀察」，旨在引導觀眾，它沒有造成「出離自身而存在」（Ausser-Sich-Sein）的效果，反而使觀眾眞正投入到了劇情當中。按照梅蘭芳的眞實表演意圖所表現出的內容必然不符合布萊希特「史詩劇」的標準和要求。因此，當布萊希特一九三七年在〈中國表演藝術中的陌生化效果〉中，再度思考中國戲劇時，清醒地批判了它的非科學的表現方式：「中國的演員從魔術的符咒裡取得他的陌生化效果」，「演員只表現神祕，而不向觀眾揭示謎底」，京劇「對人類激情的表現是程式化的」，其「社會概念是刻板的、錯誤的」。

這種從形式回溯到內容的分析方法，使布萊希特沒有停止在對中國戲劇的簡單認同上，而是達到了批判的深度，思想家布萊希特的價值恰恰體現在這裡。梁展指出「在此，我對於國內一些學者，只頌揚他對中國戲劇認同的一面，而不提批判一面的做法，深感不能贊同。這說明布萊希特曾經『誤讀』而過度地讚揚中國戲劇，而後來他看到中國戲劇的不足，也作過極爲嚴厲的批判。」

黃佐臨在一九八一年八月十二日的《人民日報》發表了題爲〈梅蘭芳、斯坦尼斯拉夫斯基、布萊希特戲劇觀比較〉，又在一九八八年的一篇題爲〈「中國夢」——東西文化交流之成果〉一文中寫道：「總之，以上就是我多年以來所夢寐以求的：斯坦尼斯拉夫斯基——布萊希特——梅蘭芳三個體系結合起來的戲劇觀，而『中國夢』即是這個追求之具體實例。我的夙願是將斯坦尼的內心感應，布萊希特的姿勢論和梅蘭芳的程式規範融合在一起——三合一。」黃佐臨先生還在一九八七年四月二十一日給梅紹武的一封信中說：「『梅氏體系』我認爲完全可以這樣稱呼。倒不能說外國人把他『供』起來，我們就也該『供』起來。我們自己應有民族自豪感！像梅先生這樣的大師，我們爲什麼不能推選他爲我們優秀絢麗戲曲傳統的總代表?!」

學者沈林在〈斯坦尼斯拉夫斯基・布萊希特・梅蘭芳〉文中認爲，今天，國內研究者業已指出，布萊希特的「間離效果」只是對京劇的一種闡釋，其間多有誤讀。布萊希特先有社會革命的思想再有戲劇革新的行動。對於他，戲劇是認識世界的手段、是分析矛盾的工具、是改造社會的利器。傳統京劇藝術不具備這些功用，京劇藝術家也沒有這樣的抱負。亡國滅種之前，還要慨慨的醉酒、款款的葬花，這就難怪中國具有社會改革思想的知識份子如胡適、錢玄同、歐陽予倩、魯迅要對它大加撻伐了。雖然布萊希特誤讀了京劇，我們還是要感激這一富有創造性的誤讀。沈林總結地說，「三大體系」說在方法論上是不夠嚴謹的，對中外戲劇史的考察是不徹底的，對當代戲劇現狀的調查是欠缺的。但是，它的提出是有著積極意義的。因爲它促使我們用外國的眼光觀察中國的戲劇，用中國的眼光觀察外國的戲劇。而這些不能不歸功於梅蘭芳的這次訪蘇之行所帶來的文化交流的重大意義。

八載留鬚罷歌舞

梅蘭芳的蓄鬚明志

貴妃醉酒

齊如山在〈我所認識的梅蘭芳〉文中，有段談到梅蘭芳的氣節說：「『九・一八』事變之後，日本人以溥儀爲傀儡，在東三省成立滿洲國。在未成立之前，日本人即使中國人來找他，請他於滿洲國成立之日去演幾天戲，以誌慶祝，戲價定可極力從優，安全絕對保險。他當然不去。如此交涉了幾次，這個中國人說，你們梅府上，三輩都受過清朝的恩典，樊樊山先生他們且有『天子親呼胖巧玲』等等的這些詩句，是人人知道。如今又成立新政府，你們自然應該前去慶祝，且此與演一次堂會戲，也沒什麼分別，有何不可去呢？梅回答得很好，他說：這話不應該這樣說法，清朝已經讓位，溥儀先生不過一個中國國民，倘他以中國國民的資格，慶壽演戲，我當然可以參加。如今他在敵人手下，另成立一國，是與我們的國家，立於敵對的地位，乃我國之仇，我怎麼能夠給仇人去演戲呢？該人又說，那麼從前的恩惠就不算了？梅說：這話更不能說，若嚴格地說，清宮找戲界唱戲，一次給一次錢，也就是買賣性質，就說當差，像中堂尚書等或可說受過恩，當小差使的人多了，都算受恩嗎？我們還不及當當小差使的人，何所謂恩惠呢？該人無言，事遂作罷。」由此可見梅蘭芳對於民族氣節，是如何地看重！

一九三二年三月，梅蘭芳爲淞滬抗戰受傷戰士籌集醫藥費，在北平義演了三天。同年春，日軍逼近山海關，梅蘭芳舉家從北平遷居上海。遷滬後，梅蘭芳全家在上海法租界的滄洲飯店暫住了一年之久，後決定租房居住。梅蘭芳提出了「地段不要太熱鬧，房子不要太講究」的覓房條件，幾經選擇，最後租下了馬斯南路一二一號（今思南路八十七號）上的一幢中檔花園洋房定居。其時梅劇團仍留在北平，每年只有一次在上海或到外埠演出。一九三五年，梅蘭芳做爲文化、友誼的使者，對蘇聯進行了一次意義深遠的訪問。

一九三七年「七七」事變之後不久，日寇佔領上海。梅蘭芳堅決謝絕舞台，不再演出。此時他的生活十分困難，除了兩個孩子外，還要供養他的師伯、師叔和老弱病殘的師兄弟，共有二、三十口人，要靠他吃飯，於是他只能靠典當度日。與梅蘭芳多年合作的夥伴馬少波回憶當時的情景說：「曾有一個僞裝好人的漢奸多次登門糾纏說：『演幾場普通的營業戲和政治毫無關係，您現在坐吃山空，生活很不寬裕，只要梅老板出來演一場，一百根金條馬上送到府上！』梅蘭芳和幾位老友商量，有的說：『雖然上海陷落，爲了養家餬口，做生意的照常做生意，我們唱戲的唱幾場營業戲，是給老百姓看的，又不是爲敵人演出，有什麼關係呢？』這時馮耿光慷慨陳詞：『雖然演的是營業戲，可是梅蘭芳一出台，接著日本人要你去演堂會，要你去南京、東京、滿洲國演出，你如何回絕呢！』大家各抒己見，莫衷一是。梅蘭芳一言不發，隻身走向二樓的臥室。大家在樓下客廳等候多時，不見他下來。於是，梅夫人和馮耿光上樓看個究竟。見他一個人坐在沙發上，大口大口地吸菸，正在默默沉思，茶几上的菸灰缸裡菸蒂成堆。梅夫人在一九五七年回憶當時的情景說：『我們家的大主意都是大爺自己拿，這一回我可是插了句嘴，我悄悄地提醒他：『這個口子可開不得！』還眞和他碰心氣了，他當時把香菸一下子掐滅，立起身來大聲說：『我們

三十年代福芝芳在上海

想到一塊兒了，這個口子是開不得！千里金堤，毀於蟻穴，我們不能上這個當！』這才立刻回絕了那個漢奸，並且託馮耿光安排逃離上海奔赴香港的計畫。」

在「孤島」上海，梅蘭芳不時受到日、僞分子和地痞流氓的騷擾。他深感上海已非久留之地。因此，當香港方面向他發出邀請後，他便毅然率領梅劇團於一九三八年春赴港演出。演出結束，梅劇團成員北返，梅蘭芳卻在香港住下了，住在干德道一所公寓。據當時任職於香港交通銀行的許源來說，梅蘭芳平時深居簡出，只和少數幾位要好的朋友往來。他請了一位英國老太太在家補習英文。每天除了借著電台的播音緊密地注意戰事消息以外，戲曲、音樂也是他經常收聽的節目。爲了不使自己發胖，梅蘭芳還同舞蹈教師去一家俱樂部打上一陣子羽毛球，每星期兩三回。晚上，梅蘭芳把大部分時間用在繪畫和爲照片著色上。給照片著色，是梅蘭芳的一種新的喜好，同時也展現了他的繪畫技藝的功力。有一天，梅蘭芳正在繪畫，一位朋友的夫人拿來一張照片問他能不能給照片著色，梅蘭芳看了看照片，說「可以」。這本來是一時興到的遊戲之作，可是他著筆細膩、敷色淡雅，絕不是一般喜用大紅大綠、專事色彩堆砌的俗手所能企及的。照片描好了，朋友的夫人看到照片後，非常驚訝地說，「這哪是照片啊！簡直就是一幅絕妙的古代仕女圖了。」此後就有好多朋友拿照片請他著色，畫了差不多二、三十張。另外他喜歡畫飛鳥、佛像、草蟲、游魚、蝦米和畫外國人的舞蹈。有時他獨自拉二胡，複習和研究自己的唱腔。有時由許源來吹笛，複習幾段崑曲，但總是把門緊閉，拉下窗簾，避免引起外人注意。

許源來又說：「他本來是個電影愛好者，常從銀幕上吸取有益的滋養，來豐富他的舞台藝術。在香港期間，當地的『娛樂』、『皇后』等幾家大電影院，他是經常去的。外國片固然要看，中國片也不放過。我記得那時中國的古裝片還在萌芽時期，只要有這類新片到港，他總打電話約我陪他去看，看了回來，還總要談談藝術方面處理的問題，指出這裡面的服裝、動作和背景的配合，哪些地方是調和的，哪些地方就顯得生硬。」

一九四一年秋天，梅蘭芳曾有意到桂林去。但到了十二月八日，日本偷襲珍珠港，太平洋戰爭爆發，十二月十一日香港淪陷，內遷的計畫頓成泡影！面對險峻的環境，梅蘭芳在回憶這段經歷時曾對馬少波說：「當時只感覺到形勢越來越嚴重，得想個辦法對付。有一天早晨正對著鏡子刮臉，忽發奇想：如果我能長出泰戈爾那樣一大把鬍子就好了。於是我三天沒刮臉，鬍子還長得眞快，小鬍子不久就留起來了。雖沒有成爲飄灑胸前的美髯公，沒想到這還眞成了我拒絕演出的一張王牌。」果然不久，日本侵略軍就三番兩次地脅迫梅蘭芳跟他們合作，首先是一九四二年一月，日本駐軍司令酒井派了

梅蘭芳不畏強權，蓄鬚以明志

黑木要「請」梅蘭芳到設在九龍半島的日軍司令部去一趟，黑木看到梅蘭芳蓄了鬍子，驚詫地說：「梅先生，你怎麼留起鬍子來了？像你這樣的大藝術家，怎能退出舞台藝術？」梅蘭芳回答說：「我是個唱旦角的，如今年歲大了，扮相也不好看，嗓子也不行了，已經不能再演戲了，這幾年我都是在家賦閒習畫，頤養天年啊！」黑木一聽，十分不悅，氣呼呼地走了。沒過多久，日軍爲了召開一次佔領香港的「慶祝會」，酒井派人找梅蘭芳，一定要他登台演出幾場，以表現日本統治香港後的繁榮。正巧，此時梅蘭芳患了嚴重牙病，半邊臉都腫了，酒井獲悉後無可奈何，只好作罷。沒多久，日本軍部又派人來說，爲了繁榮戰後的香港市面，想請他出來演幾天戲。梅蘭芳回說：「我的劇團不在此地，一個人無法演出。」總算搪塞過去了。第三次是南京汪政權要慶祝「還都」，日本的特務機構「梅機關」派專人來港，邀請梅蘭芳去參加，準備用飛機送去。梅蘭芳當然是不會去的，最後以他有心臟病不能坐飛機爲由拒絕了。

一九四二年夏天，梅蘭芳取道廣州飛回上海，據梅紹武在《我的父親梅蘭芳》一書中說，一九四二年秋季的一天，汪僞政府的大頭目、「外交部長」褚民誼突然來訪，說是有要事相商，僕人阻攔不住，梅蘭芳快快不樂地從樓上下來。褚逆走進「梅華詩屋」，寒暄幾句便說明來意，原來是要邀請梅蘭芳在十二月做爲團長率領劇團赴南京、長春和日本東京等地輪回演出，慶祝所謂的「大東亞戰爭」勝利一周年。梅蘭芳用手指著自己的唇髭，沉著地說：「我已經上了年紀，沒有嗓子，早已退出舞台了。」褚逆陰險地笑道：「小鬍子可以剃掉嘛，嗓子吊吊也會恢復的。」梅蘭芳不疾不徐地回敬道：「我聽說您一向喜歡玩票，唱大花臉唱得很不錯。我看您做爲團長率領劇團去慰問，不是比我更強得多嗎？何必非我不可！」褚逆頓時斂住笑容，臉上一陣紅一陣白，狼狽地走了。在座的馮耿光、吳震修起先都爲梅蘭芳捏了一把冷汗，如今都翹起大拇指衝著梅蘭芳說：「畹華，你可眞有一手！」

誰料一計未成，又生二計，這批人對梅蘭芳是一不做二不休，於是又有個北平《三六九》畫報社社長漢奸朱復昌向日方獻策說：「梅蘭芳說他年紀大了，不能演出，讓他在電台講一段話，總無可推託了吧！」日軍特務頭目華北駐屯軍報導部部長山家少佐當即授命朱復昌負責辦理，許諾事成之後加倍犒賞。據梅紹武說，這個漢奸先打聽到一向經理梅劇團業務的姚玉芙剛從上海回北京，就鬼鬼祟祟地來到安福胡同姚宅。他請姚玉芙馬上再搭機回上海向梅蘭芳說明一切。姚玉芙明知梅蘭芳絕不會聽任他們的擺佈，心中焦急萬分，正在進退兩難之際，秦叔忍來到姚家，他知道事情原委之後，頓生一計，他告訴姚玉芙一到上海，就讓梅蘭芳接連注射三次傷寒預防針，因爲梅蘭芳體質的關係，每打什麼預防針，都會立刻發高燒。梅蘭芳依計行事，立刻請來他的私人醫師吳中士給他打針。山家少佐不信梅蘭芳會突然生病，他立刻打電報給駐滬海軍部，要他們派一位軍醫去查明眞相。十一月底一個寒冷的夜晚，一名蓄著仁丹小鬍的日本軍醫奉命來到梅蘭芳的病榻前，摸了梅蘭芳滾燙的額頭，一量體溫高達四十二度，只好無奈地搖著頭走了。梅蘭芳臨危不懼，巧妙地與敵僞周旋，頂住了來自各方面的威逼利誘，矢志不與敵僞合作，表現出一個愛國藝術家的崇高氣節。

梅蘭芳有一筆演出的收入，在赴港時，曾帶往香港存入銀行。可是返回上海不久，日寇統治下的

香港將這筆高額存款全部凍結，無法取出。一直靠利息過日子的梅蘭芳，家庭生活頓時舉步維艱，全家如何生存成了梅蘭芳日夜思考的難題。他問福芝芳怎麼辦？福芝芳剛好在《大公報》上看到何香凝女士賣畫謀生，婉拒蔣介石的資助，並寫下「閒來字畫謀生活，不用人間造孽錢。」的詩句，便說：「我們不妨也來學她。發揮你的繪畫才能，賣畫度日如何？」其實梅蘭芳早有這種念頭，只是沒有說出，怕夫人不同意。現在夫人主動說出來了，他自然點頭稱好。兩人著手構思，夫人磨墨，丈夫繪畫。不到八天，畫了二十多幅魚、蝦、梅、松。當市民看到醒目的「本店出售梅蘭芳先生近日畫作，歡迎光臨」的廣告時，爭相購買。不到兩天，二十多幅畫就全部賣完了。這件事傳出後，上海文藝界、新聞界、企業界反響十分強烈，許多知名人士提出要爲梅蘭芳辦畫展，梅蘭芳得知後特別興奮，爲不負眾望，他苦戰了半個月，畫了幾十幅作品，面交主辦者安排。

有關梅蘭芳賣畫和開畫展之事，與梅家舊識的孫養農的弟弟孫曜東這麼回憶道：「梅蘭芳抗戰八年不唱戲，除了繼續研究京劇藝術外，畢竟空閒時間多了，幹些什麼好呢？有的朋友就建議他繪畫賣畫，一方面可以陶冶性情，提高藝術修養，同時還可以有些經濟收入，補貼家用，因梅家的開支一向很大，每晚固定兩桌飯，家裡用的人又多，不唱戲了亦是如此，外面的『架子』一時還撤不下來，能賣畫自然也是一招。好在他早年在北京時就已跟齊白石先生學過畫，梅黨骨幹中的陳半丁亦是知名畫家，來上海後又跟吳湖帆、湯定之、顧鶴逸等名畫家交往，交通系老將葉恭綽（譽虎）又是書畫雙臻的大家，在這個人文環境的薰陶下，梅蘭芳的畫技不斷提高，不僅掌握了竅門，而且畫出了興趣，常常作畫到深夜。」梅蘭芳作畫時間多是在晚上，那時淪陷區常常有空襲警報，電燈必須罩上黑布，日僞當局規定晚上居民不准使用大瓦數燈泡，更不准漏光。因時常停電，便只能用一盞汽油燈照明。梅蘭芳就是在這種艱苦的環境下作畫的，而且往往要畫到深夜才得休息，曾有多次畫到天大亮，仍不停筆。有一次梅蘭芳作畫出了神，一不小心手指碰到汽油燈，燙起一個大泡。當時他有點懊惱，因爲手疼一個星期不能作畫了，過後梅蘭芳經常指著手指上的疤痕說：「這是我在艱難歲月裡學畫的紀念。」

孫曜東又說：「有一天，湯定之、吳湖帆、李拔可（銀行家兼藏書家，李釋戡之兄）相約來到梅家，梅蘭芳拿出他的作品請教於大家，大家認爲他的畫大有長進，可以辦畫展了，只是數量還少了些，最好能有二百幅畫。一聽說梅蘭芳要辦畫展，中國銀行的一般梅黨又來了勁，幫著聯繫畫展場地，請人爲之裝裱畫件，展出的日期也很快定了下來。可是梅蘭芳畢竟不是專業畫家，時間緊迫了，心越急反而越畫不好了，於是在無可奈何的情況下，也請過代筆。所以在一九四五年春天的那次梅蘭芳畫展上，有一部分畫實際上是胡蘐（孫養農的太太，孫曜東的大嫂）畫的。展出地點在南京西路、成都路

梅蘭芳在上海寓所作扇面畫

路口的中國銀行的大廳裡，那原是盛宣懷住的老花園洋房，被盛家後代賣給中國銀行的。葉恭綽在梅的不少畫上都題了詩，爲其增色。畫展自然極爲成功，畫作多爲梅黨們『摟』去。」

在這場梅蘭芳、葉譽虎畫展中，畫稿主要是梅蘭芳的作品，有一百七十多件。包括仕女、佛像、花卉、翎毛、松樹、梅花等，其中有一部分是梅蘭芳和葉譽虎合作的梅竹，還有一部分是梅蘭芳同吳湖帆等人合作的作品。梅蘭芳的這些畫稿受到廣大參觀者的好評。畫展的作品大半賣出，還有部分未展出的作品、畫稿，是抗日戰爭期間梅蘭芳練筆之作，當時並未示人。畫展取得了成功，梅蘭芳又苦又澀地說：「一個演員正在表演力旺盛的時候，因爲抵抗惡劣的環境，而謝絕舞台生活，他的苦悶是無法用語言來形容的。前天還有老闆揣著金條來約我唱戲，廣播電台時時來糾纏我。我連嗓子都不敢吊，我畫畫，一半是維持生活，一半是借此消遣，否則，我眞是要憋死了。」

而在這場畫展中，日僞漢奸曾肆意搗亂，他們派來一群便衣員警，提前進入展覽大廳大做手腳，前來參觀的許多群眾見狀紛紛離開。梅蘭芳看見門口冷冷清清，覺得奇怪。當他走進展廳後，發現每幅畫上都用大頭針別著紙條，分別寫有「汪主席訂購」、「周副主席訂購」、「岡村寧次長官訂購」……還有一些寫著「送東京展覽」。梅蘭芳夫婦目睹此景，氣得兩眼冒火，立即拿起桌上的裁紙刀，刺向一幅幅圖畫。「嘩！嘩！嘩！」幾分鐘內國畫化爲碎紙。這一天，僞《國民日報》搶先發表了頭號新聞：「爲表示中日親善，梅蘭芳畫展今日在滬開幕。汪主席偕夫人專程前往剪綵」，不過，同一天的《新民晚報》也刊出一篇消息：「梅蘭芳憤然毀畫，褚部長目瞪口呆，一場畫展，一場虛

抗戰勝利後，梅蘭芳（前坐右一）與郎靜山（立右一）等人合影

驚！」梅蘭芳毀畫一事，頃刻間就傳遍了整個上海灘，也迅速地傳遍了全中國。宋慶齡、郭沫若、何香凝、歐陽予倩都發表了聲援講話，稱讚梅蘭芳民族氣節凜然。廣大群眾也紛紛寄來書信，支持梅蘭芳的愛國行動。梅蘭芳看到這些信件，聽到同志們的講話，激動得熱淚盈眶，興奮地對夫人說：「我梅蘭芳再也不是一隻孤燕了！」

一九四五年八月全家歡慶抗戰勝利的那一天，當梅蘭芳從收音機中聽到日本投降的消息，喜不自禁，立即從樓上下來，走向他的家人和朋友。當時他用一柄打開的摺扇擋著臉的下部，幽然地笑道：「瞧，我給你們變個戲法兒！」然後，他像魔術師般的緩緩移開摺扇，原來唇上所蓄之鬚已全部刮掉，這時全家及在座的許多老朋友一陣歡騰。幾個月後，梅蘭芳在上海美琪大戲院重新登台，恢復演出，從此正式結束了他在上海為期四年的寓公生活。

同年十月十日，梅蘭芳在上海《文匯報》發表了一篇題爲〈登台雜感〉的文章，總結了他在上海所度過的寓公生活。他在文章中感慨地寫道：「沉默了八年之後，如今又要登台了。讀者諸君也許能夠想像得到：對於一個演戲的人，尤其是像我這樣年齡的，八年的空白在生命史上是怎樣大的損失，這損失是永遠無法補償的。在過去這一段漫長的歲月中，我心如止水，留上鬍子，咬緊牙根，平靜沉默的生活著。一想到這個問題，我就覺得這戰爭使我衰老了許多。然而當勝利消息傳來的時候，我高興得再也沉不住氣，我忽然覺得反而年輕了，我的心一直往上飄，渾身充滿著活力，不知從哪兒飛來了一種自信：我相信我永遠不會老，正如我們長春不老的祖國一樣。前兩天曾蒙外籍記者先生光臨，在談話中問我還想唱幾年戲，我不禁脫口而出道：很多年，我還希望能演許多年呢。」這是梅蘭芳心聲的眞情流露。

梅蘭芳的《貴妃醉酒》扮相

梅蘭芳在抗戰期間斷然蓄鬚明志，不爲民族敵人演出，表現了一代藝豪不屈不撓的剛強骨氣，同時爲此也作出了個人最大的犧牲。因此當觀眾在上海的南京大戲院看到了梅蘭芳爲慶祝抗戰勝利公演的《貴妃醉酒》時，熱情的觀眾一起爲梅蘭芳鼓掌叫好，那掌聲如排山倒海而來，更多的是對梅蘭芳這種凜然不屈的精神的讚佩。就如同戲劇家田漢有詩稱讚曰：「八載留鬚罷歌舞，堅貞幾輩出伶官。輕裘典去休相慮，傲骨從來耐歲寒。」

梅蘭芳大事年表

一八九四年　十月二十二日出生於北京前門外李鐵拐斜街的梅姓梨園世家。

一八九七年　父親梅竹芬病故，終年二十六歲。

一九〇〇年　因家道中落，梅家遷至百順胡同，與楊小樓為鄰。在胡同附近的私塾就讀。

一九〇一年　師從朱小霞學戲。

一九〇二年　正式拜吳菱仙為師，學習青衣戲，學的第一齣戲是《戰蒲關》，後又學習了《二進宮》、《三娘教子》等共約三十餘齣戲。

一九〇四年　八月十七日首次在北京「廣和樓」戲院登台演「織女」。

一九〇七年　梅家移居蘆草園。正式搭班「喜連成」。

一九〇八年　母親楊長玉病逝。梅家遷居鞭子巷頭條。

一九一〇年　與名武生王毓樓的妹妹王明華結婚。業餘時間養鴿子。

一九一一年　第一次在北京「文明茶園」演出新腔《玉堂春》大獲成功。長子大永出生。

一九一二年　第一次與譚鑫培同台演出，演出劇目《桑園寄子》。

一九一三年　十月三十一日接受上海許少卿邀請首次赴上海演出（梅蘭芳第一次離開北京）。十一月十六日第一次貼演紮靠戲《穆柯寨》（第一次唱大軸戲）。開始研究新腔並學習崑曲。全家移居北京鞭子巷三條。長女五十出生。

一九一四年　一月，在慶豐堂與王蕙芳同拜陳德霖爲師。先後從師喬蕙蘭、李壽山、陳嘉梁學習崑曲，又從路三寶、王瑤卿學戲。七月至十月，在「翊文社」最初嘗試創編了時裝新戲《孽海波瀾》。對化妝、頭飾方面進行了改革。

一九一五年　四月至次年九月，集中創排了新戲《牢獄鴛鴦》、《宦海潮》、《鄧霞姑》、《一縷麻》、《嫦娥奔月》、《黛玉葬花》、《千金一笑》，在《嫦娥奔月》裡首次使用「追光」。開始學畫，繪畫老師爲畫家王蘿白，又結識了畫家陳師曾、金拱北、姚茫父、陳半丁、齊白石等，同時並與收藏家朱翼庵訂交，廣泛觀賞書畫和古器物。長子大永早夭。

一九一六年　參加「桐馨社」。與楊小樓首次合作《春秋配》。長女五十早夭。

一九一七年　創排《木蘭從軍》、《天女散花》。

一九一八年　演出《遊園驚夢》。梅派《遊園驚夢》堪稱中國戲曲藝苑中的奇葩。創編演出《麻姑獻壽》、《紅線盜盒》。

一九一九年　四月二十一至五月二十七日應日本帝國劇場邀請，攜同「喜群社」訪問日本，先後在東京、大阪、神戶等地演出。十二月應近代實業家張謇邀請，第一次到江蘇南通演出。

一九二〇年　創排《上元夫人》。首次拍攝無聲電影《春香鬧學》（崑曲）和《天女散花》（京劇）。向齊白石學畫。

一九二一年　年初，與楊小樓合組「崇林社」。創排《霸王別姬》。年末，與福芝芳結婚。

一九二二年　正月，在北京第一舞台首演《霸王別姬》。夏季，自組「承華社」劇團。十月十五日至十一月二十二日應香港太平戲院邀請，率劇團一百四十餘人赴港演出。

一九二三年　創排《西施》，首創在京劇伴奏樂器中增加二胡。創排《洛神》、《廉錦楓》。

一九二四年　五月，在北京寓所接待印度著名學者、詩人、作家泰戈爾。十月九日至十一月二十二日應日本帝國劇場社長邀請，第二次訪問日本，先後在東京、大阪、京都等地演出。

一九二五年　創排頭、二本《太眞外傳》。十一月與美國舞蹈家肖恩夫婦在北京同台獻藝。

一九二六年　一月長子葆琛出生。在北京無量大人胡同的寓所頻繁接待外國賓客，包括瑞典王儲夫婦。創排三、四本《太眞外傳》。

一九二七年　創排新戲《俊襲人》。六月北京《順天時報》舉辦「五大名伶新劇奪魁投票活動」，《太眞外傳》得票最多，梅蘭芳被評爲京劇「四大名旦」之首。

一九二八年　一月次子葆珍（又名紹武）出生。首演全本《鳳還巢》。編演全本《宇宙鋒》、《春燈謎》。第二次赴香港演出。

一九三〇年　一月十八日至七月率承華社劇團部分演員經日本橫濱、加拿大維多利亞赴美國演出。先後在西雅圖、芝加哥、華盛頓、紐約、舊金山、洛杉磯、聖地牙哥、檀香山等地演出七十二天。美國波摩拿學院、南加利福尼亞大學分別授予梅蘭芳文學榮譽博士學位。女兒葆玥出生。

一九三一年　五月，與余叔岩、齊如山、張伯駒等人創辦「國劇學會」。第三次赴香港演出。上海《戲劇月刊》舉辦「現代四大名旦之比較」的活動，梅蘭芳榮登首席。

一九三二年　從北京遷居上海。先後排演《抗金兵》、《生死恨》。

一九三四年　三月，小兒子葆玖出生。

一九三五年　二月二十一日至四月二十一日率劇團赴蘇聯演出訪問。在蘇聯先後與戲劇大師斯坦尼拉夫斯基、布萊希特會面。四月至八月赴波蘭、德國、法國、比利時、義大利、英國等進行戲劇考察。後經埃及、印度回國。

一九三六年　二月二十六日在上海天蟾舞台演出創編新戲《生死恨》。

一九三八年　年初，率團赴香港演出後，獨自留在香港，閒居干德道八號寓所，從此暫別舞台。

一九四一年　香港淪陷，蓄鬚明志。

一九四二年　由香港返回上海，閉門謝客，專心習畫。後因生活困難，一度靠典賣度日。

一九四五年　抗戰勝利，剃去鬍鬚，重返舞台。復出後的第一齣戲是與俞振飛合作的崑曲《斷橋》。

一九四八年　由費穆導演，拍攝彩色影片《生死恨》。

一九四九年　七月，參加全國第一次文學藝術界代表大會。九月三十日，當選爲政協委員。十月一日參加開國大典。

一九五〇年　赴天津演出，發表了著名的「移步不換形」的京劇改革理論。

一九五一年　被任命爲中國戲曲研究院院長。全家從上海遷回北京，住護國寺街一號（現「梅蘭芳紀念館」）。

一九五二年　率團赴朝鮮戰場，慰問志願軍。赴維也納參加世界和平大會。

一九五三年　十月當選爲中國戲劇家協會副主席。

一九五四年　九月當選爲全國人大代表，並出席第一屆全國人大會議。中國劇協出版《梅蘭芳演出劇本選集》。

一九五五年　一月被任命爲中國京劇院院長。四月文化部、中國文聯、中國戲劇家協會聯合爲梅蘭芳、周信芳舉辦了舞台生活五十年紀念活動。由吳祖光導演的戲曲片《梅蘭芳舞台藝術》拍攝完成。

一九五六年　五月二十六日至七月十六日，應日本朝日新聞社等團體邀請，第三次訪問日本。先後在東京、九州、大阪、京都、名古屋等地演出。九月，被選爲全國先進工作者。到中南海懷仁堂演出，由毛澤東接見。

一九五七年　六月，國際舞蹈協會主席海爾格授予榮譽獎章，周恩來參加了授獎儀式。十一月參加中國勞動人民代表團赴蘇聯紀念十月革命四十週年。

一九五九年　五月二十五日，在北京人民劇場演出創編新戲《穆桂英掛帥》。

一九六〇年　一月，彩色影片《遊園驚夢》拍攝完成。二月第四次赴蘇，慶祝中蘇友好同盟互助條約簽訂十週年。四月北京市人民委員會任命爲「梅劇團」團長。十月全國第三次文代會期間，

一九六一年

再次被毛澤東接見。先後當選爲中國文聯副主席和中國戲劇家協會副主席。
五月三十一日在中國科學院爲科學家們演出《穆桂英掛帥》，爲其最後一場演出。七月九日，被任命爲中國戲曲學院院長。七月底，因心絞痛入住北京阜外醫院。八月八日凌晨病逝。

（本年表參考王慧著《梅蘭芳畫傳》）

文學叢書 212

INK PUBLISHING

梅蘭芳與孟小冬

作　　者　蔡登山
總 編 輯　初安民
責任編輯　施淑清
美術編輯　黃昶憲
校　　對　施淑清　蔡登山

發 行 人　張書銘
出　　版　INK 印刻文學生活雜誌出版有限公司
台北縣中和市中正路 800 號 13 樓之 3
電話：02-22281626
傳真：02-22281598
e-mail : ink.book@msa.hinet.net
網　　址　舒讀網 http://www.sudu.cc

法律顧問　漢廷法律事務所
劉大正律師
總 代 理　展智文化事業股份有限公司
電話：02-22533362 · 22535856
傳真：02-22518350
郵政劃撥　19000691 成陽出版股份有限公司
印　　刷　海王印刷事業股份有限公司

出版日期　2008 年 12 月　初版
2008 年 12 月 29 日　初版二刷
ISBN　978-986-6631-34-4

定價　290 元

國家圖書館出版品預行編目資料

梅蘭芳與孟小冬／蔡登山著；
--初版，--臺北縣中和市：INK 印刻文學，
2008.12　面；　公分（文學叢書；212）
ISBN 978-986-6631-34-4（平裝）
1. 梅蘭芳　2.京劇　3.傳記　4.中國
982.9　　97020069

K INK INK INK INK INK INK
NK INK INK INK INK INK I
K INK INK INK INK INK INK
NK INK INK INK INK INK I
K INK INK INK INK INK INK
NK INK INK INK INK INK I
K INK INK INK INK INK INK
NK INK INK INK INK INK I
K INK INK INK INK INK INK
NK INK INK INK INK INK I
K INK INK INK INK INK INK
NK INK INK INK INK INK I
K INK INK INK INK INK INK
NK INK INK INK INK INK I
K INK INK INK INK INK INK
NK INK INK INK INK INK I
K INK INK INK INK INK INK
NK INK INK INK INK INK I
K INK INK INK INK INK INK
NK INK INK INK INK INK I
K INK INK INK INK INK INK
NK INK INK INK INK INK I
K INK INK INK INK INK INK
NK INK INK INK INK INK I
K INK INK INK INK INK INK

NK INK INK INK INK INK I
K INK INK INK INK INK INK
NK INK INK INK INK INK I
K INK INK INK INK INK INK
NK INK INK INK INK INK I
K INK INK INK INK INK INK
NK INK INK INK INK INK I
K INK INK INK INK INK INK
NK INK INK INK INK INK I
K INK INK INK INK INK INK
NK INK INK INK INK INK I
K INK INK INK INK INK INK
NK INK INK INK INK INK I
K INK INK INK INK INK INK
NK INK INK INK INK INK I
K INK INK INK INK INK INK
NK INK INK INK INK INK I
K INK INK INK INK INK INK
NK INK INK INK INK INK I
K INK INK INK INK INK INK
NK INK INK INK INK INK I
K INK INK INK INK INK INK
NK INK INK INK INK INK I
K INK INK INK INK INK INK